文庫

解説 徒然草

橋本 武

筑摩書房

目次

解説　徒然草

つれづれなるままに
日暮らし硯にむかひて
心にうつりゆくよしなしごとを
そこはかとなく書きつくれば
あやしうこそものぐるほしけれ
なりひさご

はしがき

ちょっとでも古典の勉強をした人なら、徒然草とか兼好法師とかいう名を知らぬはずはないし、全編を通読しなかったとしても、いくつかの段は教科書でも読み、大学入試の受験勉強をした人、現在しているほどの人なら、参考書や問題集などで、嫌気《いやけ》がさすほど読まされ（?）ていることでもありましょう。いまさら徒然草でもあるまいと言われるかもしれませんが、この徒然草という本が、それほど広くかつ長く読み続けられてくるには、それなりの理由があったわけですが、とにかく私たち日本人にとって、古今を通じて親しまれてきた本の一冊にはちがいありません。

私も、中学・高校の国語教師という立場からも、中学三年生のころから読みはじめた徒然草を、長年にわたって読み続けてきました。しかしそれは、研究といえるような読み方ではなく、気分まかせの娯楽読み（?）というに過ぎなかったようですが、今にして思えば、私の生活信条が徒然草の影響をずいぶん受けてきているような気がします。私自身に兼好的なものの考え方の傾向があったのかもしれませんが、今や私の心の中に兼好法師が宿っていて、影の兼好法師との対話を繰り返しながら生きているような気さえします。彼も徒然草の中で「……見ぬ世の人を友とするぞこよなうなぐさむわざなる」（第十三段）と言っています。

私のこの本は、兼好を〝心の友〟とした私なりの読み方を、永井文明画伯のイラストに助けられながら、とりわけ若い人たちに読んでほしいと思って書いたものです。受験勉強というスタイルでしか古典に接し得られないような若い人たちに、また違った角度からの接し方もあることを知ってほしかったからに外なりません。

私の書いた【解説】は、対話などと言えるような大それたものではなく、むしろ自分勝手なひとり言というべきでしょうが、この本を読んでくださるあなたご自身の、兼好との対話のつなぎの役を果たせるなら望外の仕合わせです。イラストは、前作『解説 百人一首』の好評に気をよくした永井画伯が、再び健筆をふるってくれました。古典の現代的解釈というべきでしょうか。イラストの持つ直接的なアピールのしかたが、現代の若者にうけている理由もうなずける気がします。

ある程度は参考書的な役割も果たせるように、【語句】の欄なども設けましたが、通釈を見ればわかる程度のことは重複を避け、なるべく多くの章段をとり上げるようにしました。【通釈】にも、語意を補ったところは（ ）を用いて示し、直訳の生硬さを避けると共に意訳に流れぬよう気をつけたつもりです。ともあれ、この本が参考書らしからぬ参考書として、若い人たちに親しんでいただけることを心から願っています。

一九八一年　九月

橋本　武

京都徒然草地図

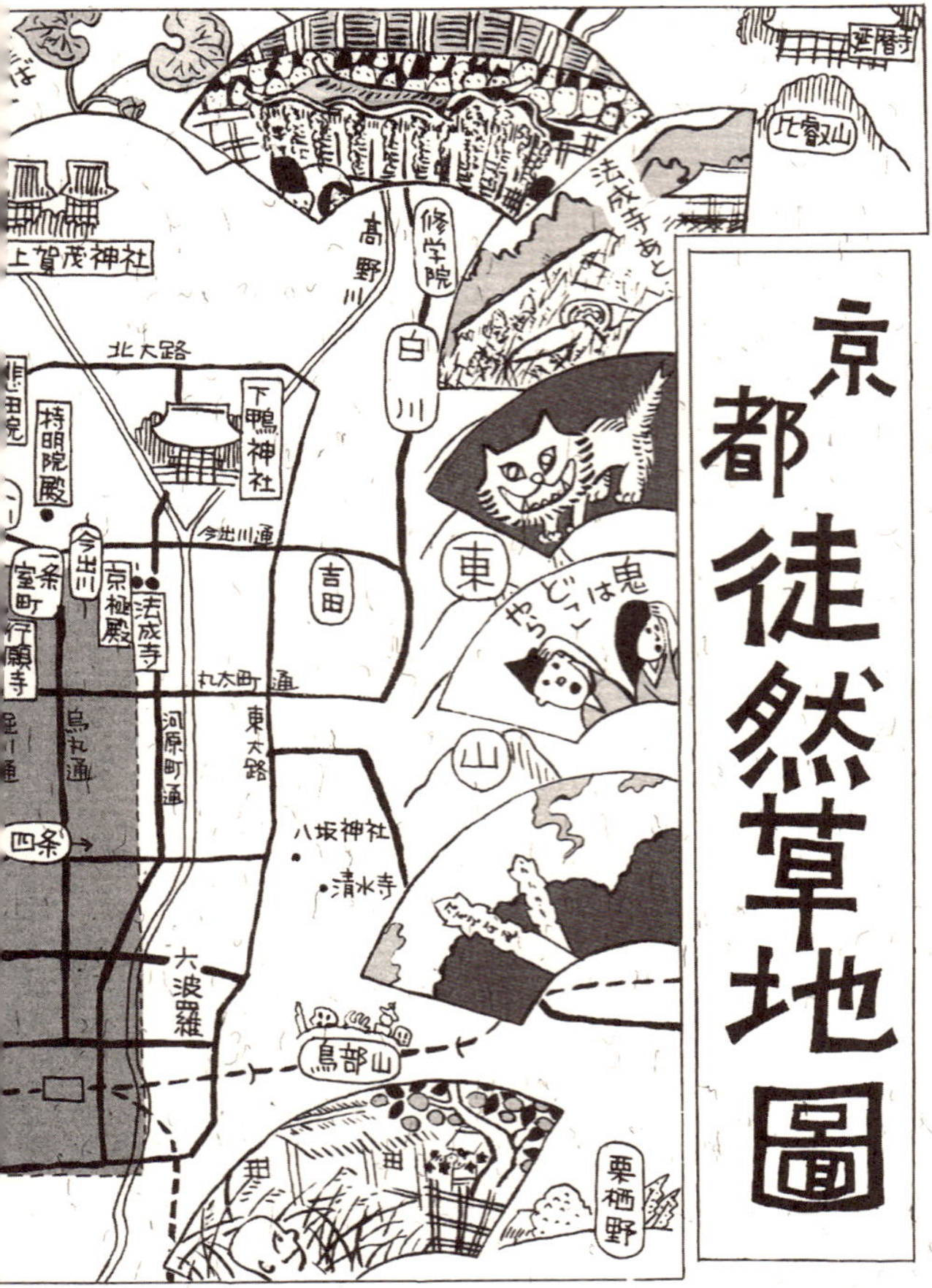
延暦寺
比叡山
法成寺あと
修学院
高野川
白川
上賀茂神社
北大路
下鴨神社
持明院殿
今出川通
今出川
一条
室町
行願寺
京極殿
法成寺
吉田
東
山
丸太町通
河原町通
東大路
烏丸通
四条
八坂神社
清水寺
六波羅
鳥部山
栗栖野

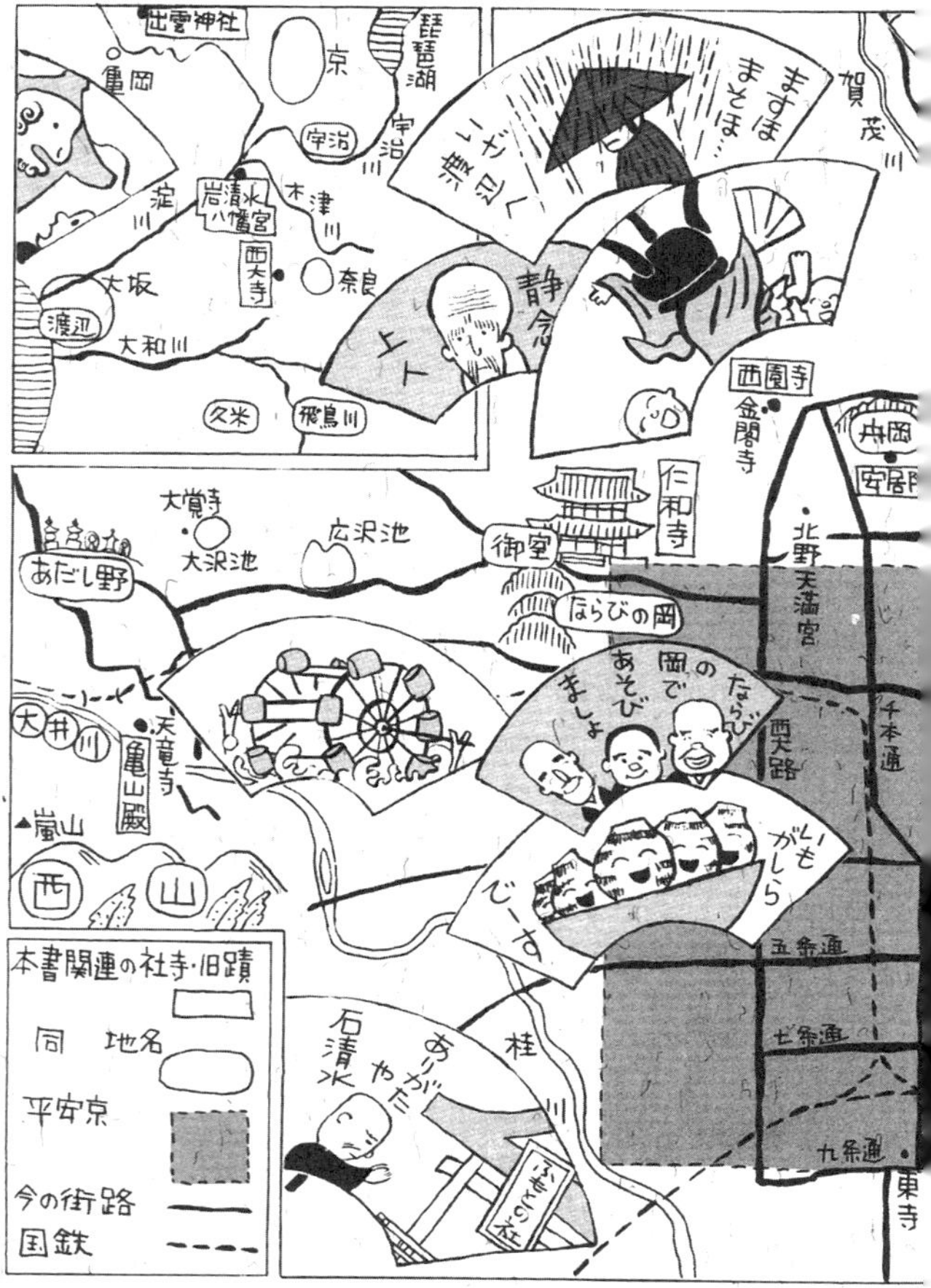

出雲神社
亀岡
京
琵琶湖
宇治
宇治川
淀川
岩清水八幡宮
木津川
西大寺
奈良
大坂
渡辺
大和川
久米
飛鳥川
賀茂川
ますほ ますそほ…
静念
上人
西園寺
金閣寺
仁和寺
大覚寺
大沢池
広沢池
御室
あだし野
ならびの岡
北野天満宮
ならびの岡であそびましょ
千本通
西大路
大井川
天竜寺
亀山殿
嵐山
西山
いもがしら
五条通
七条通
九条通
東寺
桂
石清水
ありがたや
本書関連の社寺・旧蹟
同 地名
平安京
今の街路
国鉄

1　つれづれの日暮らし　序段

つれづれなるままに、日暮らし硯にむかひて、心にうつりゆくよしなしごとを、そこはかとなく書きつくれば、あやしうこそものぐるほしけれ。

通釈　身も心も十分なゆとりがあるものだから、一日中机にむかうことのできる状態で、わが心に去来する種々雑多な想念を、とりとめもなく書きつけていくと、（私の心は）言い表しようがないほど熱中し、無我夢中の状態になってしまうのである。

語句

▼**つれづれなるままに**　「つれづれなる」は形容動詞。身心ともに余裕のある状態。「ままに」は「がゆえに」と同意で、原因・理由を示す接続助詞と考えてよい。

▼**日暮らし**　終日の意で「むかひて」にかかる副詞。一日中むかうというのを文字通りに考える必要はない。一日中いつでも硯にむかうことのできる閑居の状態を述べたものである。

▼**硯にむかひて**　「机にむかひて」と同様、執筆の態勢にあること。

▼**心にうつりゆく**　この「うつる」は〝移る〟とも〝映る〟とも解せられるが、〝心〟そのものは不動である。「に」は場所を示す格助詞。

▼**よしなしごと**　ラチモナイコトと同じでとりとめもない種々雑多なことがら。

▼**そこはかとなく**　とりとめもなく、の意。〝よしなしごと〟だから系統立てて書くわけにはいかないのである。

▼**書きつくれば**　この「ば」は已然形に接続しているので、順接の確定条件を示す。

▼**あやしうこそ**　「ものぐるほし」の程度の甚だしいことを示す語で、何トモ言エナイホド、の意。

▼**ものぐるほしけれ**　形容詞シク活用の已然形で係助詞「こそ」の結び。狂気ジミテイル、の意。これを書き上げた文章に対する卑下謙遜の語とみるムキもあるが、書き続けている時の作者自身の心境を示す語とみるのがよい。

解説

この段は、古典を学んだ人なら誰でもが暗誦しているにちがいない。それは短い文章だからというばかりではなく、声に出して読んでみると、とても口調のいいことに気づくはずである。そこには流れるようなリズム感があり、特に古典語による日本語の音楽的な美しさが感じられよう。

この随筆の作者兼好法師が、自作の随筆集の巻頭に据える文章として、苦心サンタン推敲の手を加え、練りに練って作り上げたものにちがいない。それは形の上の美しさをもっているばかりではなく、内容の上からも、一言半句を加えることも削ることもできないまでに磨き抜かれた珠玉の名文だと言える。

私はかつてこの段の構成を図式化してみたことがある。そうすることによって、随筆を成り立たせる三つの要素のかかわり合いをはっきりさせることができた。

〝つれづれ〟も〝ものぐるほし〟も主として〝心〟の状態なのだが、清閑から熱狂へ移り動く自らの心をも、高所から自覚することのできる〝心〟の存在を、〝心にうつりゆく〟の〝心〟が示していると思われる。自らの〝狂〟を自覚できるものは狂人ではない。ものごとに徹底的に没入できる情熱の持ち主といえよう。

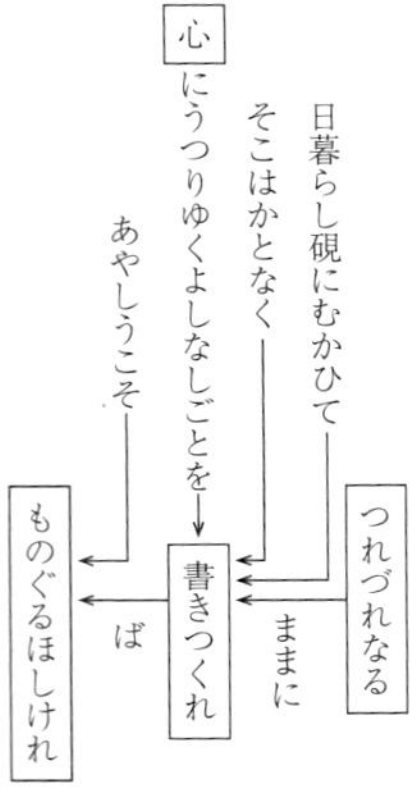

兼好法師という人はそういう意味で純粋な人だったと思う。上べだけ悟りすましたことを言っているナマグサ坊主でもなければ、修養のできた悟りすました高徳の人でもない。純粋な人が自分の生活体験の中から、自分の心を、世間の在りようを、かかわり合った多くの人々の生きざまと心の底をじっと見つめて、自らの心の琴線に響いたことを書き記していった。それが『徒然草』となって時代を超えて私たちの心に響いてくるのである。

2 願はしかるべきこと　第一段

いでや、この世に生まれては、願はしかるべきことこそ多かめれ。

御門《みかど》の御位はいともかしこし。竹の園《その》生《ふ》の末葉《すゑば》まで、人間の種ならぬぞやんごとなき。一《いち》の人の御有様はさらなり、ただ人も、舎人《とねり》などたまはるきははゆゆしと見ゆ。その子・孫《うまご》までは、はふれにたれどなほなまめかし。それより下《しも》つかたは、ほどにつけつつ時にあひ、したり顔なるも、みづからはいみじと思ふらめど、いと口をし。

法師ばかり羨《うらや》ましからぬものはあらじ。「人には木の端《はし》のやうに思はるるよ」と清少納言が書けるも、げにさることぞかし。いきほひまうに、ののしりたるにつ

通釈

さて、この世に生まれたからには、願わしいはずのことが、なかなか多いようである。

御門の御位はもったいないかぎりである。天皇のお血筋の末々にいたるまで、人間の種でないのはまことに貴いことである。摂政・関白の御有様はいうまでもなく、一般の貴族も朝廷から舎人などをいただく身分の者はすばらしいと思われる。その子や孫までは、官位が低い状態であるとしても、やはり上品に感じられる。それより以下の身分の者は、家柄に応じて羽振りがきき、得意顔でいるのも、自分ではすばらしいものだと思っているかもしれないが、ほんとに情けない感じがする。

法師ほど羨ましくないものはあるまい。「人にはまるで木の端のように思われることだ」と清少納言が書いているのも、いかにももっともなことである。権勢が盛んで、わめきちらしているのを見るにつけても、立派なものだとは思

けて、いみじとは見えず。増賀《そうが》ひじりのいひけんやうに、名聞《みやうもん》ぐるしく、仏の御をしへに違ふらんとぞおぼゆる。ひたふるの世すて人は、なかなかあらまほしきかたもありなん。

えない。増賀ひじりが言ったそうだが、いかにも世間的な名声にこだわっているようで、(あれでは)仏の御教えにもそむくだろうと思われる。仏道に専念する隠遁者は、かえって望ましい点もあるだろう。

語句

▼**いでや** 気持ちをひきしめて、何ごとかにとりかかろうとする時に発する語で感動詞。

▼**かしこし** おそれ多い。神仏の前に出た時のような気持ちで、人力を超越したものに対する畏怖の情を示す語。

▼**竹の園生の末葉** 漢の文帝の皇子に当たる梁の孝王の東苑を「竹園」といった。だから「竹の園生」は皇太子のこと、「末葉」はその子孫の意。全体で天皇の御血筋、の意。

▼**やんごとなき** 〝やむことなし〟の音便で〝そのままほっておけない気持ち〟というのが原義。この場合は〝かしこし〟と同義で、高貴なるがゆえにおそれ多い、もったいないという気持ちを表す。

▼**一の人** 摂政・関白をいう語。

▼**さらなり** 言うまでもない、の意。

▼**ただ人** 普通の人、の意だが、ここは一の人以外の一般の貴族をさす。

▼**舎人** 〝近衛の舎人〟つまり随身《ずいじん》のことで、貴人の外出の際に剣や弓矢を持って警固に任じた。

▼**ゆゆし** 今も〝ゆゆしき一大事〟などと用いられることがあって、トンデモナイ、タイヘンナ、の意があるのと共に、よい場合にも程度の甚だしい時に用いられる。ここはスバラシイ、の意。

▼**はふれにたれど** 「はふる」は〝放る〟で落ちぶれる、の意。「に」も「たれ」も完了の助動詞だか

ら、落ちぶれてしまっているが、の意。
▼**なまめかし**　〝なまめく〟の形容詞化したもので、〝なま〟は〝生〟で初々《ういうい》しいこと。ウブでけがれていない上品な美しさをいう語である。
▼**それより下つかた**　それ以下の身分。
▼**みづからはいみじと思ふらめど、いと口をし**　自己満足にひたっているのを冷やかに傍観している感じ。「いみじ」はスバラシイ、の意。「らめ」は視界外推量の助動詞。

¥
めでたしと
見る人の
こころ劣り
せらるる本性
みえんこそ 口をしかるべけれ

▼**木の端のやうに**　『枕草子』〈第七段―大系本〉に「思はん子を法師になしたらんこそ心ぐるしけれ。ただ木のはしなどのやうに思ひたるこそ、いといとほしけれ」とある。これに続いて若い法師の人間的な感情の動きについてのべてあるから、「木の端」はいわゆる〝木石漢〟。
▼**いきほひまうに**　権勢の高くなった状態をいう。
▼**ののしりたる**　「ののしる」は大声をあげる意。この動詞の主語を法師自身とすれば、威張ったふるまいをする意となる。
▼**増賀ひじり**　「ひじり」は高徳の僧をいう。増賀上人は天台宗の高僧、名利をきらって大和の多武峰《とうのみね》に隠棲した。一〇〇三年寂。八十七歳。
▼**いひけんやうに**　「けん」は過去推量の助動詞で婉曲用法。言ったとかいうがそのように、の意。
▼**名聞ぐるしく**　〝名声を気にし、こだわっている状態〟の意。
▼**仏の御をしへ**　仏教で説く〝悟り〟の境地は、人

間がもっているあらゆる欲望をはなれて、完全に無欲の状態になることである。

▼ひたふるの世すて人　「世すて人」は世間からはなれて草庵にこもり、ただ一すじに仏道に専念する僧をいう。「ひたふるの」はヒタスラナ、の意の連体詞。

人は、かたち・ありさまのすぐれたらんこそあらまほしかるべけれ。物うちいひたる聞きにくからず、愛敬《あいぎやう》ありて言葉《ことば》おほからぬこそ、飽《あ》かず向かはまほしけれ。めでたしと見る人の、こころ劣《おと》りせらるる本性《ほんしやう》みえんこそ口をしかるべけれ。しな・かたちこそ生まれつきたらめ、心はなどか、賢きより賢きにも移さば移らざらん。かたち・心ざまよき人も、才《ざえ》なくなりぬれば、しなくだり、顔憎《にく》さげな

▼あらまほしきかたもありなん　「あらまほし」で一語、望ましい、の意。「ありなん」の「な」は完了の助動詞の強調用法で「ん」は推量の助動詞。この語調は消極的で「ひたふるの世すて人」を「願はしかるべきこと」の第一位に置いてはいない。

通釈　人は、容貌や風采のすぐれているのが、何としても望ましいことであろう。ちょっとものを言っても聞きにくくなく、愛敬《あいきよう》があって言葉数の多くないというのが、いつまでも対座していたい気になるものである。（ところが、）立派な人だと思っている人が、やはり駄目だったなあと感じさせられる本性をのぞかせたような場合には、ほんとに残念な気がすることだろう。家柄や容貌は生まれつきのものだからどうにもなるまいが、心はどうして賢い上にもさらに賢い状態に向上させようとすれば、不可能なことがあろうか。容貌や気立ての

る人にも立ちまじりて、かけずけおさるるこそ本意《ほい》なきわざなれ。
ありたきことは、まことしき文《ふみ》の道、作文《さくもん》、和歌、管絃《くわんげん》の道、また有職《いうそく》に公事《くじ》のかた、人の鏡ならんこそいみじかるべけれ。手など拙《つたな》からず走り書き、声をかしくて拍子《ひやうし》とり、いたましうするものから、下戸《げこ》ならぬこそをのこはよけれ。

よい人でも、あれは学問がないという定評が立ってしまうと、家柄も低く、容貌も劣った人の中にたちまじっていても、問題にもならぬほどに圧倒されてしまうのは、ほんとうに遺憾なことである。
望ましいことは、本格的な学問、漢詩、和歌、音楽などの道、また有職に公事の方面でも、人の鏡であるというようなのがすばらしいといってよかろう。文字なども見苦しくなくさらさらと書き、声がよくて一座の音頭をとり、迷惑そうにはするものの、下戸でないのが、何といっても男としてはよいものである。

語句

▼**かたち・ありさま**　「かたち」は容貌、「ありさま」は姿つき。いずれも先天的なものだが、人はこれによって第一印象が支配されやすい。
▼**こころ劣りせらるる本性**　「こころ劣り」は予想より劣っていると感じられること。これにサ変動詞が複合した。「らるる」は自発の助動詞。「本性」は生まれつきの性格。
▼**しな・かたちこそ生まれつきたらめ**　「しな」は家柄。「こそ……め」の係り結びは逆接用法。
▼**才なくなりぬれば**　「才」は【解説】参照。「ぬれ」は完了の助動詞だから、才のない状態になって

しまうと、の意。つまり、その人の日常の言動から判断してあれは才がないという評価が定着してしまうと、ということ。

▼しなくだり　次の「顔憎さげなる」と並んで、次の「人」にかかる。

▼かけずけおさるる　「かけず」は簡単に、あっさりと、の意の副詞。「けおさる」は圧倒される、の意。

▼本意なきわざ　「本意なし」は本来の意に反した状態。

▼ありたきこと　望ましいことの具体例を取り上げて、これを「いみじ」という語でしめくくった。

▼をのこはよけれ　最後にあげた付帯条件がおもしろい。

解説

兼好は『徒然草』に収録する「よしなしごと」の筆頭に「願はしかるべきこと」を取り上げた。彼兼好は、読者の重大な関心事が何であるかを読んでいて、読者がひきつけられずにはいられないポイントをはっきり押さえた上でものを言っている。そうして、この世に生まれ生活していく上での、最も現実的な願望を取り上げようとしている。

しかしそうしようとしながらも、一般庶民には望むべくもないものが先ず取り上げてある。望んでも得られぬ夢のような、願望ともいえぬ願望を取り上げ、これを否定することによって、自らの言わんとするところを強く印象づけようとするテクニックである。

兼好の時代には、皇室は一般庶民にとっては文字通り〝九重の雲の上〟の存在だったわけであり、皇室に最も接近し得る高級貴族たちも皇室級の存在で、それらに対しては「かしこし」「やんごとなし」「ゆゆし」という最大級の賛辞を呈しているし、「その子・孫」あたりまでは「なまめかし」という語を用いている。「それより下つかた」つまり中流以下の貴族は、願望の対象としては圏外にある。こういう判断の基準はもちろん兼好自身にあるので、自らも下級貴族として、貴族臭を発散している貴族たちに自家中毒していたのであろう。だからこそ「みづからはいみじと思ふらめど、いと口をし」という、吐き捨てるようなことばとなったのであろう。

当時、家柄が低くても出世できる道があった。それは僧侶となることである。ところがそういう僧侶に限って名誉欲・物質欲のかたまりみたいなもので、釈迦の教えは手段にすぎない。だから「ひたふるの世すて人」と対比することによって、唾棄するような言辞で否定されねばならなかった。

結局、願望の対象として取り上げられるのは個人的資質であり、これには人為に支配されない「しな・かたち」と、後天の「才」との二面が考えられる。生まれついた資質はどうにもならないがよいにこしたことはない。しかし何よりも大切なのは「才」であり、これを高めることによって魅力ある人間となることができ、その魅力を具体的に示して、自らの理想的人間像を描いて結びとしている。

3 さだめなき世

第七段

あだし野の露きゆる時なく、鳥部山《とりべやま》の煙《けぶり》立ちさらでのみ住み果つる習《なら》ひならば、いかに、もののあはれもなからん。世はさだめなきこそいみじけれ。

命あるものを見るに、人ばかり久しきはなし。かげろふの夕べを待ち、夏の蟬《せみ》の春秋《はるあき》をしらぬもあるぞかし。つくづくと一年《ひととせ》をくらすほどだにも、こよなうのどけしや。飽《あ》かず、惜しと思はば、千年《ちとせ》を過ぐすとも一夜《ひとよ》の夢のここちこそせめ。住み果てぬ世にみにくき姿を待ちえて何かはせん。命長《いのちなが》ければ辱《はぢ》多し。長くとも

通釈　あだし野の露がそのまま消える時もなく、鳥部山の火葬の煙がそのまま立ち去ることもない状態であるとして、そのように人の命が消えることなく、いつまでも住んでいられるのが世の常であるなら、どんなにか、ものの情趣も失われてしまうことだろう。この世は無常であるのが全くすばらしいことなのだ。

命のあるものを見るのに、人ほど長生きするものはない。かげろうが夕方を待たずに死に、夏の蟬が春秋をしらないで死ぬ短命なものもあるのだ。（それに比べれば）じっくりと一年をくらす間だけでも、この上もなくゆったりした気分になれるはずだ。いくら長生きしても満足することはなく、惜しい惜しいと思ったなら、

四十《よそぢ》にたらぬほどにて死なんこそ、めやすかるべけれ。

そのほど過ぎぬれば、かたちを恥《は》づる心もなく、人に出《い》でまじらはんことを思ひ、夕べの陽《ひ》に子孫を愛して、さかゆく末《すゑ》を見んまでの命をあらまし、ひたすら世をむさぼる心のみふかく、もののあはれも知らずなりゆくなん浅ましき。

千年生きたところでまるで一夜の夢のような気がするにきまっている。（それなら）いつまでも住んではいられないこの世に、老醜の姿をさらすまで生き長らえても、どうッてこともあるまい。命が長いとそれだけ生き恥をさらすことも多い。いくら長くても、四十に足らぬくらいで死んだ方が、何といっても無難というべきものだ。

四十の坂を過ぎてしまうと、容貌を恥ずかしいと思う心もなく、人の前にのさばり出て交際したいということを思い、余命もないくせに子や孫を可愛がり、かれらが立身出世していく将来を見届けるまでの命の予想をたて、やたらに名利をむさぼる心ばかりが深くなり、ものの情趣もわきまえられなくなってゆくのは、まことにあきれはてたことである。

語句

▼あだし野　京都の西北部、嵯峨の奥にあった共葬墓地。いま化野《あだしの》念仏寺がある。

▼露きゆる時なく　露は消えやすいものだが、その

ように消えやすい命が消えもせずの意。これにつづく「煙立ちさらでのみ」も同じ意。

▼**鳥部山** 京都東山の西南部にある地名で鳥辺野ともいい、墓地や火葬場がある。

▼**もののあはれ** 何かあるものを手がかりとして、しみじみと心に深くきざす感動。

▼**かげろふの夕べを待ち** 「かげろふ」はかげろう科の昆虫で、成虫になってからの生存期間がきわめて短い。「夕べを待ち」は「春秋をしら」と並んで「ぬ」へかかっていくための対偶中止法。「かげろふの夕べを待たぬもあるぞかし。また、夏の蟬の春秋をしらぬもあるぞかし」となる文章の、共通部分をはぶいて一つに合わせた表現法である。

▼**一夜の夢** きわめて短くはかないことのたとえ。

▼**ここちこそせめ** 「こそ……め」で強意の係り結び。きっと……するにちがいない、の意。

▼**待ちえて** 待つことによって所期の状態に到達する意。

▼**何かはせん** 「かは……ん」で反語の係り結び。

▼**命長ければ辱多し** この場合の「ば」は已然形に接続して、上の場合には必ず下のようになるという恒時条件、必然条件を示す。

▼**夕べの陽** 老年をたとえた語。

▼**さかゆく末** 繁栄してゆく将来。

▼**あらまし** 「あらます」は期待する、予想する、の意。

▼**世をむさぼる** 「世」は世俗の人のいだく欲望、の意。名誉、利益をやたらにほしがること。

解説

『徒然草』には、いわゆる〝無常観〟に関する段がいくつもある。これは〝生者必滅会者定離〟を説く仏教の影響によるもので、無常観は、当時の少なくとも知識階級の常識となっていたのであろう。生命のあるものは、その生命を得たと同時に、死滅に向かって絶えまなく進んでいるのである。だから生きているかぎり、〝死〟のおとずれが必ずやってくる。それは誰もが知っていることなのに、意識することを避けたがる。そこに人間の弱さがあるのだ

が、その〝死〟を見つめることによって、人生に対処しようとするのが兼好の無常観だといってよかろう。だから兼好の説く無常観に陰湿性はない。すっぱりと割り切ってカラリとした爽やかさが感じられる。

この段のテーマは「世はさだめなきこそいみじけれ」という一文に尽きる。〝無常〟は〝常住〟と対応する。無常ははかなく好ましからざるものとするなら、常住はたのもしく好ましいものとなるはずである。ところが、常住とはつねにとどまる意だから変化もなければ進歩もない。あるのは停滞無気力ばかりで、それはむしろ〝無〟であり〝死〟である。無常こそが進歩発展の姿を示すものとして受けとめられる。だからこそ「世はさだめなきこそいみじけれ」ということばが生きてくる。

そうして、主題提示のあとは、生命の長短について論じ、老年のあさましさを強調して文を結ぶ。生命の長短などは比較上の問題で、短いものと比べれば長く、長いものと比べれば短いのは当然のことだけれど、要は心構えの問題に尽きる。「飽かず、惜しと思はば、千年を過ぐすとも一夜の夢のここちこそせめ」だから時間的な長短は関係しない。だとすれば当然「住み果てぬ世にみにくき姿を待ちえて何かはせん」となり、「長くとも四十にたらぬほどにて死なんこそ、めやすかるべけれ」という結論がひき出される。

ただし、この結論も絶対的なものではないことが、推量の助動詞を用いて仮定的に述べていることでわかる。だからこそ、このような発言をした本人がケロリとして、六十過ぎるころまでの寿命を保つことができたのである。

兼好は極端に老醜をきらう。そこに彼の人生美学があった。その故に老年のあさましさを徹底的にあばくのだが、それは〝あさましき〟生活態度を一面的にとり上げているので、〝もののあはれ〟をわきまえた好ましい老齢者だっているのである。それには触れないで老醜のみ強調したのは、その背後に〝もののあはれ〟をいとおしむ思いがかくされているからである。

4 えならぬ匂ひ　第八段

世の人の心まどはすこと、色欲にはしかず。人の心は愚かなるものかな。

通釈

世間の人の心を迷わせるものとして、色欲以上のものはない。人間の匂ひなどは仮《かり》のものなるに、しばらく衣裳に薫物《たきもの》すと知りながら、えならぬ匂ひには、必ず心ときめきするものなり。久米の仙人の、物あらふ女の脛《はぎ》の白きを見て、通を失ひけんは、誠に、手足・はだへなどのきよらに、肥えあぶらづきたらんは、外の色ならねば、さもあらんかし。

心ほど愚かなものはあるまい。

匂いなどというものは、（実体のない）仮のものであるのに、一時的に衣装にたきこんだだけのものだとは知っていながら、なんともいえぬいい匂いをかぐと、必ず、心がときめきを感じるものである。（あの）久米の仙人が、洗濯ものをしている女のふくら脛の白いのを見て、神通力を失ったという話があるが、それはまことに、手足や肌などが美しく、ふっくらと脂肪がついているというのは、外の色の美しさではないから、〝さもあらんかし〟と思われるのである。

語句

▼**世の人**　世間一般の人。この段の内容からみて、男性をさしていることがわかる。

▼**色欲**　仏教でいう五欲（財欲・色欲・飲食欲・名欲・睡眠欲）の一つで、形態を有するものの美しさに対する欲望。

▼**匂ひなどは仮のもの**　「仮のもの」と言ったのは、匂いが実体のないものだからである。

▼**しばらく**　一時的に、かりそめに。

▼**衣裳に薫物す**　伏籠《ふせご》というかごの中で薫香をたき、その上に衣服を被いかけてその匂いを衣服にしみこませた。

▼**心ときめきする**　サ変の複合動詞となっている。香のえもいわれぬ匂いが神経を強く刺激するさまを

表現している。

▼**久米の仙人**　【余録】参照。

▼**物あらふ女**　足踏み洗濯の風習は今も各地に見られる。当然ふくらはぎが露出される。

▼**通を失ひけんは**　「通」は仙人にそなわった空中飛行の神通力。「けん」は過去の伝聞を表す助動詞。……タトイウコトデアルガ、ソレハ……、の意。

▼**きよらに**　清らかで美しい意。

▼**外の色ならねば**　他の物質的なものの美しさではないから。ツマリ、肉体の内部から発する美しさだから、の意。

▼**さもあらんかし**　「さ」は久米の仙人が通を失ったことをさしている。そういう結果になったことを肯定して、イカニモソウデアロウといっている。「かし」は念を押し強める意の終助詞。

解説

人間には、男女の両性があるだけだから、男性が女性を問題にし、女性が男性に関心を持つのが当然で、いくら兼好が出家だからといって、〝色欲〟をテーマにしたことで生臭坊主扱いしたりするのは酷である。しかもここにいう色欲とは、今日的な意味ではなく、〝色即是空、空即是色〟という時の仏教的な〝色〟で、形骸を有するものの持つ美的要素と考えられるものである。
ところで、男性から見た美女、女性から見た美男の条件は、同性によるものと微妙にくいちがう点もあるらしく、たとえば〝男好きのする顔〟などという言い方をする場合もある。一般的美女の条件も主観に支配されやすいし、時代によっても大きな変遷がある。奈良時代の美女の典型とされる吉祥天女の像など見ると、実にふくよかな表情と豊満な肢体をそなえている。『源氏物語』の時代では、額つきや豊かな黒髪が美女の第一要件となった。『徒然草』にも「女は髪のめでたからんこそ人の目たつべかめれ」（第九段）と書かれている。江戸時代浮世絵師の描く美女は、いわゆる〝瓜実顔〟となり、大正時代一世を風靡した竹久夢二の美女は線の細い〝手弱女《たおやめ》〟であった。さて現代はどうか。現代ほど女性が活発に行動する時代はなかったし、体格も欧米並みになった。そういう時代背景の中の美女は、久米の仙人の通を失わしめた女の豊満な美しさに復帰したとみていいのかもしれない。

余録

今昔物語　巻第十一
久米ノ仙人始メテ久米寺ヲ造レル語《コト》

今ハ昔、大和ノ国吉野ノ郡ニ龍門寺ト云フ寺有リ。寺ニ二《フタリ》ノ人籠リ居テ仙ノ法ヲ行ヒケリ。其ノ仙人ノ名ヲバ、一人ヲアツミト云フ、一人ヲバ久米ト云フ。然ルニ、アツミハ前《サキ》ニ行ヒ得テ既ニ仙ニ成リテ、飛ビテ空ニ昇リニケリ。

後《ノチ》ニ、久米モ既ニ仙ニ成リテ、空ニ昇リテ飛ビテ渡ル間、吉野河ノ邊《ホトリ》ニ、若キ女、衣ヲ洗ヒテ立テリ。衣ヲ洗フトテ、女ノ肺脛《ハギ》マデ衣ヲ掻キ上ゲタルニ、肺ノ白カリケルヲ見テ、久米、心穢

レテ其ノ女ノ前ニ落チヌ。其ノ後《ノチ》、其ノ女ヲ妻《メ》トシテ有リ。（下略）

その後久米は普通の人として暮らしていたが、ある時、都造営のための材木を、大和国から都まで、仙法によって空を飛ばして運びこんだので、このことが天皇の耳にも達し、免税の田三十町を久米に賜わった。久米は大いに喜び、これを資金として久米寺を創建した。

5　ことさめの柑子の木　第十一段

神無月《かんなづき》のころ、栗栖野《くるすの》といふ所を過ぎて、ある山里にたづね入ることはべりしに、はるかなる苔の細道をふみわけて、心細く住みなしたる庵《いほり》あり。木《こ》の葉に埋もるる懸樋《かけひ》のしづくならでは、つゆおとなふものなし。閼伽棚《あかだな》に菊・紅葉など折り散らしたる、さすがに住む人のあればなるべし。

通釈

神無月のころ、栗栖野という所を過ぎて、ある山里にたずね入ることがありました折に、はるかに続く苔の細道をふみ分けて、心細い感じが誘発されるような趣で誰かの住んでいる庵があった。木の葉に埋もれた懸樋の雫《しずく》の音の外には、物音を立てるものはひとつもない。しかし、閼伽棚に菊や紅葉が折り散らしてあるのは、さすがに住む人がいるからにちがいない。

こんな状態でも、よくまあ住んでいられるもかくてもあられけるよと、あはれに見るほどに、かなたの庭に大きなる柑子《かうじ》の木の、枝もたわわになりたるが、まはりをきびしく囲ひたりしこそ、少しことさめて、この木なからましかばとおぼえしか。

のだなァと感銘をおぼえながら見ているうちに、(ふと気がつくと、)向こうの庭に大きな柑子の木があって、枝もたわわになっているのが、そのまわりをきびしく囲ってあったのには少し興ざめがして、この木がなかったとしたら(どんなによかったことだろう)と思われたことである。

語句

▼**神無月** 陰暦十月の異称。

▼**栗栖野** 京都市東山区山科《やましな》の地名。

▼**懸樋** 水源から水をひいてくるために地上にかけ渡した樋《とい》。

▼**つゆおとなふものなし** 「つゆ」は打ち消しの語をともなう副詞で、まったく、すこしも、の意。「おとなふ」は音をたてる、訪問する、の意。

▼**閼伽棚** 「閼伽」は梵語で浄水の意。仏に供える水やそれを入れる器などを置く棚で、簀子《すのこ》縁の外側にしつらえる。

▼**かくてもあられけるよ** 「かく」は眼前の状態、「ある」は生活する意、「れ」は可能の助動詞、「ける」は詠嘆の助動詞、「よ」は感動の終助詞。

▼**柑子** みかん。

▼**この木なからましかばと** 「ましか」は反実仮想の助動詞。「〜なからましかば」の次に「よからまし」とか「ゆかしからまし」などを補って考える。

解説

兼好は第十段で「おほかたは家居にこそことざまはおしはからるれ」〈けっきょく住宅によってこそ、そこに住んでいる人の人がらは、うかがい知ることができるものだ〉と述べているが、この段でも、兼好の心に感銘を与えたのは、住居とそれを包んでいる自然との調和のすばらしさであった。だからこそ「かくてもあられけるよ」と、この住居に住んでいる人への賛嘆の思いが口をついた。ところが回りを囲った柑子の木に目が及んだ時、住む人の心の醜さに幻滅を感じた。この住居にはこのような人が住んでいなければならないという調和は破れたが、この柑子さえなければ、自然と住居との調和美は完全に保たれていたはずで、そのために「ことさめ」の程度が「少し」ですんだとみられよう。

この段の文章は、はじめ「たづね入ることはべりしに」とあり、読み手あるいは聞き手を意識した丁寧語を用いている。ところが、これ一度だけであとは常体の表現になっている。いちおう体験回想の助動詞「き」が用いてあるので、自分のかつての体験談ということになるが、何だか出来すぎた話のような感じがしないでもなかった。しかし、私自身がこれと同様の体験をするに及んで、これは事実そのものだという確信を深めた。

それは柑子ならぬ柿の実の熟するころ、京都の稲荷山を越えてこの栗栖野の地に下ってきたことがある。その時、陽当たりの悪そうな谷あいに三本の柿の木があって渋そうな色の実がついていた。そこへはさらに雑草の茂った急な斜面を下らねばならなかったが、その路傍に制札があり、「この柿には毒薬がかけてあるからさわるとあぶない」と書いた紙が押しピンでとめてあり、斜面の中ほどの電柱には「柿を取るな、見つけたらすぐ警察につき出すゾ」と書いた板が打ちつけてあった。私は毒気に当てられて写真にうつす気も起こらなかったので、手もとには何の証拠もないが、私はこの段を読むたびにこのことを思い出す。

またこの文章には、動作をする人物名は全然書かれていない。作者自身の頭の中でははっきりわかっていることなのかもしれないが、読む側からみると「はるかなる苔の細道をふみわけて」の部分で、細道をふみわけて行ったのは誰かという疑問が生じる。山里にたずね入れば兼好も細道をふみわけているはずだし、庵に心細く住みなしている人もそのはずである。どちらか一方にきめようとするきゅうくつさを避けるために、こんなテクニックが自然に発達したのかもしれない。

第十二段

6 心の友

同じ心ならん人としめやかに物語して、をかしきことも世のはかなきことも、うらなくいひ慰《なぐさ》まんこそうれしかるべきに、さる人あるまじければ、つゆたがはざらんと向かひゐたらんは、ひとりあるここちやせん。

互ひにいはんほどのことをば、「げに」と聞くかひあるものから、いささかたがふところもあらん人こそ、「我はさやは思ふ」など争ひ憎《にく》み、「さるから、さぞ」ともうち語らはば、つれづれ慰まめと思へど、げには、少しかこつかたも、我と

通釈

同じ心の人としんみりと語り合って、人生のすばらしいことについても、無常なことについても、心を開いて満足するまで話し合えたら、とてもうれしいだろうが、そんな人はあるはずがないから、一から十まで、相手の気に逆らうまいとして、対座するようなはめになったとしたら、まるでひとりでいるようなここちがするだろう。

おたがいに話し合うほどのことについて、「なるほど」と聞くかいはあるものの、いくらかくい違う意見もあるような相手の方が、「私はそうは思わない」などと反論したり、「こうだから、こういう結果がでるのだ」などと論じ合ったら、退屈しのぎになってよかろうと思うが、ほんとうのところは、ちょっとうっぷん晴

等《ひと》しからざらん人は、大方のよしなしごといはんほどこそあらめ、まめやかの心の友には、はるかにへだたるところのありぬべきぞわびしきや。

らしでもしようかという場合でも、自分と気の合っていない人だと、世間一般のあたりさわりのないことをしゃべっているうちはそれでもよかろうが、気を許してつきあえる〝心の友〟というには、雲泥の差のあるのが当然で、それがどうにもやりきれないのである。

語句

▼同じ心ならん人　「ん」は推量の助動詞だから、直訳すると「同ジ心デアルダロウト思ワレル人」となる。「同じ心」とは、考え方・感じ方が同じ方向にむかう状態、一から十まで気が合う人という意味。こういう人とは安心してものが言える。

▼世のはかなきこと　「はかなき」の意味が両様に解されている。①〝ちょっとした、つまらない〟の意。これは後に「大方のよしなしごと」という語があるので、ここは②〝頼りない、はかない〟の意に解するのがよい。〝この世が頼りない→無常である〟と解してこそ「うらなくいひ慰まん」ことに対して「うれしかるべき」という表現が生きてくる。

▼うらなく　心の中に包み隠すことなく。

▼いひ慰まん　「いひ慰む」は話すことによって心に安らぎをおぼえる意。

▼さる人　ソウイウ人とは、煎じつめれば〝同じ心ならん人〟と同意になる。

▼つゆたがはざらん　「つゆ」は三五ページに既出。「ん」は意志の助動詞で、相手の意にすこしでも逆らわないようにしようと構えている意。

▼あるものから　「ものから」で逆接の助詞。アルモノノ、アルケレドモ、の意。

▼さやは思ふ　「やは」は反語の係助詞で、ソウハ思ワナイ、の意。

▼争ひ憎み　複合動詞で、反論する意。

▼**さるから、さぞ**　こういう根拠があるからこういう結果になるのだと、はっきりした論拠を示して結論を出す言い方を一般的に示したもの。
▼**げには**　実際のところは、の意で、文末の「わびしきや」にかかる。
▼**大方のよしなしごと**　「よしなしごと」は一六ページに既出。一通りの、あたりさわりのない雑事、の意。
▼**ほどこそあらめ**　「こそ……め」で逆接にはたらく。「あら」は肯定した言い方だから、ソレデヨイ、ソレデ心ガ慰ムハズダ、の意。
▼**まめやかの心の友には**　真実の知己というには、の意。
▼**ありぬべきぞ**　「ぬ」は強意、「べき」は推量、「ぬべき」で、……ニチガイナイ、の意。
▼**わびしきや**　どうにもやりきれない、の意。

解説

この段の表現法の特徴としてすぐ気づくことは、推量の助動詞と逆接法の多用である。人間はひょっとしたら、真の友情なんてものは味わえないようにできているのかもしれない。これが真の友情だと確信をもって言うことができないから、仮定で考え、夢のように理想を描き、それをつぶし、現実に戻って絶望に終わり、絶望の中から妥協を求めてはみるが、やはり落ち着くところは孤独のわびしさにすぎないであろうということを、頭の中で考えている。もちろん兼好の体験の中に、多くの友人はいたであろうが、その友人たちとの交際の実態をふまえ、それの反省の中からこういう友情論を抽出したわけである。兼好がこんなことを言えば、彼の友人の中には〝君はこんなことを考えながら私とつきあっていたのか?〟と、腹を立てる者も出てくるかもしれないが、純粋に考えれば考えるほど〝同じ心の人〟なんてものは、求めようにも求めようのないものだという結論に達せざるをえないであろう。その時の心の屈折が、逆接法の多用にもつながっていると思われる。

二つの単位文の結びがそれぞれに「ひとりあるここちやせん」と「わびしきや」で、対人交流を求めた結論としては、文字通りにわびしすぎる。それぞれの結論の出る過程として、「うれしかるべきに→ひとりあるここちやせん」「つれづれ慰まめと思へど……いはんほどこそあらめ……→わびしきや」と、逆接条件を伴っているために、幻滅失望の情もひとしお深刻に感じ取られることになる。

第十四段

7 歌の道

和歌こそなほをかしきものなれ。あやしのしづ・山がつのしわざもいひ出でつ

通釈

和歌こそは何といってもやはり興味深いものである。身分の低い農

ればおもしろく、おそろしき猪《ゐ》のししも「ふす猪の床《とこ》」といへばやさしくなりぬ。

　このごろの歌は、一ふしをかしくいひかなへたりと見ゆるはあれど、古き歌どものやうに、いかにぞや、ことばの外にあはれにけしき覚ゆるはなし。貫之《つらゆき》が「糸による物ならなくに」といへるは、古今集の中《うち》の歌屑《くづ》とかやいひ伝へたれど、今の世の人の詠《よ》みぬべきことがらとは見えず。その世の歌には、すがた・言葉このたぐひのみ多し。この歌に限りてかくいひたてられたるも知りがたし。源氏《げんじ》の物語には「物とはなしに」とぞ書ける。新古今には、「のこる松さへ峰にさびしき」といへる歌をぞいふなるは、まこと

夫や木樵《きこ》りの作業なども、和歌に表現してみるとおもしろく感じられ、恐ろしいいのししも「ふす猪の床」というふうに言い表すとやさしい感じになってしまう。

　最近の歌は、いちおうはおもしろく表現できていると思われるのはあるが、どういうものか、昔の数ある歌のように、言外に余韻深く、ひきしまった情趣の感じられるようなものはない。貫之が「糸による物ならなくに」と詠んだ歌は、古今集の中での歌屑とか言い伝えているが、今の世の人にできそうな表現のしかたとも思われない。当時の歌には、歌態上、用語上、こういったたぐいのものがきわめて多い。それなのに、この歌に限って歌屑だなどと言いたてられているのも理解に苦しむ。『源氏物語』には〝物ならなくに〟の部分が、〝物とはなしに〟として引用されている。また『新古今集』では、「のこる松さへ峰にさびしき」と詠んだ歌を歌屑だと言うそうだが、なるほど、これはすこし整っ

に、少しくだけたるすがたにもや見ゆらん。されどこの歌も、衆議判《しゆぎはん》の時、よろしきよし沙汰ありて、後にもことさらに感じ仰せくだされけるよし、家長《いへなが》が日記には書けり。

歌の道のみ、いにしへに変はらぬなどいふこともあれど、いさや。今も詠みあへる同じ詞《ことば》・歌枕も、昔の人の詠めるはさらに同じものにあらず。やすくすなほにして、姿もきよげに、あはれも深くみゆ。

梁塵秘抄《りやうぢんひせう》の郢曲《えいきよく》の言葉こそ、また、あはれなることは多かめれ。昔の人は、ただいかにいひすてたることくさも、皆いみじく聞こゆるにや。

ていないような感じを受けるかもしれない。しかしこの歌も、衆議判の時に佳作だという判定が下されて、後にも（後鳥羽院が）格別におほめのお言葉を下されたことが家長の日記には書いてある。

すべてが衰えていく世の中に、和歌の道だけは昔に変わらぬ立派さを保っていると言われることもあるが、さあどんなものだろうか。今の人も詠んでいる昔と同じ用語や歌枕でも、昔の人の詠んだものは、まるで同じものとは思えない。昔の人のものは安らかに素直で、歌態もうるわしく、しみじみとした余情をたたえている。（ところで、）『梁塵秘抄』の郢曲の言葉は、これがまたきわめて情趣深いものが多いようである。昔の人のものは、ただどんなに無造作に詠んだ言葉でも、みなすばらしく聞こえるのだろうか。

語句

▼**なほをかしきものなれ**　「なほ」という副詞を用いたのは、〝をかしき〟漢詩文のあることを心においているからである。

▼**あやしのしづ・山がつ**　「あやしの」は身分の低い意。「しづ」は身分の低い者、「山がつ」は山に住む身分の低い者、の意。「しづ・山がつ」と並べて用いる時は農夫・木樵《きこ》り、の意。

▼**いひかなへたり**　「いひかなふ」〈下二〉は、うまく当てはまった表現をする意。

▼**いかにぞや**　どういうものか、の意。

▼**けしき覚ゆる**　深い趣を感ずる意。この場合の「けしき」は〝歌の余情〟と解してよい。

▼**歌屑**　歌の屑、下手な歌、最も劣った歌、の意。

▼**詠みぬべきことがら**　「ぬ」は強意、「べき」は推量、「ぬべき」で可能の意を生じ、詠めそうな、の意。「ことがら」は〝ことばのがら〟で、表現のしかた、の意。

▼**その世の歌**　「その世」は「今の世」に対して、貫之のいた『古今集』の撰定された時代をさす。

▼**すがた・言葉**　歌の「すがた」とは、歌一首を全体的に見た時に受ける感じで、「言葉」とは、その歌を構成する一つ一つの用語をいう。

▼**源氏の物語には**　「総角《あげまき》」の巻に「……〝物とはなしに〟とか貫之が、この世ながらの別れをだに、心細きすぢに引きかけけむを……」と見える。

▼**のこる松さへ…**　『新古今集』巻六、冬歌〈春日社の歌合に落葉といふ事をよみて奉りし、祝部成茂〉「冬の来て山もあらはに木の葉ふり残る松さへ峰にさびしき」とある。

▼**くだけたるすがた**　くだけた表現という意だから、内容がばらばらになっているような感じを受けるということであろう。

▼**衆議判**　【余録】参照。

▼**よろしきよし**　「よろし」は悪くはない、まずまずの出来栄えだというほどの意。

▼**いさや**　さあどうであろうか、といぶかる気持ちを表す語。

▼**梁塵秘抄**　後白河法皇御撰、平安末期の歌謡集。その一部が現存している。

▼**郢曲**　平安末期の謡いものの総称。神楽歌《かぐらうた》、催馬《さいば》楽《ら》、風俗歌《ふぞくうた》、朗詠《ろうえい》、今様《いまよう》などが含まれる。

▼**いひすてたることくさ**　「いひすつ」は無造作に

言ってかえりみない意。「ことくさ」は言葉のたね、文句、の意。

▼**聞こゆるにや**　次に「あらん」が省略された形。聞こえるのであろうか、の意。

解説　兼好は当時の和歌の名手として知られ、頓阿、浄弁、慶運と共に〝和歌四天王〟と称せられ、『続千載集』以下の勅撰集にも入集し、家集として『兼好法師集』も残されている。そういう彼の和歌論であるが、その基調をなすものは彼の根強い尚古趣味である。和歌の名手であるはずの兼好が、『徒然草』の中に自作の歌をただの一首も書きとめていないのは、本文中に「このごろの歌は、一ふしをかしくいひかなへたりと見ゆるはあれど、古き歌どものやうに、いかにぞや、ことばの外にあはれにけしき覚ゆるはなし」と言っている以上、〝このごろの歌〟であるところの自作の歌を、おめおめと掲載する気になれなかったのであろう。

いまの私たちにしてみれば、「おそろしき猪のししも〝ふす猪の床〟といへばやさしくなりぬ」程度のことは、感じとして納得できないことはないが、「糸による物ならなくに」や「のこる松さへ峰にさびしき」が、『古今集』や『新古今集』の歌屑であるとか、「くだけたるすがた」であるとか言われても、何のことやらさっぱりわからない。

この段の内容を本当に理解するためには、兼好の和歌における立場や、当時の歌壇の趨勢《すうせい》から理解してかからねばならなくなる。そうなると専門的な分野にたずさわる学者の研究にゆだねるしかないし、その結果が私たちにどこまで理解できるか、私たちがシロウトであるかぎり大した期待はもてまい。こうした内容の文章に遭遇したとき、私たちとしては、表面的な受け取り方で甘んじておくしかいたし方ないのであろう。

本文第一段落を見ると、和歌を「をかしきもの」と言い、あやしくおそろしき対象も、和歌に表現すればあるいはおもしろく、あるいはやさしくなると言う。これは、和歌の〝をかしさ〟の中には〝おもしろさ〟と〝やさしさ〟が含まれていることを言ったものである。

現代語で〝おもしろおかしく〟と言えば、コッケイで笑いたくなる状態を言う。〝おもしろい〟はコッケイなばかりでなく、興味が感じられる状態を広く言う場合にも用いられるが、〝おかしい〟は調和が破られたり、道理に外れたりして、不審感、滑稽感の生ずる場合に限定されて用いられる。こういう点で古典語のニュアンスとは大きな格差がある。

古典語の場合は、ここに見られるように、〝あやし〟を〝おもしろし〟に、〝おそろし〟を〝やさし〟に変貌させる和歌の効用そのものを〝をかし〟と表現している。この場合〝おもしろし〟は、〝あやし〟の状態が消えて、〝しづ・山がつ〟のしわざを、いいもんだなあと感じる感じそのもので、和歌の表現がそのように変貌させる力をもっていること自体を、〝をかし〟と感じとっているのである。だから、〝おもしろし〟も〝をかし〟も、興味ガアル、趣ガ深イと口語訳をつけてしまっては、こういう微妙なニュアンスが失われてしまうことになる。

余録　平安時代から鎌倉時代にかけて盛んだった宮廷内の遊戯に、「歌合〈うたあわせ〉」があった。これは和歌の優劣を競う紅白試合のようなもので、紅白という組分けのかわりに〝左方〟〝右方〟と言い、それぞれの味方を「方人〈かたうど〉」と言う。審判の役を「判者〈はんじゃ〉」と言い、判定の結果引き分けとなったときは「持〈ぢ〉」と言う。「衆議判」というのは、特定の判者を定めず、左右の方人の論議によって定めるものを言う。

8　しばしの旅立ち　第十五段

いづくにもあれ、しばし旅だちたるこそ、めさむるここちすれ。

そのわたりここかしこ見ありき、ゐなかびたる所、山里などは、いと目《め》なれぬことのみぞ多かる。都へたよりもとめて

通釈　場所はどこでもよいから、しばらくの間家を離れて旅に出ていることは、目のさめるような新鮮な気分になれるものである。

滞在地の近辺をここかしこと見てまわるのに、いなかめいた所や山里などでは、見なれぬ珍し

文やる。「そのことかのこと、便宜《びんぎ》に忘るな」などいひやるこそをかしけれ。

さやうの所にてこそ、よろづに心づかひせらるれ。持てる調度までよきはよく、能ある人、かたちよき人も、常よりはをかしとこそ見ゆれ。

寺・社などにしのびてこもりたるもをかし。

いものごとにいくらでも出くわすものである。都のわが家へ幸便に託して手紙を届けるのに、「そのことやあのことを、適当な時に忘れずにやっておくように」などと言ってやるのも興味深いものである。

そのような旅先にいると、何かにつけて自然と注意を払うようになるものである。持って出た手まわりの道具類まで、もののいいのは一そうひきたち、芸能を身につけた人や容貌のすぐれた人も、常よりは一段とすぐれて見えるものである。

寺や社などに人目を避けて参籠しているのもいいものである。

語句

▼**いづくにもあれ**　「あれ」は命令形で、この場合は「どこでもかまわない」という放任の意を表す。

▼**たよりもとめて**　「たより」はついで、幸便、の意。ちょうど都へ出向く人がいることを知って、その人に手紙を持って行ってもらうようにすること。

▼**便宜**　よい折、ちょうど都合のよい機会。

▼**心づかひせらるれ**　「らるれ」は自発の助動詞の已然形。自然に注意をはらうようになるものだ、の意。

▼**調度**　手まわりの道具類。

▼**かたちよき人**　容貌のすぐれた人、美男美女。常とはちがった環境の中で見ると一そうひきたつというのである。

解説

〝可愛《かわい》い子には旅をさせよ〟という諺がある。この頃の若い人たちにしてみれば、昔の親もずいぶんものわかりがよかったんだなあと思うかもしれない。今でこそ旅はレジャーの最大の楽しみというべきだが、昔の旅は苦痛以外の何ものでもない。だからこの諺は、子が可愛いければ若いうちに旅の辛苦を味わわせて、処世上の根性を養成するがよいという意味なのである。〝若い時の苦労は買ってでもせよ〟とも言われる。

この段のテーマにしている〝旅〟は、そういう旅とはかなり違っている。「旅だちたる」は自分の家を離れた所で生活している状態をいう。だから極端に言えば、隣家に一泊しても旅と言える。ここでは長期長途の放浪の旅ではなく、「いづくにもあれ、しばし旅だちたる」という条件がついている。場所は限定しないが、期間については〝しばし〟でないといけない。〝ひさしく〟となってしまえば、それが常態となりマンネリ化してしまう。〝めさむるここち〟と表現できる新鮮さは「しばし」にしてはじめて可能な印象だからである。昨日も今日も、そうして明日も変わらぬ日常生活のなかに求められる〝変化〟の妙味は〝旅〟に尽きよう。今でも多忙な日常を送っている人が喜んで一泊旅行に出かけ、あるいは気の合った若者同士が、友人の家に泊まり込んだりする。こういう変化が日常生活の新鮮さを保つ大きな役割を果たしている。だから、兼好のこういう文章を読むと、彼の感覚の時代を超えた新鮮さに触れて、親愛感をいだかずにいられなくなるだろう。

道成寺
寺・社などにしのびて
こもりたるもをかし

兼好は旅先での印象、即ち「めさむるここち」をいろいろな形で表現しているが、「ゐなかびたる所」「山里」などで「目なれぬこと」の多いことを指摘し、都への「文」に家の者への指図をすることに強い〝をかしさ〟を感じている。在宅の場合には当然のことも、旅に出た場合の同じ行為が、こんなにも新鮮に感じられるものなのである。旅における新鮮さは〝心づかひ〟の上にも及び、調度類にしても「よきはよく」、人に対しても「常よりはをかし」と感じられる。最後に添えられた寺社への参籠を「をかし」というのも、これも一種の〝旅だち〟だからである。

余録

「旅は道連れ世は情け」という諺は苦しい旅も道連れを得ることによって慰められ励まされるように、苦しいこの世での世渡りにも、人の情けに接することによって慰められ、生きる力が与えられることを言ったものである。さらに「情けは人のためならず」と言う。情けをかけるのは他人のためになるばかりでなく、それがいつかは自分に戻ってきて、自分自身が救われることになるという。これも庶民の体験から生まれた生活の哲学であろう。

第十八段

9 許由と孫晨

人は己《おのれ》をつづまやかにし、奢《おご》りを退けて、財《たから》をもたず、世をむさぼらざらんぞ、いみじかるべき。昔より賢き人の富めるは稀《まれ》なり。

唐土《もろこし》に許由《きよいう》といひつる人は、さらに身にしたがへる貯《たくは》へもなくて、水をも手して捧《ささ》げて飲みけるを見て、なりひさこといふ物を人の得《え》させたりければ、ある時、木の枝にかけたりけるが、風にふかれて

通釈

人は自分の衣食住をきりつめ、贅《ぜい》沢《たく》をやめて財産を持たず、名利をむさぼらないようにするのが、最高にすばらしいだろう。昔から賢人といわれる人で富裕なものはまずいないだろう。

もろこしで許由といった人は、まるっきりわが身についた財産もなくて、水さえも手ですくい上げて飲んだのを見て、ひょうたんという物を誰かがくれたので、ある時、それを木の枝に掛けておいたところ、風に吹かれて鳴ったのを、うるさいといって捨ててしまった。そしてまた

鳴《な》りけるを、かしかましとて捨《す》てつ。また手に掬《むす》びてぞ水も飲みける。いかばかり心のうち涼しかりけん。孫晨《そんしん》は冬の月に衾《ふすま》なくて、藁一束《ひとつかね》ありけるを、夕《ゆふ》べにはこれにふし、朝《あした》にはをさめけり。

唐土《もろこし》の人は、これをいみじと思へばこそ、記しとどめて世にも伝へけめ、これらの人は、語《かた》りも伝《つた》ふべからず。

もとのように、手にすくい上げて水も飲んだという。どれほどか心の中がさっぱりしたことだろう。また孫晨は冬のころに夜具がなくて、藁が一束あったのを、夜にはこれに寝て、朝には片づけておいたという。

もろこしの人は、この話をすばらしいと思うからこそ、記しとどめて後の世にも伝えたのであろうが、わが国の人は語り伝えるはずもない。

語句

▼**己をつづまやかにし** 自分に関する衣食住について倹約をむねとする、の意。

▼**世をむさぼらざらん** 第七段に「世をむさぼる心」とあった。名誉利益をほしがる欲心。「ん」は推量の助動詞で婉曲用法。

▼**いみじかるべき** 「いみじ」はすばらしい、最上だ、の意。「べき」は推量の助動詞、係り結びで強調されている。

▼**富めるは稀なり** 「稀なり」は少数だがたまにはあると肯定するのではなく、賢き人の富める状態を否定的に述べているのである。

▼**許由** 『蒙求』に「許由一瓢」としてこの話が出ている。

▼**さらに** 下に打ち消しを伴ってマッタク……ナイ、の意の副詞。

▼**なりひさこ** ひょうたんのこと。たてに二つ割りにして柄杓《ひしやく》とした。

▼**かしかまし** やかましい、うるさい。

▼**孫晨**　『蒙求』に「孫晨藁席」としてこの話が出ている。

▼**衾**　夜具。

▼**これらの人**　わが国の人。

解説

私は『徒然草』の中でもこの段がひどく気に入っている。この段の主役は、許由でも孫晨でも乞食かルンペンみたいなものである。ルンペンといってもこの頃の若い人たちには耳馴れないことばかもしれない。フウテンというか、ヒッピーとでもいえばよかろうか、とにかくお伽噺《ときばなし》に出てくる物臭太郎的な怠け者の感じもある。

こんな人間が理想の人物になるはずもないのに、何かしら人の心をひきつけるものをもっている。それなら、この人たちと同じような生活ができるかと言われてもできるはずがないのに、現代のように複雑怪奇な世相の中に身を置いていると、このような生活に徹底した人間を見ると、それがたとい架空の人物であったとしても、その生きざまにひきつけられてしまうのである。

煩わしさをいとう思い——そんな気持ちが誰の心の底にも巣喰っているのであろう。それが簡易生活へのあこがれとなる。どうかすると自分を見失ってしまいそうな日常の生活から抜け出して、何ものにも煩わされない、自分だけの世界にとじこもってみたい衝動に駆り立てられることがあるにちがいない。そんな時にこの段を読めば、一種の救いのようなものが感じられて心が安らぐのではあるまいか。

許由と孫晨とのうち、孫晨に関しては生活の実態が事実のままに述べられているだけだが、許由の場合は彼の確固たる意志表示がなされており、これに対する筆者兼好の「いかばかり心のうち涼しかりけん」という賛辞が添えられている。〝涼しい心〟とは〝無欲の心〟ということである。物質的なものを評価しようとする意志のないことの明らかな宣言である。これほどきれいさっぱりとしたことはない。

それでは、この人たちはどんなにして生活の資を得ていたのであろうか、そんな質問をすること自体が愚の骨頂なので、それを超越したところに彼らの生活は成り立っている。衣食住に何不自由のない人間が彼らにあこがれても、その人間を偽善者とするには当たらない。許由・孫晨の心の涼しさを理解し、それを自らの心にとり入れようという気持ちをもつことによって、その人は自らの心を洗うことができるからである。

この段の中心思想は文頭に述べられ、人間の生活態度の理想的状態を、①己をつづまやか（倹約）②奢りを退け（質素）③財をもたず（清貧）④世をむさぼらず（無欲）の四項目にしぼり、これを具現した人を「賢き人」としている。この賢き人というのは今日的な意味ではない。今日、賢いといえば、頭がよくて勉強の成績をあげるとか、才覚がよくはたらいて金儲けの術にすぐれているとか、どうかすると人を陥れることもかまわず、法網をたくみにくぐって自分だけの利益をはかることがうまい、などというような意味に用いられるが、この場合の「賢き人」というのはそんな人物ではない。許由や孫晨が賢き人の見本になっているくらいだから、儒教でいう聖賢の賢人でもない。結局は無欲に徹した人ということで、兼好の考え方に大きな影響を及ぼしている老荘思想での理想的人間像がクローズアップされる。

余録　私はこの段をテーマにして一首の腰折れをものした。

なりひさこ鳴るはかしまし手に掬ぶ
　水のうまさを思ひみむかも

というのである。「思ひみむかも」の訳が、我ながらつけにくいのであるが、〝考えてみるがよい〟くらいの意味としておけばよかろう。〝なりひさこ〟を捨てる心がこの段の根本テーマである。

10　折節の移りかはり　第十九段

折節《をりふし》の移りかはるこそものごとにあはれなれ。

「もののあはれは秋こそまされ」と人ご

通釈　季節の進行推移してゆく趣は、どんなものごとに関しても、しみじみとした深い情感をいだかせてくれるものであとにいふめれど、それもさるものにて、今一きは心も浮きたつものは春のけしきにこそあめれ。鳥の声などもことの外に春めきて、のどやかなる日影に、垣根《かきね》の草もえいづるころより、やや春ふかく霞みわたりて、花もやうやうけしきだつほどこそあれ、折《をり》しも雨風うちつづきて心あわたたしく散り過ぎぬ。青葉になり行くまで、よろづにただ心をのみぞ悩ます。花橘《たちばな》は名にこそおへれ、なほ、梅の匂《にほ》ひにぞ、いにしへのことも立ちかへり恋《こひ》しう思ひいでらるる。山吹の清《きよ》げに、藤《ふぢ》のおぼつかなきさましたる、すべて、思ひすてがたきこと多し。

る。

「しみじみとした情趣は、やはり秋がいちばんだ」と、どんな人でも言うようだが、なるほどそれも一理はあるが、秋よりもなお一そうすぐれていて、心も浮きたつ思いがするのは春のようすであるようだ。鳥の声などもとりわけ春めいて聞こえるし、のどやかな日の光をうけて垣根の草が芽ぶくころから、しだいに春も深まり、一面に霞がかかって、桜の花もどうやら咲きはじめたかと思ったとたん、折あしく雨風が何日か続いて、せっかくの花も気ぜわしく散り過ぎてしまう。とにかく、青葉になってゆくまで、何かと心を悩ますばかりである。花橘は昔を思い出させる花として有名ではあるが、やはり梅の匂いをかいだ方が、過ぎ去った昔のことも、その当時にたちかえって懐しく思い出されるものである。山吹がみごとに咲いている様子も、藤の花がおぼろな感じで咲いているのも、すべて見すごせないものばかりである。

語句

▼ものごと 季節の推移を確認できる一つ一つの事象をさす。

▼さるものにて それもそうだが、と前説を一たん肯定しながら、反論を導き出す時の語。「に」は断定の助動詞、「て」は逆接の助詞。

▼今一きは なお一そう、の意の副詞で、「心も浮きたつ」にかかるが、何とくらべて「今一きは」なのかはっきりしない。

▼日影 日の光そのものを意味する。

▼もえいづるころより 「より」は起点を示す格助詞で、「青葉になり行くまで」の「まで」と応じて時間的な経過を示し、その間に桜の花の咲いて散っていく気ぜわしさを描いている。

▼けしきだつほどこそあれ 「けしきだつ」はその様子があらわれる意。ここは花が咲きはじめる意となる。「こそあれ」は「けしきだつほど」を強調して次へ逆接で続けるはたらき。

▼心をのみぞ悩ます 〈春のけしき〉が〈人の〉心を悩ませると解せられる。

▼花橘は名にこそおへれ 「花橘」は橘の花を主にいう時の語。「名に負ふ」は有名だ、の意。「こそ……れ」で逆接にはたらく。

▼思ひいでらるる 「らるる」は自発の助動詞の連体形で「ぞ」の結び。

▼山吹の清げに 「清げに」は対偶中止法。次の「おぼつかなき」と並んで、「さま」にかかる。「清げなり」は美しく華麗なさまをいう。

▼**藤のおぼつかなきさま**　「おぼつかなし」ははっきりしない、の意。

「灌仏《くわんぶつ》のころ、祭りのころ、若葉の梢《こずゑ》涼しげに茂りゆくほどこそ、世のあはれも人の恋しさもまされ」と、人の仰《おほ》せられしこそ、げにさるものなれ。五月《さつき》、あやめふくころ、早苗《さなへ》とるころ、水鶏《くひな》のたたくなど、心ぼそからぬかは。六月《みなづき》のころ、あやしき家に夕顔《ゆふがほ》の白く見えて、蚊遣火《かやりび》ふすぶるもあはれなり。六月祓《みなづきばらへ》またをかし。

七夕《たなばた》祭るこそなまめかしけれ。やうやう夜寒《よさむ》になるほど、雁《かり》なきてくるころ、萩の下葉《したば》色づくほど、早稲田《わさだ》刈り干《ほ》すなど、とりあつめたることは秋のみぞ多か

通釈

「灌仏会のころとか、賀茂の葵祭りのころとか、若葉がどの梢を見ても涼しげに茂ってゆくころなどは、何といっても、ものの情趣も、人恋しさの思いも深まるものだ」と、あるお方が仰せられたのは、全くその通りだと思う。五月になって、軒にあやめを葺く端午の節句のころ、田植えをするころ、水鶏が戸を叩くように鳴くなど、心細さの感じられないものはない。六月のころには、見すぼらしい庶民の家に夕顔の花が白く見えて、蚊遣火をふすべているのもなかなか風情のあるものだ。六月祓がこれまたなかなか味のあるものだ。

　七夕を祭る行事は優雅なものである。しだいに夜寒になるころ、雁が鳴いて渡ってくるころ、萩の下葉が色づくころ、早稲の田を刈りあげるなど、あれやこれやと趣深いことは、秋には数

る。また、野分《のわき》の朝《あした》こそをかしけれ。いひつづくれば、みな源氏の物語・枕の草子などにことふりにたれど、同じこと、また、今さらにいはじとにもあらず。おぼしきことといはぬは腹《はら》ふくるるわざなれば、筆にまかせつつ、あぢきなきすさびにて、かつ破《や》りすつべきものなれば、人の見るべきにもあらず。

さて冬枯れのけしきこそ、秋にはをさをさおとるまじけれ。汀《みぎは》の草に紅葉の散りとどまりて、霜いと白《しろ》うおける朝《あした》、遣《やり》水より煙《けぶり》の立つこそをかしけれ。年の暮れはてて、人ごとに急ぎあへるころぞ、またなくあはれなる。すさまじきものにして見る人もなき月の、寒《さむ》けく澄《す》める二《は》

えきれないほどある。また野分の吹き荒れた翌朝など、えも言われぬ風情がある。こうして言い続けてみると、どれもこれも『源氏物語』や『枕草子』などに言いふるされてしまっているが、同じことをまた改めて言ってはいけないというわけでもない。思ったことを言わないのは腹のふくれることだというから、書きたいだけ書きはするが、とるにもたりないなぐさみごととして、書いてしまえばすぐそばから破り捨てるようなものだから、人に見てもらえるようなものではない。

さて冬枯れのけしきは、これがまた秋にくらべてほとんどおとるものとは思われない。池の汀の草に紅葉が散りとどまって、霜がまっ白に置いた朝、遣水から煙が立っているのは何ともいえぬ趣がある。年が押しつまって誰もが一せいに迎春の用意にとりかかっているころは、たとえようもなくしみじみとした感じの生ずるものである。殺風景なものとして見る人もない月

十日《つか》あまりの空こそ、心ぼそきものなれ。御仏名《おぶつみやう》・荷前《のさき》の使立つなどぞ、あはれにやんごとなき。公事《くじ》ども繁《しげ》く、春の急ぎにとり重ねて催《もよほ》し行はるるさまぞいみじきや。追儺《ついな》より四方拝《しはうはい》につづくこそおもしろけれ。晦日《つごもり》の夜いたう闇《くら》きに、松どもともして、夜半《よなか》すぐるまで人の門《かど》たたき走りありきて、何ごとにかあらん、ことことしくののしりて足を空にまどふが、暁がたよりさすがに音なくなりぬるこそ、年の名残も心ぼそけれ。亡《な》き人のくる夜とて玉《たま》まつるわざは、このごろ都にはなきを、東《あづま》のかたにはなほすることにてありしこそ、あはれなりしか。

かくて明けゆく空のけしき、昨日にか

が、寒々とした光を放っている二十日すぎの空は、まことに心細い感じのするものである。宮廷で御仏名が行われたり、荷前の勅使がつかわされたりするのは、感慨深くかつ貴いことだと思われる。こうして諸儀式が数繁く、新年の諸儀式の準備に並行してとり行われるさまは、ほんとに大したものだと思われる。一年最後の追儺式から一年最初の四方拝につづいて行くのはまことに興趣深い。市中では大晦日の夜、まっくらな中にてんでにたい松をともして、夜なか過ぎるまで、人の家の門を叩きながら走り回って、何ごとだろうか、大声でわめきながら、足を宙に飛び回っているのが、夜の明けるころからは、さすがに静まりかえってしまうのであるが、この時に過ぎゆく年に対する名残り惜しさの情がしみじみと感じられる。亡き人がこの世に戻ってくる夜だというので、精霊を祭る行事は、近ごろ都ではすたれたが、東国方面では今もなお行うことであったが、これはいかにもしはりたりとは見えねど、ひきかへめづらしきここちぞする。大路《おほち》のさま、松立《まつた》てわたして花やかにうれしげなるこそ、またあはれなれ。

みじみと感じられることであった。

こうして明けゆく空の風情は、昨日と変わったようにもみえないのに、がらりと感じが変わってすべてが新しくなった気持ちがするものである。都大路の眺めも、門松を立てつづけて、華やかでもありうれしげでもあるのが、またしみじみと感慨深いものである。

語句

▼**灌仏**　陰暦四月八日に行われる仏生会。誕生仏の像を花で飾った小さな御堂に安置し、これに甘茶をそそぎ、これをもち帰って飲む風習がある。花祭りともいう。

▼**祭り**　陰暦四月中の酉《とり》の日（二度のときはあとの方）に行われた賀茂神社の祭礼をいう。葵を飾りに用いるので〝葵祭り〟といわれる。今は五月十五日に行われる。

▼**若葉の梢涼しげに茂りゆく**　「の」を主格の格助詞とみて、若葉が、梢も涼しげに茂ってゆくと解する。

▼**世のあはれ**　次の「人の恋しさ」と並ぶ語で、世間的な人の営みから感じとられるしみじみとした情感の意だから、灌仏・祭りなどの年中行事、若葉という自然現象などに触発されたものとみてよかろう。

▼**人の仰せられしこそ**　「人」を具体的には示していないが、「仰せられ」と尊敬語が用いてあるので、兼好の頭の中には高貴な特定の人の姿があったはずである。

▼**あやめふく**　「あやめ」は菖蒲のことで、これは邪気を払うものとして、五月五日の端午の節句に用いられた。

▼**早苗とる**　田植えをする意。

▼**水鶏のたたく**　これは日本特有の「ひくいな」の

ことで、その鳴き声が戸を叩く音に似ている。
▼**蚊遣火ふすぶる** 「ふすぶる」は自動詞・他動詞両様に考えられるが、「あやしき家」から場末の庶民生活のさまが連想されるので、他動詞とみるのが自然である。
▼**六月祓** 六月晦日の行事で、神社に詣で茅《ち》の輪をくぐったり、人形《ひとがた》を水に流したりして、半年間の穢《けが》れを払うもの。
▼**七夕祭るこそなまめかしけれ** 「なまめかし」は二一ページに既出。七夕には牽牛・織女の恋物語があり、織女星に女子の技芸の上達を祈願する風習がある。
▼**早稲田刈り干す** 「刈り干す」は刈りあげる、すっかり刈り取ってしまう意。
▼**野分** 台風のこと。野の草を吹き分けるところからいう。
▼**ことふりにたれど** 「こと」は〝言〟で、言いふるされてしまっているが、の意。
▼**いはじ** 「じ」は「べし」の表す意味の打ち消しだから禁止の助動詞。
▼**おぼしきことといはぬは腹ふくるるわざ** 当時のことわざ。
▼**筆にまかせつつ** 次の「あぢきなきすさびにて」をへだてて「かつ破りすつべき」に続く。
▼**かつ破りすつ** 「かつ」はあることの一方で、あることが同時に進行していることを示す副詞。ここは書いていく一方、同時に破り捨てていくという趣。
▼**をさをさおとるまじけれ** 「をさをさ」は副詞で打ち消しを伴うのが普通で、あまり、ほとんど、の意。「まじけれ」は打ち消し推量の助動詞の已然形で、「こそ」の結び。
▼**遣水** 庭に引き入れた細流。
▼**すさまじき** 殺風景な感じを起こさせる状態をいう。
▼**御仏名** 宮廷行事としては十二月十九日から三日間、清涼殿で行われ、三世諸仏の名号をとなえて罪障消滅を祈る法会。
▼**荷前** 諸国から朝廷におさめた貢物の初穂を、十二月中旬に伊勢神宮はじめ諸陵に奉ったこと。
▼**公事** 朝廷の政務や諸儀式。
▼**春の急ぎ** 新年の諸行事の準備。
▼**追儺** 鬼やらい。現在は節分の行事となっている

が、当時の宮廷行事としては大晦日に行われていたことがわかる。

▼四方拝　元日の朝、天皇が清涼殿の東庭に出て、天地・四方・山陵等を拝し、天下太平を祈られた儀式。

▼走りありきて　この「ありき」に歩行する意はない。「走りありき」で走りまわる意の複合動詞。

▼年の名残　「名残」とはものごとが過ぎ去ったあとに残っている痕跡《こんせき》のことで、たとえば〝友の名残〟といえば、別れた友が残していった記念品とか、彼を思い出す手がかりになる品ものとか、こちらの心に残った印象などの意。「年の名残」といえば、過ぎ去った年が人々の心に残した印象というほどの意。

解説

この段は『徒然草』を代表するほどの名文だといってよい。春夏秋冬の季節感を繊細に描き分けるだけではなく、それを人間のいとなみに密着させて、自然の推移と人間の生活とをこんなに調和させて観察している文章は、他に類を見ない。

すでに読んだ第七段は人の一生をテーマにしており、第二十五段は歴史にみられる無常をとり上げ、第三十段は人の死後、その人の存在が完全に消滅していく過程を追っている。そうしてこの段では、季節の推移という自然の無常をテーマにしている。

花鳥風月を風流の対象としてその情趣にひたっている人も、その中に流動して止むことのない変化の足音を意識する人は少なかろう。それを兼好はとり上げて、私たちの前にはっきりと示してくれた。そうして、その推移の中に埋没しきった人間の営みを象眼していくさりげない手法は、まことに心憎いではないか。

兼好はまず、自らの自然に対する立場をはっきりさせている。自然をその推移進行の姿でとら

えようとしており、それはあらゆる事象を手掛かりとして知ることができる点に、深い感慨を催している。それに続き季節の進行に従って春夏秋冬の順で書き進めているが、秋の項に挿入部分があり、冬のあとの年末年始の記述に相当大きなウエイトを置いている。それは、大晦日から元朝への移行は、単なる一日の差でありながら、実は年単位で移行する大きな変わり目だからである。

春の項では、先ず春秋の優劣論を手掛かりとして、〝あはれ〟を催す〝ものごと〟を具体的にとり上げ、これに〝あはれ〟の情をからませている。鳥の声・日影・垣根の草・霞みわたり・花・雨風・青葉・梅の匂ひ・山吹・藤は春の〝ものごと〟であり、人の心の動きは、心も浮きたつ・春めき・のどやかなる・心あわたたしく・心をのみぞ悩ます・恋しう思ひいでらるる・清げに・おぼつかなき・思ひすてがたきなどにあらわされている。

夏の項は、いかにも夏らしくすっきりとして涼しげな表現で、四月、五月、六月と月別にして、それぞれのところで年中行事を主にした人間の営みに重点を置いている。灌仏・祭り・あやめふく・早苗とる・蚊遣火・六月祓などがそうであり、これに若葉・水鶏・夕顔などが色どりを添える。人の心情を表す語としては、〝世のあはれも人の恋しさもまされ〟という、人の仰せにかこつけたことばの外に、心ぼそからぬかは・あはれなり・をかしと、繊細な季節感を敏感に味わい分けている。

秋の項目になると、いちいち書ききれぬもどかしさが、いくつかの例をあげたあとは〝とりあつめたること〟で総括せざるをえなかった。それだけに具体例としてとり上げた七夕・夜寒・雁・萩の下葉・早稲田刈り干す・野分など、秋を代表する〝ものごと〟の印象が強められる。ここに添えられた『源氏物語』や『枕草子』への回想から、自らの文章を「あぢきなきすさび」と卑下はしているものの、兼好には兼好独自のユニークな発想のあることを、心秘かに自負していたにちがいない。

冬の項では、「冬枯れのけしきこそ、秋にはをさをさおとるまじけれ」と言う。結局どの季節を言う時も、それがいちばん勝れていると言っている。日本のように四季がはっきりしている地域では、夏の暑さ冬の寒さが人間の生活をおびやかすほどにきびしいものではないから、こういう結果になって当然で、それぞれの季節のムードを味わい楽しむことができるのである。

十二月にはいると宮廷行事が目立ってくる。御仏名・荷前の使いがとり上げられ、年の移行を追儺から四方拝へつづける宮廷行事で示し、これに民間行事を書き添えて、元朝の大路の華やかにうれしげなるさまで文章を結んでいる。

11　やんごとなかりけん跡

第二十五段

飛鳥川《あすかがは》の淵瀬《ふちせ》常ならぬ世にしあれば、時移り、ことさり、楽しび・悲しびゆきかひて、華やかなりしあたりも人すまぬ野らとなり、変はらぬ住家《すみか》は人あらたまりぬ。桃李《たうり》ものいはねば誰とともにか昔を語らん。まして、見ぬいにしへのやんごとなかりけん跡のみぞ、いとはかなき。

京極殿《きやうごくどの》・法成寺《ほふじやうじ》など見るこそ、志とどまりこと変じにけるさまはあはれなれ。御堂殿《みだうどの》の作りみがかせたまひて、庄園《しやうゑん》多く寄せられ、我が御族《おんぞう》のみ御門《みかど》の御後見《うしろみ》世のかためにて、行く末までとおぼしお

通釈

飛鳥川の淵瀬が変わりやすいように、無常なこの世のことであるから、〝時〟が流れ、人間の営みが滅び、栄華のあとには破滅がめぐってきて、豪勢な生活をしていた貴族の邸宅のあたりも、今は人もすまぬ野らとなり、変わらぬ住家があると思えば、そこに住む人は変わってしまっている。昔と変わらぬ桃李の花はものを言わないから、誰と共に昔を語ることができよう。まして、見知らぬ遠い昔の栄華の跡というものは、まったくはかないかぎりである。

京極殿や法成寺などを見るにつけても、これを造営した道長の意図そのものは残っているにしても、営み自体は廃滅してしまった現状を見ると、深い感慨をいだかずにはいられない。御

きし時、いかならん世にも、かばかりあせはてんとはおぼしてんや。大門《だいもん》・金堂《こんだう》など近くまでありしかど、正和《しやうわ》のころ南門は焼けぬ。金堂はそののち倒《たふ》れふしたるままにて、とりたつるわざもなし。無《む》量寿院《りやうじゆゐん》ばかりぞその形《かた》とて残りたる。丈《ぢやう》六《ろく》の仏九体、いと尊《たふと》くてならびおはします。行成《かうぜい》の大納言《だいなごん》の額《がく》、兼行《かねゆき》が書ける扉《とびら》、あざやかに見ゆるぞあはれなる。法華堂《ほつけだう》などもいまだはべるめり。これもまたいつまでかあらん。かばかりの名残だになき所々は、おのづから礎《いしずゑ》ばかり残るもあれど、さだかに知れる人もなし。

　されば、よろづに見ざらん世までを思ひ掟《おき》てんこそはかなかるべけれ。

堂殿が善美を尽くして造営され、寺領地を多く寄進され、ご自分の一族だけが天皇の後見役、ならびに最高の為政者として、いつの世までも繁栄を続けるようにと処置しておかれた時、どのような世にも、これほどまでに廃墟と化し去ろうとは思い及ばれなかったにちがいない。大門や金堂などは近ごろまであったが、正和のころ南門は焼失した。金堂はその後倒壊したままで、復興する計画もない。無量寿院だけが昔の面影のままに残っている。そこにはご本尊の丈六の阿弥陀様が九体、まことに尊いお姿で並んでいらっしゃる。行成大納言の書いた「無量寿院」の額や、兼行が書いた扉の色紙形などがはっきりと見えるのはまことに感慨深い。法華堂なども残存しているようです。しかしこれもまたいつまで残ることか。この程度のあとかたさえ残っていない境内の所々は、たまたま礎石の残っている所もあるが、それが何の跡かはっきり知っている人もない。

こんな状態だから、何事につけても、死後の世のことまでも、あれこれと考えて処置しておくというようなことは、まことにむなしいことと言わざるをえない。

語句

▼楽しび・悲しびゆきかひて　「ゆきかひ」は往来する意だから、栄枯盛衰が互いに交替することをいい、実際、ある勢力の衰退の反面には別勢力の隆昌があるが、この場合は結果的に〝楽しび〟のあとに〝悲しび〟のやってきたことを述べている。

▼桃李ものいはねば　『和漢朗詠集』（巻下、仙家、菅三品）「桃李不言春幾暮、煙霞無跡昔誰栖」（桃李もの言はず春いくばくか暮れぬる、煙霞跡無し昔誰か栖《す》みし）による。

▼京極殿　藤原道長の邸宅。

▼法成寺　京極殿に隣接して道長の建立した寺院。

▼御堂殿　藤原道長の尊称。「御堂」は法成寺の阿弥陀堂のこと。

▼庄園　貴族や社寺の私有地。

▼世のかため　世の中を平和に保っていく役目の人、執政官。

▼大門　寺院の外構えの正門。

▼金堂　本堂。本尊を安置する御堂。

▼正和　一三一二〜一三一七の年号。

▼無量寿院　阿弥陀堂。阿弥陀は梵語の音訳。漢訳して無量寿という。

▼丈六の仏九体　「丈六」は一丈六尺の略。背の高さを一丈六尺に作った仏像。「九体」とするのは、極楽往生に上品上生から下品下生までの九段階があるとする信仰による。

▼行成の大納言　藤原行成で、小野道風、藤原佐理《すけまさ》と共に〝三蹟〟と称せられる名筆家。

▼兼行　源兼行で書をよくした。

▼法華堂　法華三昧堂の略。

▼いまだはべるめり 「めり」は実際の見聞を婉曲に表現するための助動詞。

▼おのづから 偶然に、まれに、の意。

▼見ざらん世 「見ぬいにしへ」に対応する語で、来世、の意。

▼思ひ掟てんこそ 「思ひ掟つ」はいろいろ考えて処理する意の複合動詞。

解説

この段を貫くものは歴史的変遷の〃はかなさ〃である。この世を「飛鳥川の淵瀬常ならぬ世」と言い、これを基準にして目を過去に向けたとき、「見ぬいにしへのやんごとなかりけん跡のみぞ、いとはかなき」となる。そうして京極殿・法成寺の過去と現在との実態から未来を望見して、「見ざらん世までを思ひ掟てんこそはかなかるべけれ」と言わざるをえない。そうして、この〃はかなさ〃は、変化の度合いが大きければ大きいほど強調される。

京極殿・法成寺は、「この世をばわが世とぞ思ふ望月のかけたることもなしと思へば」と詠んだという藤原道長が、善美を尽くして営んだ邸宅であり寺院である。造営当時は豪華絢爛、人の目を奪ったにちがいないが、焼失、倒壊、荒廃の現状に至るまでに、どれほどの〝時〟を要したというのであろう。〝歴史〟は人によって作られながら、その歴史の流れは、人の営みも人の命までも、破滅の波に押し流していってしまう。

史書をひもとけば、いかなる栄華も権力も決して永遠ではないことが実証されよう。兼好自身も『平家物語』のプロローグを身にしみて味わったにちがいない。祇園精舎の鐘の響きに、おごれる平家久しからずの真理を読んで思いを沈めたことであろう。それは単なる感傷ではなく、厳たる事実として、古今を貫く鉄則として、兼好の歴史観、無常観の底流となっていよう。

余録　飛鳥川は大和川の支流で、飛鳥地方を流れているが、淵瀬のかわりやすい川として古歌にも詠まれており、無常の例として引用されることが多い。『古今集』（巻十八、雑歌下、題しらず、よみ人しらず）に「世の中は何か常なる飛鳥川昨日の淵ぞ今日は瀬になる」とある。無常をテーマとした歌は『万葉集』（巻三、三五一、沙弥満誓の歌）にも「世の中を何にたとへむ朝びらき漕ぎ去《い》にし船の跡なきがごと」がある。

12　人の亡きあと

第三十段

人の亡《な》きあとばかり悲しきはなし。中《ちゆう》陰《いん》のほど、山里などにうつろひて、便《びん》あしく狭《せば》き所にあまたあひゐて、後のわざども営《いとな》みあへる、心あわたたし。日かずのはやく過ぐるほどぞものにも似ぬ。はての日は、いと情けなう、たがひにいふこともなく、我賢《われかしこ》げに物ひきしたため、ちりぢりに行きあかれぬ。もとのすみかに帰りてぞ、さらに悲しきことは多かるべき。「しかしかのことは、あなかしこ、跡のため忌《い》むなることぞ」などいへるこそ、かばかりのなかに何かはと、人の心はなほうたて覚ゆれ。

年月経《へ》てもつゆ忘るるにはあらねど、去る者は日々に疎《うと》しといへることなれば、

通釈

人が亡くなったあとほどいたましいものはない。中陰の期間中は親類縁者たちが山里などにひき移って、不便な狭い所に大ぜい雑居して、追善供養の法事をみんなでお勤めしているが、これは気ぜわしいことである。日数があッというまに過ぎていくのはたとえようがない。満中陰の日は、人間であることを忘れたかのように、たがいにものも言わず、自分だけがさっさと身の回りの整理をして、ちりぢりに別れていってしまう。自分の家に帰ってみると、今さらのように悲しい思い出もあれこれと浮かんでくることだろう。「これこれのことは、ああ縁起でもない、あとあとのために避けた方がよいそうだよ」などと言っているのを聞くと、これほどの悲嘆に沈んでいる時に何たることかと、人の心というものは何だってこうも無情なものかと、心の冷える思いがする。

年月がたったからといって、(死んだ人のことを)いささかも、忘れたわけではないが、

さはいへど、そのきはばかりは覚えぬにや、よしなしごといひてうちも笑ひぬ。からはけうとき山の中にをさめて、さるべき日ばかり詣《まう》でつつ見れば、ほどなく卒都婆《そとば》も苔《こけ》むし、木葉《このは》ふり埋《うづ》みて、夕べの嵐、夜の月のみぞ、こととふよすがなりける。

思ひ出でてしのぶ人あらんほどこそあらめ、そもまたほどなくうせて、聞きつたふるばかりの末《すゑ》ずゑはあはれとやは思ふ。さるは、跡とふわざも絶《た》えぬれば、いづれの人と名をだに知らず、年々《としどし》の春の草のみぞ心あらん人はあはれと見るべきを、はては、嵐にむせびし松も千年をまたで薪《たきぎ》にくだかれ、古き墳《つか》はすかれて

「去る者は日々に疎し」と言ってあるとおりでもあるし、忘れないとはいっても、その当座ほどは深刻に感じないのであろうか、（死んだ人についての）他愛もないことを話題にして思わず笑ってしまうような時もある。遺骸は人気のない不気味な感じのする墓地に埋葬して、命日などの参詣すべき日にだけお参りしてそのたびに見てみると、間もなく卒都婆にも苔が生え、木の葉が散り落ちて墓を埋めてしまうほどで、夕方に吹いてくる荒々しい風と夜の月ばかりが、訪れてくる縁者というしだいなのである。

（とにかく）思い出してなつかしがってくれる人が生きているうちはまあよかろうが、そういう人もやがて死んでしまったあと、聞き伝えるだけの子孫たちは（死んだ人のことで）特別の感動をいだくはずもない。それで、墓参というようなこともいずれは絶えてしまうことになるが、そうなればどこのだれの墓だと名前さえもわからなくなってしまい、毎年墓地にしげる春

田となりぬ。その形《かた》だになくなりぬるぞ悲しき。

の草ばかりを、物のあわれを解する人はしみじみと感動して見るであろうが、とどのつまりは、嵐に吹かれてしのび泣くような音を立てていた松も千年と経たぬうちに切りくだかれて薪となり、古くなった墓は鋤で掘りかえされて田になってしまう。（こうして人間一個の存在は）そのあとかたさえなくなってしまうのがまことにいたましいかぎりである。

語句

▼中陰　〝中有〟〈ちゅうう〉とも言い、人の死後四十九日間をいう。この間は死後の世界、すなわち〝後生〟に落ちつかず、中に迷っている期間である。

▼山里　都の郊外を意味する語。

▼後のわざ　死後の仏事供養のことで、中陰の間は七日を一区切りとし、初七日、五七日、七七日は特に重んぜられた。

▼いと情けなう　すっかり人間味を喪失したかのごとき態度で、の意。

▼我賢げに　他人にかまうことなく、自分だけがさっさと身の回りを整理している状態をいう。

▼ちりぢりに　この反対を考えると、あちこちから親類縁者たちが「山里」に移り住んでいたことが察せられる。

▼あなかしこ　畏れ慎む気持ちを強く表現する語。「あな」は感動詞。「かしこ」は形容詞の語幹で強調表現。

▼忌むなること　「なる」は伝聞・推定の助動詞。「忌む」は不吉だとしてきらい避ける意。この部分はもとのすみかに戻った肉親のことばとみる方が、人の心のうたてさを強調する点では効果的だと思わ

れる。

▼**かばかりのなかに何かは**　「かばかり」は肉親の死という深刻な悲しみに沈んでいる状態を指す。「かは」は反語の係助詞で下に「いふ」が省略されている。何だってそんなことを言うのだろうか、けしからんではないか、の意。

▼**なほうたて覚ゆれ**　「なほ」はいくら考えなおしてみてもやはりの意。「うたて」はなさけない意の副詞。あとに生き残った者の自己中心的な考え方に呆れている気持ち。

▼**去る者は日々に疎し**　『文選』の「古詩十九首」の中の詩句による。

▼**そのきは**　死の直後を指す。

▼**けうとき山の中**　「けうとし」は人気がなく気味がわるい意。「山」は墓地を指す語。土葬が普通だったから、墓地は山に設けられた。

▼**さるべき日**　そうあるはずの日。墓参するきまりの日、の意。

▼**卒都婆**　梵語の音訳で塔のこと。ただし普通には、法事の時墓標に立て添える塔形の細長い板をいう。ここは墓標そのものを指している。

▼**こととふよすが**　「よすが」は縁者、の意。訪れてくる親類縁者。

▼**さるは**　ここは〝そのうえ〟の意を表す接続詞。

▼**いづれの人**　どこの誰それということ。以下『白氏文集』の「続古詩十首」の詩句による。

▼**千年をまたで**　『文選』の「古詩十九首」の詩句による。

▼**その形**　「形」は痕跡、の意。

解説

第七段、第二十五段を読んだ以上、この段を見過ごすわけにはいかない。これほど無常観に徹した段は『徒然草』の中にも見当たらないからである。この段は「人の亡きあと」をテーマとして、一個の人間の存在がその死後何の痕跡もとどめなくなってしまうむなしさを、〝悲し〟ということばに集約して表現している。〝悲し〟ということばがこんなにもむなしくいたましい響きをもって使われているのは、その内容が具体的に徹底的にあばき出されているからである。

生あるかぎり死の訪れのあることは誰でもが知っている。しかし生きている者は誰も死を体験したことがない。体験のないことを云々されても、馬耳東風と響きやすい。そういう人間に死のむなしさをいやというほど思い知らせてくれる。それは兼好が死の実態と真正面から対決しているからである。不特定の人の死をとり上げていながら、そこに兼好は自分自身の死を見つめて書いているのである。自分の存在もそのようになってしまう。〝死〟とはかくの如くにむなしいものである。だからといって〝生〟までもむなしいものときめつけるのは早計にちがいない。その点について兼好はこの段では触れていないが、生を否定すれば死を考えることさえもできなくなってしまうだろう。

さて一段の構成は「人の亡きあとばかり悲しきはなし」で言い起こし、「その形だになくなりぬるぞ悲しき」で結び、〝悲し〟という語で首尾一貫し、その間に「人の亡きあと」を①「中陰のほど」②「思ひ出でてしのぶ人あらんほど」③「そもまたほどなくうせて」と三期に区分し、無限の時の流れの中に、加速度的に埋没していく人間存在のむなしい一面を強調している。

余録　仏教に「不浄観」という修行法がある。屍体と対決することによって、煩悩を滅却しようとする荒療治である。谷崎潤一郎『少将滋幹の母』の末尾に近く、その実態が描かれている。老残の国経が美貌の若妻への妄執をたち切るために仏門に入り、月明の夜に風葬場に出て、若い女性の腐爛した屍を礼拝し、筵《むしろ》の上に端坐して沈思する場面が描かれている。兼好はこういう不浄観を修するような態度で〝死〟に対決していると思われる。

13 雪の朝

第三十一段

雪のおもしろう降りたりし朝《あした》、人のがりいふべきことありて文《ふみ》をやるとて、雪のこと何ともいはざりし返事《かへりごと》に、「この雪いかが見ると、一筆のたまはせぬほどの、ひがひがしからん人のおほせらるること、聞きいるべきかは。かへすがへす口をしき御心《み》なり」といひたりしこそ、

通釈　雪が趣深く降っていた朝、ある人のもとへ言ってやらねばならぬことがあって、手紙をやろうとして雪のことには一言も触れないでいたその返事に、「この雪を見てどう思うかと、一筆もお書き添えくださらなかったような、つむじ曲がりのお方のおっしゃることを、聞き入れる気持ちにはなれません。なんとも情けないお心でございます」と言って

をかしかりしか。今は亡《な》き人なればかばかりのことも忘れがたし。

きたのは、実におもしろく感じられた。すでに故人となった人なので、これほどのことも忘れられない。

語句

▼**人のがり** 「がり」は接尾語で、もともと体言に直接続けて用いられたが、のち「の」を伴い、形式名詞のように用いられる。

▼**一筆のたまはせぬ** 「のたまはす」〈サ・下二〉で〝言う〟の尊敬動詞。

▼**ひがひがしからん人** 「ん」は推量の助動詞で婉曲用法。「ひがひがし」は動詞「ひがむ」から出た形容詞で、ゆがんだ状態を表す語。

▼**聞きいるべきかは** 「べき」は可能の助動詞。「かは」は反語の係助詞の終止用法。

▼**かばかりのこと** これほど些細《ささい》な事、の意。

かへすがへす
くちをしき
御心なり
しらゆきひめ

解説

深刻な無常観に思いをひそめていたかと思えば、次の段では一転して女性の思い出となる。前段との関わりは、この女性が〝今は亡き人〟で、その人を〝思ひ出でてしのんでいる点にある。

人間の頭脳のはたらきは電光石火のごとく融通《ゆうずう》

無碍《むげ》、そこが随筆の面白さといえよう。来る日も来る日も無常観ばかりではイキがつまる。生活それ自体に変化は乏しくても、思考の飛躍はとどまるところを知らない。生きていることの楽しさ、喜びはそういうところから汲みとることができよう。

この段の主人公を女性ときめてかかったが、それは返事の文面、兼好への敬語の使い方、返事の内容の繊細な感覚からも十分に察せられるし、この女性に対する兼好の思いの深さも察しがつく。

14 月見るけしき　第三十二段

九月二十日《ながづきはつか》のころ、ある人にさそはれたてまつりて、明くるまで月見ありくことはべりしに、おぼし出づる所ありて、案内《あない》せさせて入りたまひぬ。荒れたる庭の露しげきに、わざとならぬ匂《にほ》ひしめやかにうち薫《かを》りて、しのびたるけはひいと

通釈

九月二十日のころ、あるお方のお誘いをいただいて、夜の明けるまで月を眺めて浮かれ歩いたことがありましたが、(その途中)思い出された所があって、(私に)その家の様子をうかがわせて入って行かれた。荒れはてた庭の露にしっとりと濡れたところに(待っていると)、わざわざたいたとも思えぬ薫

ものあはれなり。
よきほどにて出でたまひぬれど、なほことざまの優におぼえて、物のかくれよりしばし見ゐたるに、妻戸《つまど》を今少しおしあけて月見るけしきなり。やがてかけこもらましかばくちをしからまし。後まで見る人ありとはいかでか知らん。かやうのことはただ朝夕の心遣《づか》ひによるべし。その人、ほどなく失《う》せにけりと聞きはべりし。

香の匂いがしめやかに漂ってきて、声をひそめて話している気配が、まことにしみじみと味わい深く感じられる。
（そのお方は）いいほどあいで出てこられたが、（私には）どうもこの女性の暮らしぶりが優雅に感じられて、物かげからしばらく様子をうかがっていたところ、（送り出したあと）妻戸をもう少し押しあけて、（そのまま）月を眺めている様子である。そのまま掛け金をガチャリとやって内へ引っこんでいたとしたら、今感じている優雅さはぶちこわしになっていたであろう。（人を送り出した）後の様子まで、見ている者がいるとは気づくはずもない。このようなことは、ただ常日ごろの心がけによるものであろう。その人は（その後）まもなく、亡くなったと耳にしました。

語句

▼**明くるまで月見ありく**　陰暦十六日以後になると、いわゆる〝有り明け〟で、空に月が残ったままで夜が明ける。

▼**案内せさせて**　「させ」は使役の助動詞。「案内

す」〈サ変〉はここでは、事情やその場の様子を知らせる意。

▼**わざとならぬ**　「わざとなり」で形容動詞、特に心を用いている状態を表す語。

▼**しのびたるけはひ**　普通〝人目を避けてひっそりと暮らしている様子〟と解されているが、「全注釈」〈安良岡康作氏〉に「声のことであろう」とあるのに従う。

▼**よきほどにて**　長からず短からずの適当な時間を過ごしたあとで、の意。

▼**ことざま**　ものごとの様子ということで、家に住む人のありさま、生活態度、の意。

▼**やがてかけこもらましかば**　「やがて」はすぐに、そのまま、の意の副詞。「かけこもる」〈ラ・四〉は掛け金をかけて室内にこもる意。「ましか」は反実仮想の助動詞。

▼**かやうのこと**　この女性の示したふるまいを受けている。

解説

前段につづき優雅な女性を話題にしているが、この女性も「その人、ほどなく失せにけりと聞きはべりし」で、前段同様故人である。故人はすでに思い出の中にいきづく人だから、その美点が一そう強調されて作者の心を占領する。ただひたすらに懐しき思いのみがひろがってゆくのである。

前段は兼好自身が直接交渉を保った女性であるのに比し、この段での兼好は単なる傍観者として冷静に観察した上で、印象を得ている点で大きく異なっている。しかし、両段ともに現実ばなれしたような余裕があって、兼好の心の底にある王朝賛美への志向がうかがえる。しかも、未知の女性のさりげない行為を、「ただ朝夕の心遣ひによるべし」と言っているところに、兼好の人間評価の一つの基準を知ることができる。

余録

兼好は『徒然草』第三段に「よろづにいみじくとも、色好まざらん男はいとさうざうしく、玉の盃の底なきここちぞすべき」と言っている。〝恋〟という心情は男女によって相対的に成立するものなのに、男の側に立った一方的な発言の傾向が強いのは、当時の風潮からも致し方はあるまいが、「露霜にしほたれて所さだめずまどひありき」とか、「さるは独り寝がちにまどろむ夜なき」とか、満たされることのない恋に深い情趣を感じているのは、第八十二段で弘融僧都が「物を必ず一具に調《ととの》へんとするは、つたなきもののすることなり。不具なるこそよけれ」と言ったのを、「いみじく覚え」た心情に通じるもので興味深い。

〝恋情〟を〝色欲〟という言葉に置きかえるとどぎつい感じになってしまうが、第八段では、神通力を失った久米仙人をひきあいに出して、世人の心を迷わせる根源だとしている。ここの両段に見られるような女性のほのかな色気は、隠者兼好にとっては最高に好ましく感じられたことだろう。

15 名利か智恵か

第三十八段

名利《みやうり》に使はれて閑《しづ》かなる暇《いとま》なく、一生を苦しむるこそ愚かなれ。財《たから》多ければ身を守るにまどし。害《がい》をかひ累《わづらひ》を招《まね》く媒《なかだち》なり。身の後《のち》には金《こがね》をして北斗をささふとも、人のためにぞわづらはるべき。愚かなる人の目をよろこばしむる楽しみ、またあぢきなし。大きなる車、肥えたる馬、金玉《きんぎよく》の飾りも、心あらん人はうたて愚かなりとぞ見るべき。金《こがね》は山にすて、玉は淵《ふち》に投ぐべし。利にまどふはすぐれて愚かなる人なり。

埋《うづ》もれぬ名を長き世に残さんこそあ

通釈　名利の奴隷となって、落ちついた余暇もなく、一生をあくせくと過ごすのは全く馬鹿げたことである。財産が多いと、我が身の安全を保つという点で不行き届きになる。（財産なんてものは）危害を受けたり、係争をひき起こしたりする媒介物（となるにすぎないもの）である。自分の死後に金を積み上げて、北斗星を支えるほどの遺産が残ろうとも、あとに残った人にとっては（それはかえって）荷厄介なものとなるであろう。愚かな人の目をよろこばせる楽しみというものも、また唾棄したいほどのものである。大きな車も、肥えた馬も、黄金・珠玉の飾りも、ものの道理をわきまえた人は、なんと馬鹿げたこと！　と見るにちがいない。だから（思い切って）、金は山に捨て、玉は淵に投げてしまうらまほしかるべけれ。位高くやんごとなきをしも、すぐれたる人とやはいふべき。愚かにつたなき人も、家に生まれ時にあへば、高き位に登り奢《おごり》を極《きは》むるもあり。いみじかりし賢人・聖人、みづから賤《いや》しき位にをり、時にあはずしてやみぬるまた多し。ひとへに高き官《つかさ》・位を望《のぞ》むも次に愚かなり。

智恵と心とこそ、世にすぐれたる誉《ほま》れも残さまほしきを、つらつら思へば、誉れを愛するは人の聞きをよろこぶなり。誉《ほ》むる人、そしる人、共に世に止《とど》まらず、伝へ聞かん人、またまたすみやかに去るべし。誰をか恥ぢ、誰にか知られんことを願はん。誉れはまた毀《そしり》

のがよい。（こんなわけで）物欲に目がくらむのは最高に愚かな人である。

（だとすれば）不朽の名声を末長く後世に残すというのは、（誰にとっても）望ましいことと考えられることだろう。（しかしながら）高位高官であるということだけで、すぐれた人とはいえまい。（なぜなら）愚かで何のとりえもない人でも、家柄の高いところに生まれ、時運に乗ずれば、高位にのぼり贅沢三昧に明け暮れるものもある。（それとは逆に）文句なしにすぐれた賢人・聖人でも、みずから低い地位に甘んじており、時運に恵まれないままに生涯を終えてしまう例も、また多い。（だから）ただいちずに高位高官を望むのも、（物欲を望むのに）次いで馬鹿げている。

（高位高官は不可としても）、頭脳と人格とについては、一世に卓絶しているという名誉も残したいものであるが、よくよく考えてみれば、名誉を愛するのは、（結局は）人の評判を喜ぶ（にすぎない）ことである。誉める人もそしる人も、いず

の本なり。身の後の名、残りてさらに益《やく》なし。これを願ふも次に愚かなり。

ただし、しひて智をもとめ、賢を願ふ人のためにいはば、智恵出でては偽りあり。才能は煩悩《ぼんなう》の増長せるなり。伝へて聞き、学びて知るは誠《まこと》の智にあらず。いかなるをか智といふべき。可・不可は一条なり。いかなるをか善といふ。まことの人は、智もなく、徳もなく、功もなく、名もなし。誰か知り、誰か伝へん。これ、徳を隠し、愚《ぐ》を守るにはあらず。本《もと》より賢愚・得失の境にをらざればなり。

迷ひの心をもちて名利の要を求むるにかくのごとし。万事《ばんじ》は皆非なり。い

れもこの世にとどまるものでなく、(それを)伝え聞く人だって、これまた同様にたちまちこの世から姿を消すであろう。(こんなわけだから)誰に気がねすることもないし、誰に知ってもらいたいと願う必要もない。(それに)名誉はまた非難を生み出すもとである。(だから)死後の名誉が残ってみたところで何の利益もない。(ゆえに)これを得ようと願うのも、(高位高官を望むのに)次いで馬鹿げている。

ただし、(世間的な評判ということをはなれて)どこまでも〝智〟を求め、純粋に〝賢〟たらんことを願う人のために言うなら、知恵というものがこの世に発現して、そのために虚偽というものも発生した。(そもそも)才能即ち知恵の働きなんてものは、(とりもなおさず)煩悩即ち身心を虫ばむ迷妄の発達したものにすぎないのである。(だいたい)他人から伝えられて聞いたことや、学んで知ったものはほんとうの智ではない。(それでは)どういうのをほんとうの智といえばよいのか。

ふにたらず、願ふにたらず。

（世間では）可とか不可とか（区別して）いうことも、（つきつめてみれば）一すじにつながったものである。（また）どういうのをほんとうの善といえばよいのか。（そもそも）人間として理想的な最高の境地に到達した人は、智もなければ徳もなく、功もなければ名もない。（したがって）誰も知らないし、誰一人として伝えるものもない。これは（身についた）徳をかくし、（表面上だけ）愚かであるかのように見せかけているためではない。もともと、賢愚とか得失とかいったあらゆる差別相の境地に身を置いていないからである。

迷いの心にもとづいて、名利の何たるかを追求してみると、上述のような結果となる。万事はみな空である。論ずる価値もなく願うだけの魅力もない。

語句

▼害をかひ　「かふ」〈ハ・四〉は受ける意。対偶中止法で「招く」と並び、次の「媒」に続いて〝害をかふ媒なり〟となる。

▼金をして北斗をささふとも　「をして」は使役語法だから、「ささへしむとも」とあるべきところ。

▼人のためにぞ　この「人」は遺産分配を受けられ

る範囲内の人をさしている。

▼**心あらん人**　この「人」は「愚かなる人」に対して用いられているから、「賢なる人」の意。つまり老荘思想に徹した「まことの人」と同じ。

▼**金は山にすて、玉は淵に投ぐべし**　物欲を捨てよということを、具体的なものに即して述べたもの。

▼**埋もれぬ名**　この「名」はもちろん悪名ではない。〝隠れることのない名〟であれば、どんな名でもいいというわけにはいかぬ。

▼**いみじかりし賢人・聖人**　「聖人」は道徳上最高の境地に達した人。「賢人」はこれに次ぐ人。この場合はいずれも老荘思想に徹した人をさしている。

▼**誰をか恥ぢ**　「恥ぢ」は対偶中止法で次の「願は」と並び、〝誰をか恥ぢん〟と続く。「か」は反語の係助詞。

▼**誉れはまた毀の本なり**　誉める人があればそしる人もあるという意味ではなく、〝ほまれ〟と〝そしり〟とが同体であることを述べている。

▼**しひて智をもとめ、賢を願ふ人のためにいはば**　その結論は智もなければ賢もないから、智を求め賢を願うこと自体が無意味となる。

▼**智恵出でては偽りあり**　『老子』のことばをほぼそのまま用いたもの。知恵のある者は知恵に溺れやすく、悪知恵を駆使した欺瞞行為は、今日イヤというほど見せつけられている。

▼**才能は煩悩の増長せるなり**　〝AはBなり〟の構文だから、煩悩の増長したものが才能だといっているいくら立派な仕事のできる能力でも、結局は身心を悩ませ苦しめる煩悩の発達したものにすぎないという考え。

▼**可・不可は一条なり**　「一条」は一すじにつながったもの、の意だから、可といい不可といっても、それは常識にもとづいた物の見方にすぎないので、根本的なところでは一すじにつながっている。これは「いかなるをか智といふ」の答えだから、智といえるものもなければ、愚というべきものもないことになる。

▼**まことの人は、智もなく、徳もなく、功もなく、名もなし**　「まことの人」は老荘思想における人間の理想像。それが無智・無徳・無功・無名、即ち〝無〟の状態だというのである。

▼**名利の要**　「要」は要点と解しておく。

解説

この段の文章の持ち味は、今まで読んできたところとかなり違っていると感じられる。これは「心にうつりゆくよしなしごとをそこはかとなく書きつ」けたテイのものではなく、開き直って社会評論を試みようとする改まった態度と見受けられる。文体の上からも優雅な和文体をとらず、簡潔な漢文訓読体でひきしめている。

名利をはなれて人間の生活は成り立たない。その名利を否定せざるを得ないのは、名利にとらわれて自分の生活を台無しにしてしまう人間があまりにも多いからである。ここでも名利を無条件に全面的に否定するのではなく、「名利に使はれて閑かなる暇なく、一生を苦しむる」ことを〝愚かなり〟として否定するのである。人間真ッ当な生活をしておれば、それなりの〝名〟と〝利〟とは自然にその身にそなわってくる。〝使はれ〟とは、名利にわが身を束縛され駆使されて、自らを見失った状態をいうのである。こうなれば〝閑かなる暇〟即ち余暇、即ち〝つれづれ〟の状態とは無縁のものとなる。エコノミック・アニマルとか収賄人間とかの汚名を着るようになるのがオチである。

こういう人間を見ている腹立たしさが、兼好にこの段を書かせたのでもあろう。〝愚かなり〟という否定の語は、名利にこだわる人間のあさましさを唾棄することばである。各段落を結ぶ語が、序論が「愚かなれ」、本論①が「利にまどふはすぐれて愚かなる人なり」、②が「ひとへに高き官・位を望むも次に愚かな

り」、③が「これを願ふも次に愚かなり」であり、④は真智論で「本より賢愚・得失の境にをらざればなり」で、差別相を超越した絶対の境地を説き、結論では「かくのごとし」という語で〝愚かなり〟に替え、「万事は皆非なり。いふにたらず、願ふにたらず」という語で強力に否定し去っている。

兼好は第十三段で自分の愛読書として『文選』『白氏文集』『老子』『荘子』の名を挙げている。これによってみても彼の思索の根底にあるのは老荘思想だと知られる。仏教的な諦念、儒教的な道徳は当時の教養ある人としては常識であろうが、兼好の思索が常識を超えた哲人の風格を見せるのはそのためであろう。

余録　「人間、色と欲がなくなったらおしまいだ」などと言われる。兼好の名利論からいえば、色欲論など論外だということになろう。しかし、考え方をかえて〝色〟を〝恋愛感情〟、〝欲〟を〝向上への望み〟と解釈すれば、この二つは人間の生活を支える強力な二本の支柱となろう。異性に対するあこがれは、人間の情操を豊かにするだろうし、よりよきものに対する希求は、人間の心に輝く光明を点じてくれるだろう。それも度を外せば恐ろしい爆弾となる危険性をはらんでいることは、日々のニュースで目に触れ耳にするところ。やはり第九段にいうように「恐るべく慎むべきはこの惑《まど》ひなり」ということになろう。

16 賀茂の競べ馬

第四十一段

五月五日《さつきいつか》、賀茂の競《くら》べ馬を見はべりしに、車の前に雑人《ざふにん》立ち隔《へだ》てて見えざりしかば、おのおの下《お》りて埒《らち》のきはに寄りたれど、ことに人多く立ちこみて分け入りぬべきやうもなし。かかる折に、向かひなる楝《あふち》の木に、法師の、登りて木の股《また》についゐて物見るあり。とりつきながらいたう睡《ねぶ》りて、落ちぬべき時に目を醒《さ》ますこと度々《たびたび》なり。これを見る人あざけりあさみて、「世のしれものかな。かく危《あやふ》き枝の上にて安き心ありて睡《ねぶ》るらんよ」といふに、我が心にふと思ひしままに、

通釈　五月五日、賀茂の競べ馬を見に行きましたところ、車の前に人々が立ちはだかって見えなかったので、それぞれ(牛車から)おりて、馬場の柵のそばに近寄ったが、(そこはまた)一段と人がいっぱい混みあっていて、(その人垣を)かき分けて入り込めそうな手だてもない。こんな折に、向かい側にある楝の木に登って、木の股に腰かけて見物している法師の姿があった。木につかまったますますっかり眠りこけて、今にも落ちそうな時に、はッと目をさますことをくり返している。この様子に気のついた人たちは、嘲《あざけ》りあきれて「あきれかえったバカモンだなあ。あんなに危い枝の上で、不安も感じないで眠っているのだろうか」と言うので、(その時)私の心にふと思い

「我等が生死《しやうじ》の到来《たうらい》ただ今にもやあらん。それを忘れて物見て日を暮らす、愚かなることはなほまさりたるものを」といひたれば、前なる人ども、「誠にさにこそ候ひけれ。もっとも愚かに候ふ」といひて、みな後《うしろ》を見かへりて、「ここへ入らせたまへ」とて、所を去りて呼び入れはべりにき。

　かほどの理《ことわり》、誰かは思ひよらざらんなれども、折からの思ひかけぬここちして、胸にあたりけるにや。人、木石《ぼくせき》にあらねば、時にとりてものに感ずることなきにあらず。


ついたままに、「私たちの死期がやってくるのは、たった今であるかもわからない。それを忘れて、見物にうつつをぬかして日を暮らしているが、愚かなことはあの法師以上だと思うがなあ」と言ったところ、前にいた人たちが「ほんとにその通りでございますなあ。いかにも（私たちの方が）馬鹿でございました」と言って、みなふり返って「ここへお入りなさいませ」と言って、場所をあけて呼び入れてくれました。

　これほどの道理は、誰だって思いつくにきまったことだけれども、折が折だけに意外な気がして、胸にこたえたのであろうか。人は木や石のように非情なものではないから、時と場合によっては、ものに感ずることがないわけではない。

語句

▼**賀茂の競べ馬**　上賀茂神社の境内で行われた競馬。今も五月五日に古式にのっとって行われる。

▼**雑人**　身分の低い者の意。一般民衆をこのようなことばで表現しているところに、当時の身分格差が常識化していたことがわかる。

▼**埒**　馬場の周囲にもうけた柵。

▼**楝**　「樗」とも書き〝せんだん〟の古名で落葉高木。〝せんだんは双葉より芳ばし〟の〝せんだん〟とは別。

▼**ついゐて**　「ついゐる」〈ワ・上一〉は安定した座り方をすることだから、この場合はまたがる、腰かける意。

▼**世のしれもの**　「世の」は世にもまれな、の意。

▼**生死の到来**　「生死」の〝生〟には意味がない。

▼**木石にあらねば**　「木石」は非情のもの、の意。人情味のない者のたとえにも用いる。

解説

この行事は現在も行われている。祭りの行事は神人合一の祝典だから、多くの人々の中でとり行われるはずのもので、今日いかに観光行事化したとしても嘆くには当たるまい。それはとにかく、賀茂の競べ馬を木に登って見ている法師があるというだけでも愉快なのに、それが居眠りしていて〝落ちぬべき時に目を醒ますこと度々なり〟というのだからいよいよ楽しい。

競べ馬は毎年見られるが、こんな光景は翌年も見られるとは限らない。見物の関心はむしろこちらの方に大きかったかもしれない。そんな時に、兼好の「我等が生死の到来云々」のことばを聞いた。場違いなキザっぽいことばに全く意表をつかれたのである。言われてみればもっともな……という思いが、兼好を招じ入れるという不測の行動に直接につながった。因果関係で説明しなければならないほど重大なつながりがあるわけではない。言うならば、ふとしたはずみにすぎ

なかったのであろう。

そのことが、見物の場所をふさがれて困っていた兼好に、思わぬ好運をもたらした。余りのタイミングのよさにテレクサクなった兼好が、テレカクシに添えたのが文末の感慨だったというわけ。テレカクシがすぎて、「人、木石にあらねば、時にとりてものに感ずることなきにあらず」などという、キザッポイ言いまわしとなったのであろう。

17 人目なき山里

第四十四段

あやしの竹の編戸《あみど》のうちより、いと若き男の、月影《つきかげ》に色あひさだかならねど、つややかなる狩衣《かりぎぬ》に、濃き指貫《さしぬき》、いと故《ゆゑ》づきたるさまにて、ささやかなる童《わらは》ひとりを具《ぐ》して、遥《はる》かなる田の中の細道を、

通釈 粗末な竹の編戸のうちから、ごく若い男が、月光を受けて色あいははっきりしないが、つやのある狩衣に濃い色の指貫をはき、まことに由緒深げな上品な様子で、小柄な童一人を供につれて、遠く続いた田の中の細道を、稲葉の露に濡れそぼちながら分けて

稲葉《いなば》の露にそぼちつつ分け行くほど、笛をえならず吹きすさびたる、あはれと聞き知るべき人もあらじと思ふに、行かん方知らまほしくて、見送りつつ行けば、笛を吹き止みて、山のきはに惣門《そうもん》のあるうちに入りぬ。榻《しぢ》に立てたる車の見ゆるも、都よりは目止《と》まるここちして、下人《しもうど》に問へば、「しかしかの宮のおはしますころにて、御仏事など候ふにや」といふ。

御堂《みだう》の方《かた》に法師ども参《まゐ》りたり。夜寒《よさむ》の風に誘《さそ》はれくるそらだきものの匂《にほ》ひも身にしむここちす。寝殿より御堂の廊《らう》に通《かよ》ふ女房の追風用意《おひかぜようい》など、人目《め》なき山里ともいはず心遣《こころづか》ひしたり。

心のままに茂れる秋の野らは、置きあ

行く間、笛をみごとに吹き興じているのを、（こんなところでは）その音色の面白さを、しみじみと聞き分ける人もあるまいと思うにつけても、（この男が）どこを目当てに行こうとしているのか知りたくなって、そっとあとをつけて行くと、山際に惣門のある（屋敷があって、その）邸内に入っていった。（邸内には）榻に立てた牛車が見えるのも、都（で見るの）よりは目をひかれる思いがして、（そこにいた）しもべに尋ねると、「しかじかの宮様の御滞在中で、御仏事などがございますのでしょうか」と言う。

御堂の方には、法師どもがすでに参集している。夜寒の風に誘われて漂ってくるそらだきものの匂いも、身にしみわたるような心地がする。寝殿から御堂に通ずる廊下に往来する女房の追風用意など、人目に立たぬ山里にもかかわらず、心遣いをみせている。

思いのままに秋草の茂っている庭は、置きあまる露に埋《うづ》もれて、虫の音《ね》かごとがましく、遣水《やりみづ》の音のどやかなり。都の空よりは雲の往来《ゆきき》も速きここちして、月の晴れ曇《くも》ることさだめがたし。

まるほどの露に埋もれて、虫の音も恨みがましく聞こえ、遣水の音ものどやかに響いてくる。都の空よりは雲の動きも速いような気がして、月の晴れたり曇ったりするのが、実に目まぐるしい。

語句

▼**狩衣**　貴人の常服。
▼**濃き指貫**　「濃き」は特に紫または紅についていう。「指貫」は裾にくくり紐を通し、くるぶしの上でくくるようにした袴。
▼**惣門**　外構えの正門。
▼**榻に立てたる車**　「榻」は牛をはずした牛車の長柄（轅）をのせたり、牛車の乗り降りの踏み台としたりする台。
▼**しかしかの宮**　固有名詞で表すことを避けた言い方。
▼**御堂**　貴族の邸内に建てられた仏堂。
▼**そらだきもの**　人に知られないように、香炉を隠すか、前もってたくかしておいた薫きもの。
▼**追風用意**　通ったあとによい匂いが漂うように、着物に香をたきしめておくこと。
▼**秋の野ら**　秋草が茂って荒れたままの邸内の庭をいう。
▼**かごとがましく**　恨み言を言っているかのようだ、の意。
▼**遣水**　庭に引き入れて小川のように流す水。

解説

この段と前段とは、平安朝ムードの物語にはめこまれていても不自然には感じられない。
この二つの段は、いずれにしても中心人物の名を明かしていない。明かしていないところに幻

想ムードが醸成され、読者の心を過去の世界に誘い込もうとするのであろう。兼好にどの程度の実際の見聞があったのかは知らないが、彼自身がかなりなフィクションの肉付けをしているようにも思われる。

テレビもラジオもなかった時代に、文章によって、まるでテレビの画面でも見ているような動きと音と色彩とを、鮮明に表現しているところに、兼好の筆力を見ることができる。スイッチをいれるとパッと現れた画面の中に浮かび出た一人の若い男、その人物の動きを追っていく間のこまやかな描写、そして到着点の惣門のある屋敷、その周囲。カメラはその内部に入って女房たちの動き、テレビ画面には表現できない〝追風用意〟の嗅覚の世界までも現出して、自然描写をしつつ溶暗させる、その画面構成の手際のよさに感心させられる。

18 この世のかりそめなること

第四十九段

老来《おい》たりて始めて道を行ぜんと待つことなかれ。古き墳《つか》、多くはこれ少年の人なり。はからざるに病を受けて、忽《たちま》ちにこの世を去らんとする時にこそ、はじめて過ぎぬるかたの誤《あやま》れることは知らるなれ。誤りといふは他のことにあらず、速《すみ》やかにすべきことを緩《ゆる》くし、緩くすべきことを急ぎて、過ぎにしことの悔《くや》しきなり。その時悔ゆともかひあらんや。

人はただ、無常の身に迫りぬることを心にひしとかけて、つかの間《ま》も忘るまじきなり。さらば、などか、この世の濁《にご》り

通釈

老いが来て（その時）はじめて仏道を修行しようと待っていてはいけない。古い墓の多くは、実に若くて死んだ人のものである。思いもよらぬうちに病にとりつかれて、にわかにこの世を去ろうとする時においてて、はじめて今までの（生活態度が）まちがっていたことに気がつくものである。誤りというのは他の事でもない。第一にしなければならぬ（仏道修行の）ことをあと回しにし、あと回しにすればよい（世俗の）ことを急いで、過ごしてきたことが後悔されるのである。いよいよという時に後悔したところで、どうなるものでもない。

人はただ、〝死〟というものがわが身に迫ってきていることを、心にしっかりととどめて、

も薄く、仏道を勤むる心もまめやかならざらん。

「昔ありける聖《ひじり》は、人来たりて自他の要《えう》事《じ》をいふ時、答へていはく、『今、火急《くわきふ》のことありて既に朝夕《てうせき》に迫《せま》れり』とて、耳をふたぎて念仏して、つひに往生《わうじやう》を遂げけり」と、禅林《ぜんりん》の十因《じふいん》にはべり。心戒《しんかい》といひける聖は、あまりにこの世のかりそめなることを思ひて、静かについゐけることだになく、常はうづくまりてのみぞありける。

つかの間も忘れてはならないのである。そうするなら、どうして、日常生活において生じてくる欲望も、薄くならないことがあろう。またどうして、仏道修行に励む心も真剣でないことがあろう。

「昔いた高僧は、人が来てお互いの用件を話す時、答えて言うには『今火急の事があって、すでに目前に迫っている』と言って、耳をふさいで念仏して、ついに往生をとげた」と、禅林の十因に出ています。(また) 心戒といった高僧は、あまりにもこの世のはかないことを思って、静かに安坐していることさえもなく、いつもうずくまってばかりいたということである。

語句

▼**道を行ぜんと**　この場合の「道」は仏道のこと。

▼**知らるなれ**　「る」は自発の助動詞の終止形。従って「なれ」は伝聞の助動詞。この「なれ」を連体形接続の断定の助動詞と認め、「知らるなれ」を破格とみる説もある。正徹本では「知らるれ」となっているので問題はない。

▼**無常**　人の死をいう。

▼**火急のこと** きわめてさし迫ったこと。〝焦眉の急〟という語もある。ここでは死を意味する。

▼**禅林の十因** 京都の東山に禅林寺があり、通称を永観堂という。中興の祖永観〈ようかん〉律師はここを念仏道場とし『往生十因』を著した。

▼**うづくまりてのみ** 「うづくまる」は「ついゐる」の対で蹲居《そんきょ》する意。膝のつかない不安定な姿勢である。

解説

宝塚歌劇の大スターだった鳳蘭が好んで歌った〝マイ・ウェイ〟の歌詞に、「人はやがてこの世を去るだろう」とある。この「だろう」は、なるかならぬか不測のことに対する推量形ではなく、来るにきまった絶対の帰結に対する未来形にすぎない。それがやってきた時に慌てないためには、今からその覚悟をきめてかからねばならぬ。それが立派な生き方というものである。

「この世を去らんとする時に」後悔しないためには、「速やかにすべきこと」と「緩くすべきこと」とのけじめをはっきりと立て、「速やかにすべきこと」を速やかに、「緩くすべきこと」を緩くさえすればよい。これのけじめを立てた人の実例として、「昔ありける聖」と「心戒といひける聖」の二人をあげた。

この人たちの態度があまりに偏っていることを笑う人は、自らホゾを噛まねばならなくなろう。こういう思いつめた生活姿勢は、具体例としてあげたにすぎないから、人それぞれの特殊性に合わせて、自らの生活姿勢を設営すればそれでよい。兼好にとっての〝速やかにすべきこと〟は仏道修行のことであり、これを推進しようとしているが、現代の読者たる私たちは仏道修行にこだわることはない。兼好の精神に学びさえすればそれでよかろう。

〝いろは喩《たとえ》〟に「若い時は二度ない」とある。心身共に充実した若いうちに努力すべきことを言ったもの。朱熹作『偶成』の詩は人口に膾炙《かいしゃ》している。「少年易老学難成　一寸光陰不可軽　未覚池塘春草夢　階前梧葉已秋声」（少年老い易く学成りがたし　一寸の光陰軽んずべからず　未だ覚めず池《ち》塘《とう》春草の夢　階前の梧葉已に秋声）。西洋の諺では Time is money. というし、私は中学生の頃に教えられた Time and tide wait for no man. という諺を、よほど印象深かったとみえ、今もはっきりと覚えている。

余録

とにかく「昔ありける聖」も「心戒といひける聖」も〝奇人変人〟と言われる人物であるにはちがいない。そう言われる所以《ゆえん》は、自分の信念を押し通して誰に何と言われようと絶対に曲げようとしなかった点にある。しかしこういう人物は、洋の東西を問わず古今を通じて無数にいたはずで、偉人・英雄としてその名を知られるほどの人ならば、少なからずこういう奇人性をもっているにちがいないし、私たちの周囲を見回しても、簡単にその実例を指摘できよう。

この段の二人の聖のとった態度を考えてみると、見る者に〝死〟に対する厳粛な対応のしかたを反省させる効用はあろうが、積極的に他に対する働きかけはなく、自分個人の問題として対処するにとどまっており、多分に小乗仏教的である。毒にも薬にもなるまいが、社会性という面からみれば、消極的に過ぎよう。

いつの世にも問題視される〝世代間の断絶〟ということも、奇人変人性の一面をあらわすもので、老人の頑固も、若者の無軌道ぶりも、自分なりに身につけた信念に殉じ、これを固守しようとするところから生じる。この奇人変人性を美徳とするためには、社会性を導入することを最大の急務とすべきである。

19 鬼のそらごと

第五十段

応長《おうちやう》のころ、伊勢《いせ》の国より、女の鬼になりたるをゐて上《のぼ》りたりといふことありて、そのころ二十日《はつか》ばかり、日ごとに、京《きやう》・白川《しらかは》の人、鬼見にとて出で惑《まど》ふ。「昨日は西園寺《さいをんじ》に参りたりし、今日は院へ参るべし、ただ今はそこそこに」など

通釈 応長のころ、伊勢の国から、女の鬼になったのを連れてきていると いう噂が広まって、その当時、二十日ばかりというもの、日ごとに、京・白川あたりの人は、鬼見物だといって狂奔した。「昨日は西園寺へ伺ったし、今日は上皇様の御所へ参ることになっているそうだ。今はどこそこに（行っている

いひ合へり。まさしく見たりといふ人もなく、そらごとといふ人もなし。上下《じやうげ》ただ鬼のことのみいひ止《や》まず。

　そのころ、東山より安居院《あぐゐ》の辺《へん》へ罷《まか》りはべりしに、四条《しでう》よりかみさまの人、皆北をさして走る。「一条室町《むろまち》に鬼あり」とののしり合へり。今出川《いまでがは》の辺より見やれば、院の御桟敷《おんさじき》のあたり、さらに通り得《う》べうもあらず立ちこみたり。はやく跡なきことにはあらざめりとて、人を遣《や》りて見するにおほかた逢《あ》へる者なし。暮るるまでかく立ち騒《さわ》ぎて、果ては闘諍《とうじやう》おこりてあさましきことどもありけり。

　そのころ、おしなべて、二三日人のわづらふことはべりしをぞ、かの鬼のそら

そうだ）」などと口々に言い合っている。たしかに見たという人もいないが、デマだという人もいない。上下を問わず、ただ鬼の噂でもちきっている。

　そのころ（私は）東山から安居院の辺へ行くことがありましたが、四条通りからかみに当たる人が、誰もかれも北をめざして走るさわぎ。「一条室町に鬼がいる」とわめき合っている。今出川の辺から眺めてみると、院の御桟敷のあたりは、人ッ子一人通れそうにもないほど、人がぎっしりつまっている。（私も）これはもともと根も葉もない噂ではあるまいという気になり、人を出して見させたところが、（鬼に）出合った者は一人もない。日が暮れるまでこんなに立ち騒いで、あげくのはては喧嘩沙汰まで起こって、ぶざまなことがいろいろあった。

　そのころ広い範囲にわたって、二・三日人の患うことがありましたが、それを、あの鬼のデマは、この流行病の発生する前兆を示すものだ

ごとはこのしるしを示すなりけりといふ人もはべりし。

という人もありました。

語句

▼応長　一三一一〜一三一二の年号。▼京・白川　「京」は市中、「白川」は東北の郊外。▼一条室町　東西の一条通りと、南北の室町通りとの交差点。▼院の御桟敷　上皇が賀茂祭りをごらんになるために設けた桟敷。「桟敷」は高く設けた見物席のこと。

▼はやく　もともと、元来の意の副詞。▼おほかた　まるで、全く、の意の副詞。▼はべりし　文末の「し」は余情表現のための連体形で、「わづらふことはべりしをぞ」の「ぞ」の結びではない。この係助詞を受けるのは「いふ人も」の「いふ」で、これは「人」に続くため、結びは消去されている。

解説

群衆心理はパニックをひき起こしやすい。人間の持っている弱点が、特に災害に出あった時、人数比以上に累積されるからである。科学の発達した今日においても、一人一人の人間の弱さは変わらないのだから、迷信に動かされやすい昔の人の混乱ぶりも想像できようというものである。

教養豊かなはずの兼好にしてからが、「はやく跡なきことにはあらざめり」と思い、偵察《ていさつ》のために人を出したりしている。鬼の存在を信ずること自体がナンセンスだというのは現代人の感覚。夜が暗くて長かった時代には、疑心暗鬼を生じて百鬼夜行も当然のことだったであろう。

鬼とは人間の力では及びもつかない巨大な力を持った存在をいう語である。人間が死んで霊の

存在になると、それはどんな力を発揮するかわからぬ不気味なものとなる。死者の霊に限らず、人間に巨大な力を加えて害をなすものも、目に見えぬ力で災を払い、難を救ってくれるものも鬼である。それに形象を与えたものが絵で見る赤鬼青鬼で、力のシンボルが金棒であり、角であり牙であり手足の爪である。節分の行事となっている〝追儺〟を〝鬼やらい〟というのは、一年の病難厄難を鬼に見立てて、これを排除する行事だからである。排除される鬼は悪鬼邪鬼で、鬼の中には当然善鬼良鬼もいて、この鬼がたいまつの火で邪悪を焼き滅ぼしてくれる仕組みになった追儺式もある。

20 その道を知れる者

第五十一段

亀山殿の御池に大井《おほゐ》川《がは》の水をまかせられんとて、大井の土民に仰《おほ》せて水車を造らせられけり。多くの銭《あし》をたまひて、数《す》日《じつ》に営み出だして掛けたりけるに、大方廻《めぐ》らざりければとかく直しけれども、つひに回らで徒《いたづ》らに立てりけり。さて、宇《う》治《ぢ》の里人《さとびと》を召してこしらへさせられければ、やすらかにゆひて参《まゐ》らせたりけるが、思ふやうに廻りて、水を汲《く》み入るることめでたかりけり。

よろづにその道を知れる者はやんごとなきものなり。

通釈　亀山離宮の御池に、大井川の水を引き入れなさろうということで、大井の土着の住民に命じて、水車を造らせられることがあった。多額の費用をおさげ渡しになって、数日がかりで造り上げて取りつけてみたところが、どうしても回らなかったので、手をつくして直してみたけれども、結局回らないでそのまま役に立つことなく立っていた。そこでこんどは、宇治の村人をお召しになってこしらえさせられたところが、やすやすと組み立ててさし上げたのが、すいすいと気持ちよく回って、水を汲み入れることもみごとであったという。

何ごとにつけても、専門の道に通じている者は大したものである。

語句

▼**亀山殿**　後嵯峨・亀山二上皇の仙洞御所。

▼**まかせられんとて**　「まかす」〈サ・下二〉は田や池などに水を引き入れる意。「られ」は尊敬、「ん」は意志の助動詞。

▼**大方**　打ち消しを伴って、まるっきり、全然、の意の副詞。

▼**めでたかりけり**　「めでたし」は称賛すべき状態であることを表す。

解説

兼好の言わんとするところははっきりしている。文末結びの一文に専門家尊重の意図をはっきりうち出し、それを水車建造という共通の作業に対する、非専門家と専門家との差違を具体的に対比することによって示した。費用・労力・作動、どの点から見てもこれだけはっきりした差違が出れば、もはや間然するところはない。

大井の土民		宇治の里人	
多くの銭・数日ガカリ	↔	やすらかにゆひて	〈費用・労力〉
大方廻らず・とかく直す	↔	思ふやうに廻りて	〈結果〉
徒らに立てりけり	↔	水を汲み入るることめでたし	〈効用〉

21　石清水詣で

第五十二段

仁和寺《にんなじ》にある法師《ほふし》、年寄るまで石清水《いはしみづ》を拝《をが》まざりければ、心うく覚えて、ある時思ひ立ちてただひとり徒歩《かち》よりまうでけり。極楽寺《ごくらくじ》・高良《かうら》などを拝みて、かばかりと心得て帰りにけり。さて、かたへの人にあひて、「年《とし》ごろ思ひつること果たしはべりぬ。聞きしにも過ぎて尊《たふと》くこそおはしけれ。そも、参りたる人ごとに山へ登りしは、何ごとかありけん、ゆかしかりしかど、神へ参るこそ本意《ほい》なれと思ひて、山までは見ず」とぞいひける。

すこしのことにも先達《せんだつ》はあらまほしき

通釈

仁和寺にいた法師（の話なのだが）、年寄るまで石清水（八幡宮）に参拝したことがなかったので、なさけなく思って、ある時思い立ってただひとり徒歩でお参りした。（麓にある）極楽寺・高良社などを拝んで、こんなものかと思いこんで帰ってきた。そして、朋輩の僧に向かって「長年念願していたことをついに果たしてきましたよ。（噂に）聞いていた以上に、神々しくあられたことでした。それにしてもいったい、お参りに来ている人が誰もみな山へ登って行ったのは、何ごとがあったのでしょうか。（私も）行ってみたいとは思いましたが、イヤイヤ、神へお参りするのが本来の目的なのだから……と思って、山までは見ませんでした」と言ったものである。

ことなり。

（こういう次第であるから）ちょっとしたことにも、指導者は必要なことである。

語句

▼**仁和寺にある法師**　「に」は所在を示す格助詞。「ある」はラ変動詞の連体形。これに〝或る〟の意はないが、この法師は特定の一人を指すから〝或る法師〟の意は自然に生じる。ここは〝仁和寺の法師〟というのと同じで、仁和寺に在籍していた或る一人の法師を指す。「仁和寺」は京都市右京区御室にある真言宗御室派の大本山。八八八（仁和四）年宇多天皇の創建。

▼**石清水**　石清水八幡宮。京都府綴喜郡八幡町男山の山上にある。八五九（貞観元）年の創建。

▼**徒歩より**　「より」は手段・方法を示す格助詞。仁和寺から石清水までは一六キロメートルほどの道のり。年寄ってからではかなりの肉体的負担になったであろう。

▼**極楽寺・高良**　男山の麓にあった付属の寺と末社。

▼**かばかりと心得て**　「かばかり」という語気には失望の色がうかがえる。後に「聞きしにも過ぎて尊くこそおはしけれ」と言っているが、粗末さから感じた失望を、強いて尊さに置きかえずにはいられなかった心情がよく出ている。

▼**かたへの人**　仲間の僧、の意。

▼**何ごとかありけん**　「か」は疑問の係助詞。結びは「けん」で過去推量の助動詞連体形。すべての人が山へ登って行くが、それは何のためなのかと、麓の建物にたどりついた安堵感のために、尋ねてみようとする意欲をも失ってしまったとみえる。

▼**ゆかしかりしかど**　「ゆかしかり」は動詞「行く」の形容詞化した「ゆかし」の連用形。行ってみたいと思う、の意。

▼**神へ参るこそ本意なれ**　極楽寺・高良で自らの本意は達せられたと思い込んでいるから、山へ登ることを単なる物見遊山《ゆさん》と考えた。

▼**とぞいひける**　「ける」は伝聞回想の助動詞。いわゆる〝聞き書き〟で、人伝てに聞いた話を筆録し

た体裁にしてある。

▼**先達**　自分より先に道に達した人、の意で、ここは案内者、指導者のこと。

解説

仁和寺の法師を主役にした失敗譚《だん》が三つ続けて語られる。失敗は笑いをともなうから滑稽《こっけい》譚というべきで、その第一話が石清水詣での失敗譚。

自分の犯した失敗は、物心の損害をもたらすから大へんな痛手となるが、他人の失敗は笑っておればことはすむ。しかし、他人から笑われないようにするためには、他人の失敗を笑う前に、これを自らの戒めとしなければなるまい。この戒めが蛇足とも思われる「すこしのことにも先達はあらまほしきことなり」という一文となってつけ加えられた。こんなこと、わかりきったことではないかと馬鹿にする人間は、別件で必ず失敗を犯すにちがいない。兼好にもこの危惧《きぐ》があったればこその蛇足で、これは多分に自戒のことばだったろう。

ところでこの法師の失敗は、無知によるひとりよがりから生じたものだが、実害はゼロというべきである。結果的にはせっかくの行動が目的を果たすことなく徒労に終わっているが、自分自身の失敗を他人から指摘されることさえなければ、ご本人は満足感を持ち続けることができる。こういうひとりよがりな人間を、お人好しだのオメデタイだのと言って人は馬鹿にするが、馬鹿にしている人間が馬鹿にならないためには、やはり蛇足の戒めが必要になろう。

22 足鼎かづき　第五十三段

これも仁和寺の法師、童《わらは》の法師にならんとする名残とて、おのおのあそぶことありけるに、酔ひて興に入《い》るあまり、傍《かたはら》なる足鼎《あしがなへ》を取りて頭《かしら》に被《かづ》きたれば、つまるやうにするを、鼻をおし平《ひら》めて顔をさし入れて舞ひ出でたるに、満座興に入ること限りなし。

しばしかなでて後、抜《ぬ》かんとするに大

通釈　これも仁和寺の法師（の話）。稚児が（受戒して一人前の）僧になろうとする送別会ということで、めいめいが（集まって）酒宴を催したことがあった時に、（ある僧が）酒に酔って興にのりすぎ、手近なところにあった足鼎をとって頭からすっぽりかぶったところ、（ちょっときゅうくつで）つまり気味だったのを、鼻をおしつけて顔をさし入れて（その場に）舞って出たところ、一座の人々が（やんややんやと）面白がることはかぎりがな方抜かれず。酒宴ことさめていかがはせんとまどひけり。とかくすれば、頸《くび》のまはりかけて血垂《た》り、ただ腫《は》れに腫れみちて息もつまりければ、打ち割《わ》らんとすれどたやすく割れず。響《ひび》きて堪《た》へがたかりければ、かなはで、すべきやうなくて、三足《みつあし》なる角《つの》の上に帷子《かたびら》をうち掛けて、手をひき杖をつかせて、京《きやう》なる医師《くすし》のがり率《ゐ》て行きける道すがら、人の怪《あや》しみ見ること限りなし。医師のもとにさし入りて向かひゐたりけんありさま、さこそ異様《ことやう》なりけめ。ものをいふもくぐもり声に響きて聞こえず。「かかることは文にも見えず、伝へたる教へもなし」といへば、また仁和寺へ帰りて、親しき者、老いた

かった。

　しばらく舞ってから（鼎を）抜き取ろうとすると、どうしても抜けない。酒宴の興もシラケて、これはどうしたものかと途方にくれた。（何とかして抜こうと思い）あれこれと手をつくしてみるが、頸のまわりが傷ついて血が流れ、むやみに腫れ上がってきて呼吸も苦しくなったので、打ち割ってみようとするがそう簡単には割れない。ガンガン響いてガマンならなかったのでそれもならず、どうしようもなく、三本足の角の上に帷子をかぶせて、手をひいたり杖をつかせたりで、市中の医師のもとへ連れて行ったその道すがら、人々が奇異の思いをいだいて見ることといったらキリがなかった。医師のもとに入っていって向かい合わせに座っていたありさまを想像してみるに、さぞかし風変わりであったことだろう。ものを言うのもくぐもり声に響いて（何を言ってるのかさっぱり）わからない。（医師も）「こんな症状は専門書にものっ

る母など、枕上《まくらがみ》に寄りゐて泣き悲しめども聞くらんとも覚えず。
かかるほどにある者のいふやう、「たとひ耳鼻こそ切れ失《う》すとも、命ばかりはなどか生きざらん。ただ力を立てて引きたまへ」とて、藁《わら》のしべをまはりにさし入れて、かねを隔てて、頸もちぎるばかり引きたるに、耳鼻欠けうげながら抜けにけり。からき命まうけて久しく病《や》みゐたりけり。

ていないし、口伝の秘法もない」と匙《さじ》を投げるので、（仕方なく）また仁和寺へ戻って、親しい者、年老いた母など、枕もとに寄り集まって泣き悲しむが、（当の本人には）聞きとれそうにも思えない。
そうこうするうちに、ある者がいうには、「たとい耳や鼻がちぎれたとしても、命だけはどうして助からないことがあろう。ただただ、力いっぱいに引いてごらんなさい」とのことなので、藁のしんを回りにさし込んで金を隔てておいて、頸もちぎれんばかりに引っぱったところ、耳や鼻がもげ落ちてひどい怪我をしながらも、やっと（足鼎が）抜けた。あぶない命が助かったものの、長らく患っていたということである。

語句

▼**童**　寺で召し使われた少年。稚児（児）ともいう。多くは貴族の子弟で、後に受戒して僧になるものもあった。この場合がそれで、俗体とのお別れパーティということになる。

▼**足鼎**　三本の足のついた鼎。鼎は湯を沸かしたり物を煮たりする鍋釜のたぐい。ここは装飾用のもの

か。

▼**かなでて**　「かなづ」〈ダ・下二〉は舞を舞う意。

▼**大方抜かれず**　「大方」は否定を伴って全部否定を表す副詞。「れ」は可能の助動詞。

▼**ことさめて**　流行語のシラケテに当たる。興がさめて楽しめない状態になる意。

▼**血垂り**　「垂る」はラ行四段活用。

▼**帷子**　ひとえの着物の総称。

▼**くぐもり声**　内にこもってはっきり聞きとれない声。

▼**伝へたる教へ**　いわゆる〝口伝〟の教え。師匠から口伝えに教えられた秘法。

▼**藁のしべ**　わらのしん。かたくてなめらかだから滑りやすくするのと、肌を保護するために用いたのである。

▼**欠けうげながら**　「うぐ」〈ガ・下二〉は穴があく意。耳や鼻が傷ついて穴があくと大げさに表現したもの。

▼**からき命**　あぶない命。すんでのところで失いそうだった命。

解説

この失敗譚《だん》は笑ってばかりもいられない残酷物語である。お調子に乗りすぎた座興が一瞬に暗転して、人命の危険をともなった大騒ぎとなる。面白がって読んでいるうちに、これがもしわが身にふりかかったことだったらどうだろうと思えば、肝の冷える思いをいだかずにはいられまい。

ひるがえって現在の私たちの周囲を見回してみても、私たちが常に天災人災の不慮の災難に出くわす危険にさらされていることを思わずにはいられない。日々のニュースを見聞するだけで、思い半ばに過ぎるものがあろう。災難に遭遇しない間は他人事として見過ごせても、一旦わが身にふりかかってしまえば避けるすべはない。自分が手を下さない災難でも、ふりかかってくる可能性がないわけでもないのに、自らが手を下して、自らの災難をひき起こしていてはお話にならぬ。それが、羽目を外して一瞬自分を失った時に生じやすいことの戒めである。

この段に戒めの言葉は書かれていないが、次の段に「あまりに興あらんとすることは必ずあいなきものなり」とあるのがこの段にも通じる。何事もほどほどに！　という戒めを含みつつ、この話が単なる教訓話に終わっていないのは、兼好の筆力によるところが大である。伝聞回想の助動詞「けり」を用いながら状況描写が生彩をはなち、簡潔に歯切れのよい筋の展開をみせ、臨場感を盛り上げている。

23 双の岡の山遊び

第五十四段

御室《おむろ》にいみじき児《ちご》のありけるを、いかで誘ひ出《いだ》して遊ばんと企む法師どもありて、能あるあそび法師どもなどかたらひて、風流の破子《わりご》やうのものねんごろにいとなみ出《い》でて、箱風情《ふぜい》の物にしたため入れて、双《ならび》の岡の便《びん》よき所に埋《うづ》み置きて、紅葉散らしかけなど思ひ寄らぬさまにして、御所《ごしよ》へ参りて児をそそのかし出でにけり。

うれしと思ひてここかしこ遊びめぐりて、ありつる苔のむしろに並《な》みゐて、「いたうこそ困《こう》じにたれ。あはれ紅葉を

通釈

御室に何ともいえず可愛い稚児がいたのを、何とかして誘い出して一しょに遊ぼうとたくらむ法師どもがいて、芸達者な遊僧どもなどを仲間にひき入れて、しゃれた重箱弁当のようなものを念入りに調製して、(それを)箱のような物にきっちりと収納して、双の岡のどこか都合のよさそうな所に埋めておいて、(その上に)紅葉を散らしかけたりなど、気づかれないように隠して、御所へ参って稚児を(口車に乗せて)連れ出してきた。

嬉しいと思ってあちこち遊び回って、さっきの苔が一面に生えたところに並んで座り、「ひどく疲れてしまったなァ。このへんでひとつ、紅葉を焼《た》いて(一ぱいやらして)くれるような人は現れないものかなァ。霊験あらたかな御僧

焼《た》かん人もがな。験《げん》あらん僧達、祈り試みられよ」などいひしろひて、埋みつる木の下《もと》に向きて、数珠《ずず》おし摩《す》り、印ことごとしく結び出でなどして、いらなくふるまひて、木の葉をかきのけたれどつや物も見えず。所の違《たが》ひたるにやとて掘《ほ》らぬ所もなく山をあされどもなかりけり。埋みけるを人の見おきて、御所へ参りたる間《ま》に盗めるなりけり。法師ども言《こと》の葉《は》なくて聞きにくくいさかひ腹立ちて帰りにけり。

あまりに興あらんとすることは必ずあいなきものなり。

たちよ、ためしに祈ってごらんになってはいかがかな」などとわいわいと言いあって、埋めておいた（目印の）木のもとに向かって、数珠を（さらさらと）押しもんでみたり、仰々しく印を結んでみたりなどして、いかにももののしくふるまって、（いよいよ）木の葉をかきのけてみたが、まるっきり何一つとして出てこない。場所が違っていたのかと思い、掘らぬ所もないほどに山を探し回ってみたが、（けっきょく）見当たらなかった。（これは）埋めたのを人が見ていて、御所へ参っている間に盗んだのであった。法師どもは（弁明の）ことばもなくて、聞き苦しく悪態をつき、腹を立てて帰っていった。

あまりに趣向をこらして面白くしようとする事は、必ずひょんな結果に終わるものである。

語句

▼**御室**　仁和寺の俗称。

▼**いみじき児**　「いみじ」は善悪ともに程度の甚だしいことを表す形容詞。

▼**あそび法師**　〝遊僧〟のこと。芸能を事とした僧

体のもの。
▼**風流の**　しゃれた趣向をこらした。
▼**破子やうのもの**　一見わりご風の体裁をしたもの、の意。「破子」は中に仕切りを作った白木の弁当箱。
▼**箱風情の物**　この場合の「風情」は接尾語的の用法で〝……のような〟の意。
▼**双の岡**　仁和寺の南方に続く岡で、三つ並んでいるところからの名称。
▼**便よき所**　都合のよい場所。自分たちの筋書き通りに事を運ぶのに便利な所。
▼**御所**　仁和寺のこと。
▼**ありつる**　さっきの、例の。（連体詞）
▼**紅葉を焼かん人**　白楽天の詩句「林間酒を煖むるに紅葉を焼き」により、酒食をととのえてくれる人、の意。
▼**験あらん僧達**　修行を積んだ末、祈禱の効験が著しく現れるはずの僧達、の意。
▼**いひしろひて**　大ぜいの人間が口々に言いあって、の意。
▼**印**　〝印相《いんぞう》〟のこと。真言宗で、呪文《じゅもん》をとなえながら両手の指を種々の形に折り曲げ組み合わせること。
▼**いらなく**　大げさである、仰々しい。
▼**つやつや**　否定を伴って、まったく、少しも、の意。（副詞）
▼**言の葉なくて**　その場をとりつくろう弁解の言葉に窮したということ。
▼**あいなきものなり**　「あいなし」は否定的な不快感を表す場合に広く用いられる。（形容詞）

解説　文末に添えた戒めは前段にも通じるが、〝あいなき〟程度には大きなひらきがある。〝あまりに興あらんとする〟作為は臨機応変に発現するから、ことのキッカケにはどんな結果が生じるかの予測を立てることもできず、ついうかうかと行動に走ってしまう。そうして不測の結果が生じた時にホゾを嚙んでも、もはや〝後の祭り〟ということになってしまう。そ

の〝後の祭り〟が前段では「からき命まうけて久しく病みゐたりけり」という悲惨なものとなったが、この段ではザマァ見ロと、第三者も法師の失敗をあざ笑うだけですましておける。それだけ失敗者の被害が軽微で終わっている。軽微は軽微でも目的を果たし得なかった失望という点で、当事者は精神的マイナスを被る。事を面白くしようとする趣向は、催しごとにもついて回ることだが、〝骨折り損の草臥《くたび》れもうけ〟にさせないためには、ズに乗らないようにしなければならないことを、この面白い話から自然に悟らせようとしているかのようである。

24 家の作りやう

第五十五段

家の作りやうは夏をむねとすべし。冬はいかなる所にも住まる。暑きころわろき住居《すまひ》は堪へがたきことなり。

深き水は涼しげなし。浅くて流れたる遥《はる》かに涼し。こまかなるものを見るに、遣戸《やりど》は蔀《しとみ》の間《ま》よりも明《あ》かし。天井の高きは、冬寒く灯暗《くら》し。造作《ざうさく》は用なき所を作りたる、見るもおもしろくよろづの用にも立ちてよしとぞ、人の定めあひはべりし。

通釈 住宅の構造は夏本位とするのがよい。冬はどんな住宅にでも住んでいられる。暑いころに（構造の）悪い住宅はがまんのならないことである。

深くたたえた水には涼感がない。浅くて流れている（水の）方がずっと涼味がある。こまかなものを見るのに、遣戸の間の方が、蔀の間に比べてずっと明るい。天井の高いのは、冬は寒く、灯火も暗くていけない。造作についていうと、さし当たって無用の所を造っておくというのは、見た目にユニークでもあり、何かの役に立つこともありで、なかなかいいものだと、（何かの折に）人々が談じ合ったことがありました。

語句

▼**住まる** 「る」は可能の助動詞。

▼**遣戸** 〝遣戸の間〟の意。「遣戸」は引き戸のことで左右に開閉する戸のこと。

▼**蔀** 格子組みに板を張った戸で横に重ねて用いる。開くときは上部を釣り上げるようにする。

▼**造作** 家を建てること。その場合にどのような設計にしたらよいかを考えている。

解説

仁和寺の法師の失敗譚を続けたあと、話題は一転して実際生活の問題に触れている。住宅問題の深刻さは昔も変わらなかったようにみえる。住宅論ともいうべき段はすでに第十段、第十一段があったが、それは多分に趣味論風に書かれていた。この段は自分の実際上の生活の場としての家を考えている。

自分の本当に気に入った家は、二度三度と建ててみなければできないと言われるが、実際に住んでみなければ、住み心地のよしあし、使い勝手の便不便はわかるまい。兼好がこの段で一単位文の平均字数十七・一という歯切れのいい短文を、パッパッと書き並べる力強さで表現できたのは、自分の体験がバックにあったからにちがいない。

京都は夏暑く冬寒い。盆地的気候のきびしさはこれも体験してみなければわかるまい。〝住めば都〟とはいうが、住みにくさそのものにはかわりがない。夏と冬とどちらが住みにくいかは個人差によることで、一概には言えまいが、高温多湿の日本の夏の住みにくさを思えば、兼好の言うところに首肯できよう。彼自身「天井の高きは、冬寒く灯暗し」とも言っているが、寒さに重ね着はできても、暑い時に裸で水浸しになってはくらせまい。〝涼〟を求めるにも「浅くて流れたる遥かに涼し」で、気分に頼るしかあるまい。

造作について、老荘思想の影響で〝無用の用〟の効用を述べているのは、観念的な衒学《げんがく》の言辞ではなく、彼自身の体験によるものであろうが、これを「人の定めあひはべりし」と第三者の言に仮託して、表現上のゆとりをもたせたのであろう。

余録

人間の経済生活の基本は〝衣食住〟で、どれが欠けても満足な生活はできないが、中でも最も重要なのが〝住〟であるように思われる。経済事情が安定していて、借屋住まいで事の足りた古き良き時代は夢物語となり、今はマイホームの獲得が生活の安定につながる。私は若い頃から隠者気取りで、「衣は以って肌を被うに足り、食は以って飢えを満たすに足り、住は以って雨露を凌《しの》ぐに足る。足るを知れば心安らかにして以って動ずることなし」ということばを座右銘として、簡易生活を楽しんできたつもりだが、今にして思えば、〝住〟の安定によって生活上の不安は完全に払拭されたといえる。

『方丈記』に「かむな〈やどかり〉は小さき貝を好む」とある。人には人それぞれの境遇があり、それに応じて〝住〟の規模もさまざまである。『方丈記』や『徒然草』に共鳴する気持ちは今も変わってはいないが、時たま旅に出てしばしの宿りとする場所ではなく、日常生活の場としては〝住み良さ〟が第一要件となる。戦後の日本は今や世界中でいちばん住みよい国とまで言われるようになったが、便利さも度を越すとシラケもしようし、快適すぎる冷暖房は人間の自然に対する抵抗力を弱めることにもなろう。〝自然〟にさからわない便利さを追求するためには、むしろ『徒然草』のこの段まで戻って、ここを出発点として改めて、考え直してみることも必要なのではあるまいか。

便利さの定義が、最小の労力によって最大の効果をあげることにあるとするならば、人間の能力は萎縮せざるを得まい。それを避ける考慮が〝ゆとり〟であり、この段にいう〝用なき所を作〟ることになるだろう。

25 ものいへば　第五十六段

久しくへだたりて逢《あ》ひたる人の我が方にありつること、数々《かずかず》に残りなく語りつ

通釈

長らく離れていて出会った人が、自分の方にあったことを、何もか

づくるこそあいなけれ。隔てなく慣れぬる人も、程経《ほどへ》て見るは恥づかしからぬかは。つぎさまの人は、あからさまに立ち出でても、今日《けふ》ありつることとて息《いき》もつぎあへず語り興ずるぞかし。よき人の物語するは、人あまたあれど一人に向きていふを、おのづから人も聞くにこそあれ。よからぬ人は、誰ともなくあまたの中にうち出でて、見ることのやうに語りなせば、皆同じく笑ひののしる、いとらうがはし。をかしきことをいひてもいたく興ぜぬと、興なきことをいひてもよく笑ふにぞ、品のほど計《はか》られぬべき。

人のみざまのよしあし、才《ざえ》ある人はそのことなど定め合へるに、己《おの》が身をひき

も余すところなく語り続けるのは、ほんとにイヤミなものである。いくら隔てなく慣れ親しんだ人でも、しばらくたってから逢えば、気づまりの感じられぬわけがあるまい。第二流の人間はついちょっと外出しても、今日手に入れたホット・ニュースだといって、息をつぐ間もないほどにしゃべり立てるものである。上品な人が物語りをする時は、聞き手が大ぜいいる場合にも、（その中の）一人に向かって言うのを、自然と他の人たちも聞くというふうなのだ。下品な人間は、誰にともなく大ぜいの中にのさばり出て、まるで今見ていることのように尾鰭《おひれ》をつけて話すと、聞き手は一様にゲラゲラと笑いさわぐ、そのサマは乱雑をきわめる。面白いことをしゃべってもあまり面白がらないのと、面白くもないことをしゃべってもよく笑うことによって、人柄の程度が推測できるにちがいなかろう。

人の容姿のよしあしとか、学問のある人はそ

かけていひ出でたるいとわびし。

の方面のことに関して批評し合っている時に、自分の身を引き合いに出して（あれこれと）言い出してきたのは、ほんとにいやな気のするものである。

語句

▼**あいなけれ**　おもしろくない、気にくわない。（一一六ページ参照）。

▼**恥づかしからぬかは**　「恥づかし」は相手に対して遠慮気兼ねを感じる気持ち。「かは」は反語の係助詞の終止用法。

▼**つぎさまの人**　第二流の人、一段と劣った人、の意で、「よき人」の対。

▼**あからさまに**　かりそめの状態をいう語。この場合、出かけた場所も手近な所であり、所要時間も長くはかかっていない。

▼**よき人**　「よし」は最も好ましい状態を表す語だから、身分・人格・趣味・教養などに関して理想的な人、の意。

▼**聞くにこそあれ**　「聞くなり」の強調表現で「に」は断定の助動詞。聞くことであるのだ、の意。

▼**よからぬ人**　「よき人」の対。「つぎさまの人」と同意。

▼**語りなせば**　「なす」は他の動詞と複合させた場合、その動作をことさらに作為的に行うことを意味する。

▼**みざま**　見た様子、外見、容貌風采、の意。

▼**才ある人**　「才」は各方面に発揮される人間の能力のことであるが、ここは〝学才〟の意。

▼**わびし**　自分の気持ちにぴったりこないもどかしさの感じを表す語。

をかしき事をいひてもいたく興ぜぬはヒョットスルト……
そーなんですよ㊟
私はもう新しいギャグについていけなくなったんです
㊟一九八二年はじめにはやったという大昔のギャグ（日栄社刊古語大辞典三〇〇二年版より）

解説

〝文は人なり〟という言葉がある。文章を読めばそれを書いた人の人柄がわかるというのである。文章となると、書くのがいやなら書かないでもすませられようが、話し言葉なしでは日常生活は成り立たない。文章を書く時には、首尾一貫するように考えながら書き、さらに推敲もできるけれど、日常会話はそのような反省とか腹案なしに、口をついて出るのが普通である。だから、話し言葉は文章以上にその人間のネウチを露呈する。

芭蕉の句に〝物いへば唇寒し秋の風〟というのがある。これは人前でハジをかかないための自戒の句なのであろう。兼好は〝おしゃべり〟を人間観察の基準とし、これによって人間を評価し、人間に格差をつけた。

先ず話し方のパターンとして五種類を挙げる。

①我が方にありつること、数々に残りなく語りつづくる
②今日ありつることとて息もつぎあへず語り興ずる
③人あまたあれど一人に向きていふ
④あまたの中にうち出でて、見ることのやうに語りなす

⑤〈人ノウエ〉定め合へるに、己が身をひきかけていひ出でたる すべて具体的に書かれているが、好ましいタイプは一例にすぎない。口数の多い人の話し方を思いかえしてみると、ほとんどここに挙げられた悪例のどれかに帰着する。そうしてこの話し方にもとづいて、人間を〝よき人〟と〝よからぬ人〟とに格づけする。うっかり失言ならとにかく、得々と弁じ立てていることで腹の底まで見すかされてしまうとするなら、人間としてこれほど恥ずかしいことはあるまい。

26 大事を思ひ立たん人　第五十九段

大事《だいじ》を思ひ立たん人は、去りがたく心にかからんことの本意《ほい》を遂げずして、さながら捨つべきなり。「しばしこのことはてて」、「同じくはかのこと沙汰しおきて」、「しかしかのこと人の嘲《あざけ》りやあらん、行《ゆ》く末《すゑ》難なくしたためまうけて」、「年ご

通釈　一大事を決行しようとする人は、手がひけず、常に心にかかっている事がらを達成させようとすることなく、そっくり捨て去ってしまわねばならぬことである。「もうちょっと、このことにキリがついてから……」「同じことなら、あのことを始末しておいてから……」「これこれのことは、(ほってお

ろもあればこそあれ、そのこと待たんほどあらじ。物騒がしからぬやうに」など思はんには、えさらぬことのみいとど重なりて、ことの尽くる限りもなく、思ひ立つ日もあるべからず。おほやう、人を見るに、少し心あるきはは皆このあらましにてぞ一期《いちご》は過ぐめる。

近き火などに逃ぐる人は、「しばし」とやいふ。身を助けんとすれば、恥をもかへり見ず、財《たから》をも捨てて逃《のが》れ去るぞかし。命は人を待つものかは。無常の来たることは、水火の攻むるよりも速やかに、のがれがたきものを、その時、老いたる親、いときなき子、君の恩、人の情け、捨てがたしとて捨てざらんや。

けば）人の嘲笑を受けるおそれもあろう、将来非難されないように結着をつけてから……」「長年の間こうしてやってきたからこそ、うまく運んできたのに、（今度だって）その目鼻がつくのに長くはかかるまい。あわただしくないように（取りかかってもよかろう）」などと思っていたりしては、避けられぬ緊急事ばかりが次から次へと重なってきて、事の尽きる折とてもなく、決行にふみ切る日もあるはずがない。だいたい人を見るのに、いくぶんでもこういう決意に関心があるという程度の人は、誰もこうした計画を立ててみるだけで（実行に移すことなく）、一生が過ぎてしまうようである。

近火などで逃げる人は「ちょっと（待ってくれ）」などと言うはずがない。わが身を助けようとするならば、恥を考慮することなく、財宝をも見捨てて逃げていってしまうものである。命は人を待ってくれるものではない。死の迫ってくることは、水火が襲いかかってくるよりもスピーディでのがれるすべもないが、そんな時に、年老いた親、幼い子、君の恩恵、人から受けた情宜《じょうぎ》などといったものを、どうしても捨てたくないといってみても、捨てないわけにはいかないではないか。

語句

▼**大事**　重大な事がら。兼好にとっての大事とは、出家して仏道に専念し悟りの境地に到達すること。

▼**したためまうけて**　「したためまうく」〈カ・下二〉は処置をつけておく意。

▼**年ごろもあればこそあれ**　「こそ…已然形」の係り結びが中止法の場合は逆接にはたらく。長年の間このやり方を通してきたからこそ、こうしてうまく事が運んできたのに、今さら改める必要はないという語気。

▼**えさらぬこと**　避けることのできない要件。のっぴきならぬ用事。

▼**おほやう**　だいたい、の意の副詞。

▼**心あるきは**　この場合の「心」は理解力、決断力を意味する。

▼**あらまし**　「あらます」〈サ・四〉の名詞化したもの。予定、予期、の意。計画は立てるが計画倒れに終わることをいう。

▼**無常**　九七ページ参照。人間の死を意味する。

解説

大事決行の心構えを説いている。〝大事〟とは、人間が人間であるための最も重大なことがらということで、兼好にとっては仏道を専修して悟りの境地に赴くことである。しかしこんなことを言っても、今時の人間には通じまい。世の中の人すべてが仏道行者となって

世俗を捨てていたのでは、日本の国はとうの昔に消滅していたことであろう。しかし誰も彼もがカラスノカッテデショウとうそぶいて、自分のしたい放題のことをするようになってしまっては、これまた日本の消滅をひき起こすことになろう。

〝二兎を追う者は一兎をも得ず〟と言われる。そうかといって、二兎を追って二兎とも手に入れることも、方法・能力の如何によってはありえよう。そういう特殊な場合は問題にせず、「少し心あるきは」の優柔不断性に断を下している。

兼好がここに迷妄の自己弁護の四例を挙げているが、人間は現状に引かれる力が強く、新しい第一歩を踏み出す踏み切りがつきにくいものである。特に現状がぬるま湯にひたっているテイのものであるとき、湯から上がれば風邪をひきそうな不安のために、一そうの逡巡《しゅんじゅん》を見せる。そんな時に人間にカツを入れるのが〝無常観〟。死の到来の時には、人はあらゆる諸縁を放下《ほうげ》しなければならぬ。今がその時だと悟ってしまえというのだが、悟りきれないのがやはり凡愚の〝少し心あるきは〟の特質なのかもしれない。

第六十段

27 盛親僧都

真乗院《しんじようゐん》に盛親僧都《じやうしんそうづ》とてやんごとなき智《ち》者《しや》ありけり。いもがしらといふ物を好みて多く食ひけり。談義《だんぎ》の座にても大きなる鉢にうづたかく盛りて、膝元《ひざもと》に置きつつ食ひながら文をも読みけり。患《わづら》ふことあるには、七日《なぬか》、二七日《ふたなぬか》など療治《れうぢ》とて籠《こも》り居て、思ふやうによきいもがしらを選びて、ことに多く食ひてよろづの病を癒《い》やしけり。人に食はすることなし。ただひとりのみぞ食ひける。きはめて貧しか

通釈

真乗院に盛親僧都といって貴い高僧がいた。〝いもがしら〟というものが好物で、いくらでも食べた。談義の席でも大きな鉢にうず高く盛り上げて、膝のそばに引きつけておいて、（それを）食いながら経典の講義もした。病気にかかった折には、七日とか二七日《ふたなぬか》とか（日をきめて）、療養のためということで居室にとじこもり、思いのままに上等のいもがしらを選んで、ふだんより多量に食べて、どんな病気でもなおしてしまった。人に食べさせることはない。ただ自分一人だけが食べた。大へんな貧乏生活をしていたが、師匠が死に際

りけるに、師匠《ししやう》、死にさまに銭二百貫と坊《ばう》ひとつを譲りたりけるを、坊を百貫に売りて、かれこれ三万疋《びき》を芋頭の銭《あし》と定めて、京なる人に預け置きて、十貫づつ取り寄せて、芋頭を乏《とも》しからず召《め》しけるほどに、また、異《こと》用に用ゐることなくてその銭みなになりにけり。「三百貫の物を貧しき身にまうけてかく計らひける、まことに有り難き道心者《だうしんじや》たり」とぞ、人申しける。

に銭二百貫と僧坊一つを譲ってくれたのだが、その坊を百貫で売って、合計三万疋〈即ち三百貫〉をいもがしらの費用ときめて、市中の人に預けておいて、十貫分ずつ取り寄せて、いもがしらを食べ放題にお召し上がりになっているうちに、まったく他の費用に用いることなく、その銭がすっからかんになってしまった。「三百貫のものを貧しい身で手に入れながら、こんなふうに使ってしまったのは、まことに世にもまれな道心堅固の者だ」と、人々は感心したものである。

語句

▼**真乗院**　仁和寺に付属する寺院の一つ。
▼**盛親僧都**　「僧都」は僧正に次ぐ僧官の第二位。
▼**智者**　高僧。
▼**いもがしら**　里芋の親芋。
▼**談義**　仏典の講義をすること。
▼**文をも読みけり**　「文」は講義をする経典の本文。
▼**銭二百貫**　一貫＝百疋、一疋＝十文。
▼**坊**　僧坊。寺院内にあり、僧が日常生活を営む建物。
▼**京なる人**　「なる」は断定の助動詞連体形の特殊用法でニアルという所在を示す。都ニ住ンデイル人、

この僧都、ある法師を見てしろうるりといふ名をつけたりけり。「とは、何物ぞ」と人の問ひければ、「さる物を我も知らず。もしあらましかばこの僧の顔に

の意。仁和寺の位置は都心から遠く離れているという意識があった。

▼**乏しからず**　十分ニ、食ベタイダケ、の意で消極的表現。

▼**召しけるほどに**　「召す」はこの場合〝食う〟の尊敬。

▼**異用に用ゐる**　「異用」は芋頭の代金とする以外の費用、の意。「用ゐる」はワ行上一段活用の動詞。のち「用ふ」とハ行上二段活用に転じた。

▼**みなになりにけり**　「みなになる」はスッカリナクナッテシマウ、の意。「に」は完了の助動詞「ぬ」の連用形。

▼**道心者**　仏道修行の固い決心を持った者。

通釈

この僧都がある法師を見て、〝しろうるり〟というあだ名をつけた。「とはいったい、どんなものですか」と人が尋ねたところ、「そんなものを私だって知っては

似てん」とぞいひける。

この僧都、みめよく、力強く、大食《たいしょく》にて、能書《のうじょ》・学匠《がくしやう》・弁説《べんぜつ》、人にすぐれて、宗《しう》の法燈《ほふとう》なれば、寺中《じちう》にも重く思はれたりけれども、世を軽《かろ》く思ひたる曲者《くせもの》にて、よろづ自由にして、大方、人に従《したが》ふといふことなし。出仕《しゆつし》して饗膳《きやうぜん》などにつく時も、皆《みな》人の前据《す》ゑわたすを待たず、我《わ》が前に据ゑぬれば、やがてひとり打ち食ひて、帰りたければひとりつい立ちて行きけり。斎《とき》・非時《ひじ》も人に等しく定めて食はず、わが食ひたき時、夜中《よなか》にも暁にも食ひて、睡《ねぶ》たければ昼もかけ籠《こも》りて、いかなる大事あれども人のいふこと聞き入れず、目覚《さ》めぬれば幾夜も寝《い》ねず、心を澄

いない。もしあるとしたら、きっとこの僧の顔に似てるだろうなァ」と言った。

この僧都はハンサムで力も強く、大食漢でもあり、(その上)字はうまい、学問はあり弁は立つ、どんな点でも人にすぐれていて、宗門の中でも指導的立場にあるので、寺中においても重要な人物として一目置かれていたけれども、世間的なことは少しも気にかけていない変わり者で、どんなことも勝手気ままに行動して、人に調子を合わせるということがまったくない。法事の席に出て饗応の膳などにつく時も、一座の人の前に膳を並べ終わるのを待たず、自分の前に置いてしまえば、すぐさま自分だけがムシャムシャやって、帰りたくなると自分一人プイと立って行ってしまう。斎・非時の食事も人と同じように定時に食うことなく、自分が食いたい時、夜中だろうと暁だろうと(おかまいなしに)食べて、眠たくなると、昼でも居室に閉じこもって、どんな大事な用事があっても、人の

ましてうそぶきありきなど、尋常《よのつね》ならぬさまなれども人に厭《いと》はれず、よろづ許されけり。徳の至れりけるにや。

言うことなど聞き入れず、（その反面）目が冴えておれば幾晩も寝ようとせず、心を澄まして詩歌を吟唱しながら歩き回るなど、世間一般から見れば常識外れの言動だったが、人に嫌われもせず、どんなことも許容されていた。人徳が至高の境地に達していたからであろうか。

語句

▼**あらましかば**　「ましか」は反実仮想の助動詞の未然形。

▼**似てん**　「て」は完了→強意の助動詞の未然形。「ん」は推量の助動詞。きっと似ているにちがいない、の意。

▼**学匠**　博学で僧侶の師たる人。

▼**宗の法燈**　その宗派の中での重鎮たる僧。

▼**曲者**　一癖も二癖もある変わり者、の意。

▼**自由にして**　「自由」は自分の思いのままにふるまうこと。

▼**出仕**　勤務に出ることだから、僧侶としては法要の場に臨むこと。

▼**饗膳**　おもてなしの御馳走の席。

▼**皆人**　その場にいるすべての人。

▼**やがて**　そのまま、すぐに、の意の副詞。

▼**斎・非時**　僧侶の食事は戒律の上で一日一回と定められており、正午までにとった。これを「斎」といい、正午以後にとる食事を「非時」といった。

▼**かけ籠りて**　「かけ」は掛け金をかける意。

▼**大事あれども**　この場合の「あれども」は仮定条件を示すものとして用いられている。

▼**うそぶきありき**　「うそぶく」〈カ・四〉は口をつぼめて息をはく、口笛を吹く、詩歌を吟唱する、などの意。

解説

きわめてユニークな人物月旦《げったん》が試みられている。それというのも、こういう特異な人物が存在していたからのことなのだが……。こういう、自分のしたい放題のことをしている人物を見ると、何かしら胸のつかえがおりるような気になるのは、私ひとりではあるまい。

しかし、ここに兼好の月旦評にあがっている盛親僧都の傍若無人さは、現今の勝手気ままの代名詞のようになっている暴走族のたぐいでもないし、原宿界わいにたむろするといういわゆる〝竹の子族〟ともちょっと違うようである。

どこがちがうかといえば、盛親僧都はすでに人間ができていたことである。兼好も「徳の至れりけるにや」と、その至徳を認めている。暴走族の人も無げなふるまいを、まさか「人に厭はれず、よろづ許されけり」とは言われまいし、人に迷惑を及ぼすことはないにしても、〝竹の子族〟に対して「徳の至れりけるにや」と言うわけにもいくまい。

ところが盛親僧都にだけは許されるというのは、

この人が真実高徳の人だったからにちがいない。徳の至っていない者が形だけ真似てみても、キザでハナモチがなるまい。何の作意もなく、その人の人柄の中から自然ににじみ出た無害の行動だから、いくらケタハズレになっても、許され認められることになる。

この段は十四の単位文で構成され、そのうち十一までが伝聞回想の助動詞「けり」で結ばれている。ということは、この話が兼好の直接の見聞録ではなく、間接の聞き書きに過ぎないことを示している。しかし、その人物への傾倒の情が強かったとみえ、その言動の奇抜さが生彩を放ってこの特異な人物像を浮かび上がらせてくれる。その奇行はすべて世間の常識を超えたところにあり、それがイヤミになっていないところにこの人の人徳がうかがえる。

28 推しはかりの面影

第七十一段

名を聞くより、やがて面影《おもかげ》は推しはからるるここちするを、見る時はまた、かねて思ひつるままの顔したる人こそなけれ。昔物語《ものがたり》を聞きても、このごろの人の家のそこほどにてぞありけんと覚え、人

通釈

名を聞くやいなや、たちまちその人の面影が推測できるような気がするものだが、実際に会ってみると、また、前もって想像していた通りの顔をした人はないものだ。昔物語を聞いても、（物語の中に出てくるのが）現在の人の家のあれくらいのところだ

も、今見る人の中に思ひよそへらるるは、誰もかく覚ゆるにや。
　また、いかなる折ぞ、ただいま人のいふことも、目に見ゆるものも、わが心のうちも、かかることのいつぞやありしかと覚えて、いつとは思ひ出でねども、まさしくありしここちのするは、我ばかりかく思ふにや。

ったろうかと思われたり、人物も現在見ている人の中で、比べて考えられたりするものだが、誰でもこんなふうに思うのだろうか。
　また、何かの折に、たった今、人の言うことも、目に見えるものも、自分の心のうちで考えていることも、こんなことがいつだったかあったはずだという気がして、（それが）いつのことかという点までは思い出せないが、確かにあった気のすることがあるが、私だけがこんなふうに思うのだろうか。

語句

▼推しはからるる　「るる」は可能の助動詞。
▼いつぞやありしか　「や」は疑問の係助詞で「いつぞやありし」で係り結びは成立している。「か」は感動の終助詞。
▼思ふにや　「に」は断定の助動詞。「や」は疑問の係助詞。この下に「あらん」の省略が考えられる。

解説

　私はこの段を読むたびに、幼い日に見た不思議な夢を思い出す。小学校の六年生になると修学旅行があったが、それは伊勢参宮を主目的とした二泊三日の旅であった。詳しい行程は覚えていないが、夕刻二見が浦の宿に着いて、二階だったか三階だったかの広間に上

がり、縁側の手すりから見下ろした眺めが、何日か前に見た夢と全く同じ風景だったのである。
このことは、この段の異常記憶の場合とは趣を異にするけれども、こんな夢はどのように説明されるのだろうか。人間の心理作用の不思議さに首をかしげたくなることがしばしばあるもので、この段はそのことについての自分の体験をもとにして書いたものであろう。前段の、主観と客観とのくいちがいに関しては、「誰もかく覚ゆるにや」と言い、後段の異常記憶に関しては「我ばかりかく思ふにや」と疑問を投げかけている。これは、あなた方にもこんな経験はありませんでしたかと、読者に問いかけ共感を得ようとしているのである。

29 賤しげなるもの

第七十二段

賤《いや》しげなるもの、居たるあたりに調度《てうど》の多き。硯《すずり》に筆の多き。持仏堂《ぢぶつだう》に仏《ほとけ》の多き。前栽《せんざい》に石・草木の多き。家の内に子孫の多き。人にあひて詞《ことば》の多き。願文《ぐわんもん》に作善《さぜん》多く書きのせたる。

多くて見苦しからぬは、文車《ふぐるま》の文《ふみ》、塵《ちり》塚《づか》の塵。

通釈

下品に感じられるもの。身辺に調度の多いこと。硯に筆の多いこと。持仏堂に仏像の多いこと。前栽に石や草木の多いこと。家の内に子や孫の多いこと。人に対してことば数の多いこと。願文の作善を多く書きのせたこと。

多くても見苦しくないものは、文車の文と塵塚の塵。

語句

▼**調度** 身辺に置いて日常使用する道具類。

▼**持仏堂** 自分の守り本尊として常に礼拝する仏像を安置する堂、または室。

▼**前栽** 草花や庭木を植えこんだ庭園。

▼**願文** 神仏に対する祈願の趣意を書いて捧げる文。

▼**作善** 善事を行うこと。堂塔の建立、仏事を営む、写経など、極楽往生ができるように善根を積むこと。作善を多く書きのせるのは、見返りの御利益を計算に入れてのことである。

▼**文車** 書物を運ぶために室内で用いる小型の車。

解説

〝賤しげなるもの〟をテーマにした『枕草子』の全文を参考のために掲げる。

賤しげなるもの、式部の丞の笏《しやく》。黒き髪の筋わろき。布屏風のあたらしき。旧《ふ》り黒みたるは、さるいふかひなき物にて、なかなかなにとも見えず。あたらしうしたてて、桜の花おほく咲かせて、胡粉《ごふん》・朱砂《すさ》など色どりたる絵どもかきたる。遣戸《やりど》厨子《づし》。法師のふとりたる。まことの出雲筵《いづもむしろ》の畳。（大系本、百四十九段）

両者を比較してすぐ気のつくことは、同じテーマなのに、列挙された具体例に共通するものは何一つとしてないということである。この差は明らかに王朝と中世、宮廷と草庵、女性と男性、感性と知性というように、時代の差、生活環境の差、性別によるへだたり、人間の性向のちがいをはっきりとあらわしている。

兼好の場合は、その場に必要なものが〝多さ〟によって調和の損われることに統一して、中世の草庵者らしい、心身共に簡素に徹した美しさを追求し、更に文章表現上の効果を考えて、〝多くて見苦しからぬもの〟を言い添えて変化をもたせている。

30　そらごと種々相

第七十三段

世に語り伝ふること、まことはあいなきにや、おほくは皆そらごとなり。

あるにも過ぎて人は物をいひなすに、まして、年月《としつき》過ぎ境《さかひ》も隔たりぬれば、いひたきままに語りなして、筆にも書き止《とど》めぬれば、やがて定まりぬ。道々の物の上手のいみじきことなど、かたくななる人のその道知らぬは、そぞろに神のごとくにいへども、道知れる人はさらに信も起こさず。音に聞くと見る時とは、何ごとも変はるものなり。

かつあらはるるをもかへりみず、口に

通釈　世に語り伝えていることは、真実のことではつまらないのであろうか、たいていは、どれもこれも作り話である。

人というものは、えてして実際以上に大げさにものを言いつくろうものであるが、まして、年月も過ぎ、場所も遠くはなれてしまうと、言いたい放題に尾ひれをつけて話し立て、（それを）記録にとどめてしまうと、そのまま事実として定着してしまう。いろいろな道における名人達人のすばらしいことを、教養のない人で、その道に何の知識もない人は、やみくもに、まるで神様であるかのように（有難がって）言うが、その道のことをよく知っている人は、（どんなことを言おうと）一向に信じようとはしない。噂に聞くのと実際に見るのとでは、何ごとまかせていひ散らすは、やがて浮きたることと聞こゆ。また、我も誠しからずは思ひながら、人のいひしままに、鼻のほどおごめきていふは、その人のそらごとにはあらず。げにげにしく所々うちおぼめき、よく知らぬよしして、さりながらつまづま合はせて語《かた》るそらごとは、恐ろしきことなり。わがため面目《めんぼく》あるやうにいはれぬるそらごとは、人いたくあらがはず。皆人の興ずるそらごとは、ひとり「さもなかりしものを」といはんも詮《せん》なくて、聞きゐたるほどに、証人にさへなされていとど定まりぬべし。

も大きなひらきのあるものである。

そばからばれてゆくのも意に介さず、口から出まかせに言い散らすウソは、すぐに根も葉もないことだとわかる。また、自分でもマユツバものだとは思いながら、人の言った通りに、鼻のあたりをひこつかせて（得意げに）言うのは、その人の作ったウソではない。（ところが）いかにももっともらしく、ところどころは話をぼかし、（自分も）よくは知らないのだがというゼスチャーをとりつつ、しかしながら、話のツジツマを合わせて語るウソは、（誰でもひっかかりやすいので）恐ろしいことである。（また）自分にとって名誉になるように言われたウソは、だれもあまり否定しようとはしない。（それに）一座の人が面白がって聞いているウソは、自分だけが「そうでもなかったよ」と言ってみたところで、どうなるものでもないから、（だまって）聞いているうちに、（あの人さえ認めているではないかと）証人にさえされてしまって、ますます決定的な話になってしまうこともあろう。

語句

▼**いひなす**　ことさらに作って言う。

▼**やがて**　そっくりそのまま。

▼**かたくななる人**　頑固な人。自分の考えを改めようとしない、視野の狭い人は、結局は教養の程度の低いことを物語っている。

▼**そぞろに**　前後の思慮もなく、ただわけもなく。（形容動詞）

▼**さらに**　打ち消しを伴い、全部否定の副詞。

▼**かつあらはるる**　「かつ」はすぐそばから、の意の副詞。しゃべることがしゃべるそばからすぐにうそだとわかってしまう。

▼**やがて浮きたることと聞こゆ**　「やがて」はスグニ、の意。「浮きたること」は根拠ノナイコト。「聞こゆ」は理解サレル、聞イテ判断デキル意。

▼**鼻のほどおごめきて**　「おごめく」〈カ・四〉は自動詞。鼻のあたりが自然に動くのは得意満面のさま。

▼**げにげにしく**　なるほどという意の副詞「げに」の畳語を形容詞化したもの。いかにももっともだと思わせる状態をいう。

▼**人いたくあらがはず**　「いたく」は打ち消しを伴うと〝それほど、あまり、たいして〟の意となる。

▼**皆人**　その場に出席している一座の人。

▼**さもなかりしものを**　「し」は体験回想を示すから、ソウデナカッタことを確信をもって述べたことになる。「ものを」は感動の助詞。

とにもかくにもそらごと多き世なり。ただ、常にある珍しからぬことのままに心得たらん、よろづ違ふべからず。下《しも》ざまの人の物語《ものがたり》は、耳驚くことのみあり。よき人はあやしきことを語らず。

かくはいへど、仏神《ぶつじん》の奇特《きどく》、権者《ごんじゃ》の伝記、さのみ信ぜざるべきにもあらず。これは、世俗のそらごとをねんごろに信じたるもをこがましく、「よもあらじ」などいふも詮なければ、大方は誠しくあひしらひて、ひとへに信ぜず、また疑ひ嘲《あざけ》るべからず。

通釈

いずれにしろウソ横行の世の中ではある。（だから）ただ普通にある、もの珍しくないことの通りに心得ておくというのが、万事にわたって間違いを生じなくてよかろう。愚劣な人の物語は、聞いてビックリするようなことばかりである。上流の人はめったなことは口にしないものである。

そうはいっても、仏や神の奇跡とか、権化の人の伝記などに関しては、いちがいに信じてはいけないというわけでもない。このことについては、世間でもてはやすウソの話を、アタマから信じ込んでしまうのもばからしく、（そうかといって）「まさかそんなことはあるまい」などと、否定してかかるのも具合がわるいから、たいていのところは、事実として受け答えしておいて、全面的に信ずるのでもなく、また疑いあざけることもしないでおくのがよかろう。

語句

▼下ざまの人 程度の低い人。人間の価値判断をする上で、どんな基準から考えても劣っている人のこと。

▼よき人 〝下ざまの人〟の対。どんな点から考えても文句のつけようのない人。

▼あやしきこと 常識で判断できないようなこと。

▼奇特 奇跡に同じ。神仏の現す不思議な力の働き。

▼権者 権化の人。「権」は〝仮〟の意。神仏が民衆の苦難を救うために、仮りに偉大な人間に化身してこの世に現れたもの。

▼ねんごろに 心をこめてていねいに物事を行うさま。（形容動詞）

▼よもあらじ 「よも」は打ち消しを伴い、まさかと疑う意を表す副詞。

解説

そらごとをテーマに ①そらごとの発生・展開 ②そらごとの分類 ③そらごとへの対応 という三段構成としている。

現代人に限るわけではないが、人々が喜んで見たり読んだりするドラマや小説のたぐいは、すべてフィクションによって構成された〝そらごと〟にすぎない。真実の裏づけがあるとしても、それを一〇〇パーセント事実と認めることはできない。そういうことを誰もが承知した上で、ドラマを見、小説を読んではいるのだが、いわゆるクチコミとして口から耳へ囁《ささや》かれる話は、ここで言う〝そらごと〟伝播《でんぱ》の様相を強く帯びてくるようである。人間の〝そらごと〟に対する反応のしかたなどというものは、『徒然草』の書かれた六百五十年の昔も今も一向に変わっていないようにみえる。

兼好はそらごとに並べて「仏神の奇特」「権者の伝記」については、一概に否定しようとはしていない。こと宗教上の問題になってくると、常識を超えた現象の存在を否定しきれない点もあるだろうから、「世俗のそらごとをねんごろに信じたるもをこがましく」とは言いながらも、「疑ひ嘲るべからず」と言わざるを得なかった。これは兼好のご都合主義というのではなく、世間一般のそらごとと切り離して考えようとしたものである。

そらごとのルーツは人間の好奇心であり、それにもとづいた誇張表現が、さらに尾ひれをつけられて筆録され定説化してしまう。従って、よきにつけ悪しきにつけ、「音に聞くと見る時とは、何ごとも変はるものなり」となる。

そらごとの分類も、具体的に話しぶりまでも彷彿《ほうふつ》とさせて書いてあるのがユニークで楽しい。これらをまとめてみると、

①すぐにバレル出まかせのそらごと
②半信半疑のままに言う受け売りのそらごと
③責任回避の姿勢をとりながらつじつまを合わせて仕組んだそらごと
④当方の名誉を表面に出したそらごと
⑤その座の人々が楽しんでいるそらごと

ということで、①〜③は本質面、④⑤は作用面からの分類ということになろう。

〝うそも方便〟という諺もあり、ウソだとわかるウソが人間関係の潤滑油になることもあろうから、全面的に否定すべきではなかろうが、③のウソは他人をきず

つけ、犯罪につながる場合もあるから、こういうウソだけは古今東西を問わず慎むべきである。

31　蟻のごとく

第七十四段

蟻《あり》のごとくに集まりて、東西に急ぎ、南北に走る。高きあり、賤《いや》しきあり。老いたるあり、若きあり。行く所あり、帰る家あり。夕べに寝《い》ねて、朝《あした》に起く。いとなむ所何ごとぞや。生《しやう》をむさぼり、利を求めて止《や》む時なし。

身を養ひて何ごとかを待つ。期《ご》するところ、ただ老いと死とにあり。その来たること速やかにして、念々の間《あひだ》に止《とど》まらず、これを待つ間、何のたのしびかあら

通釈

まるで蟻のように群れ集まって東西に急ぎ、あるいは南北に走る。身分の高いのもありいやしいのもある。年老いたのもおれば若いのもいる。行く目的地があれば帰ってくる家もある。夕べになれば寝て朝になれば起きる。(こんなにあくせくと動き回って)いったい何ごとをなそうとしているのか。(彼らは)生に執着していつまでも命の続くことを願い、利益を追求してとどまるところを知らない。

わが身の養生につとめて何ごとに期待をかけるというのか。間違いなくやってくるものは、

ん。惑へるものはこれを恐れず。名利《みやうり》に溺《おぼ》れて先途《せんど》の近きことをかへり見ねばなり。愚かなる人は、またこれを悲しぶ。常住《じやうぢう》ならんことを思ひて、変化《へんげ》の理《ことわり》を知らねばなり。

ただ老いと死以外にはないではないか。その来ることは速やかで、一瞬時といえどもとどまることがない。これを待っている間、何の楽しみもあるはずがない。心の迷っている者は、この老いと死とを恐れることがない。心は名利に占領されて、死の迫っていることを考えるだけの余裕がないからである。一方、愚かな者はこの老いと死と（の迫ってくること）を悲しみ嘆く。この世が永久不変であることを願って、万物流転という大自然の理法を考えてみようとしないからである。

語句

▼**生をむさぼり**　「むさぼる」〈ラ・四〉は欲深く何でもいくらでもほしがる意。いつまでも生きていたいと願うこと。

▼**身を養ひて**　「養ふ」は身心の健全な状態を保つための方策を講ずる意。健康を維持し長生きするようにつとめること。

▼**期するところ**　期待をかけて結果を待っていても、やってくるものは結局、老いと死とにすぎないということ。

▼**念々の間**　「念」は仏教語で、刹那《せつな》、瞬間と同じ。極めて短い時間。

▼**先途**　「期するところ」と同意。到着点、終点、の意で、ここは老いと死とをさす。

▼**常住**　「変化」の対。「住」はとどまる意。

解説

ラッシュアワーのターミナルに兼好を立たせたら何と言うだろう。六百五十年の昔にこれだけの表現をした彼が、腰を抜かすようなこともあるまいが、さらに徹底した筆致を見せるにちがいない。私にはラッシュ時通勤の経験はないが、時々何かの折にこういう人混みの中に身を置くことがある。そんな時に、自分もその中の一員であることを意識しながらも、よくまあこれだけの人間が犇《ひし》めいているもの！　と驚かされる。その一人々々が職場を持ち、住む家を持ち、共に住む家族があり、その人々が三度々々、時にはそれ以上にものを食べ、季節々々の着るものを身につけていく。これだけの人間が一おう中産階級意識を持ちつつ生活を営んでいる。エコノミック・アニマルという悪名にもめげず、勤勉そのものの働き蜂となってうごめいている。私自身もその好例なのだから、人のことをとやかく言えないことは百も承知しながら、ついつい客観視してしまいたくなる。

兼好はこういう人々の姿を、無常観を基準にして眺めている。〝無常〟はとりもなおさず〝死〟であり〝老い〟である。人間がいくら名利を追求してみたところで、最終的に逢着するところは死以外にはない。それを悟ってしまえばあくせくすることはない。この段では、悟ろうとしていない人間、すなわち「惑へるもの」「愚かなる人」を対象に、あなた方の足もとを見つめなさい。老いと死とが迫ってきてもガタガタしないだけの心構えを養っておきなさい。そのためには〝変化の理〟を悟りなさいと、カツを入れてくれているのである。それが対句を多く用いて畳み重ねていくような文体からも強く感じとられる。

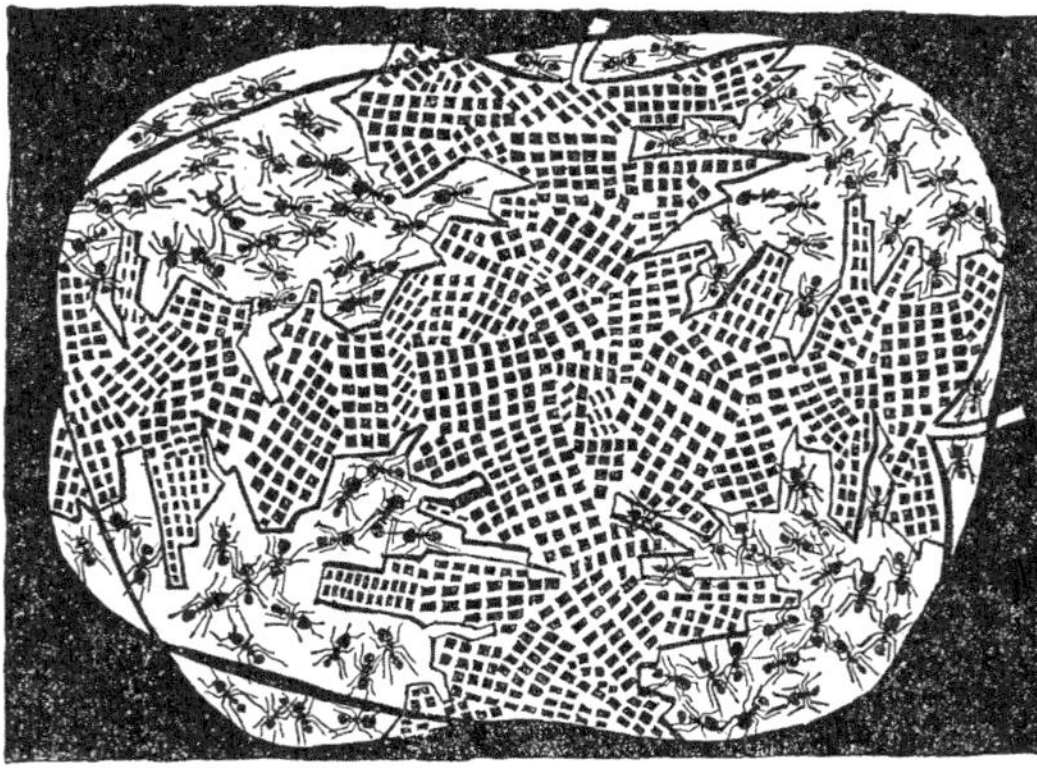

余録

「蟻のごとくに」という言葉を見ると、「イソップ物語」の蟻とキリギリスの話が思い浮かべられる。イソップの蟻は美談の主人公となったが、この段の蟻は迷妄なる者のたとえに使われた。しかし「蟻のごとくに」働くこと自体が非難されるはずのものではない。誰が何と言おうと勤勉は美徳である。問題は目的意識にあると言えよう。何のために、誰のために働くのか、それが勤勉の価値を決定する。自分の〝立身出世〟のためだけに働く――それではいくら成果があがっても人は喜ぶまい。自分の会社の収益をあげるためだけに、自分の国の利益をはかるためだけに働く――これでは国際的な爪弾《つまはじ》き者にされてもしかたあるまい。視野を広く保ち、社会人として国際人として、世界人類の平和と発展のために寄与できるような働きを目ざして進むことを、私たちに課せられた使命とすべきである。

32 ひとりある楽しみ

第七十五段

つれづれわぶる人はいかなる心ならん。まぎるるかたなくただひとりあるのみこそよけれ。

世にしたがへば、心、外《ほか》の塵に奪《うば》はれて惑《まど》ひやすく、人に交はれば、言葉よその聞きに随ひて、さながら心にあらず。人に戯《たはぶ》れ、物に争《あらそ》ひ、一度《ひとたび》は恨《うら》み、一度は喜ぶ。そのこと定まれることなし。分《ふん》別《べつ》みだりに起こりて得失止《や》む時なし。惑《まど》ひの上に酔《ゑ》へり。酔《ゑ》ひの中に夢をなす。走りて急がはしく、ほれて忘れたること、人皆かくのごとし。

通釈

〝つれづれ〟の状態を、わびしいやりきれないと思う人は、いったいどんな心境なのだろうか。外部のことにとりまぎれることなく、ただひとり暮らしている状態こそが、最高の境地なのだ。

世間に順応しようとすると、自分の心は外部からの雑事に支配されて横道に外れやすく、世間の人とつきあっていこうとすると、自分の言葉は人のおもわくに影響されて、そのまま本音が出せるというわけにはいかぬ。人と戯れたり、物について争ってみたり、恨みをいだいたかと思えば、（掌《たなごころ》をかえしたように）喜んでみたりする。（こんなふうで）何ごとも目まぐるしく移り変わってしまう。分別がしきりに起こって、ああ損をした、今度はもうかったと、得失いまだ誠の道を知らずとも、縁を離れて身を閑《しづ》かにし、ことにあづからずして心をやすくせんこそ、暫く楽しぶともいひつべけれ。「生活《しやうくわつ》・人事《にんじ》・技能・学問等の諸縁を止《や》めよ」とこそ、摩訶止《まかし》観《くわん》にもはべれ。

の計算で心の安まる時がない。（こういう心境は）迷っている上に酔っているのであり、酔いの中で夢を見ているようなものである。走り回っていそがしく、本心を失って大事なことを忘れていることは、誰もみな一様にそうである。

まだ真実の（悟りの）道に達していないとしても、（迷妄をひき起こす）諸縁をはなれて身を閑寂の境地に置き、諸事に関係をもつことなくして心を安静に保ってはじめて、一時的にでも楽しむ境地と言ってよかろう。「生計を営むこと、人と交際すること、技芸を磨こうとすること、学問につとめること等の諸縁をとどめよ」と、かの〝摩訶止観〟にも述べてあるではありませんか。

語句

▼**まぎるるかた**　自分の心が乱されて、目標を見誤らせてしまうような雑事や雑念のこと。

▼**外の塵**　正しい心を乱そうとする外界からの刺激。「塵」は仏教でいう〝六塵〟のことで、眼・耳・鼻・舌・身・意の〝六根〟を通じて心に意識される色・声・香・味・触・法の六つの境地をいう。

▼**ほれて**　「ほる」〈ラ・下二〉は茫然自失の状態に

なること。

▼誠の道　仏の道に専念して悟りの境地に達すること。

▼縁を離れて　「縁」は外界とのかかわり合い。次に諸縁とあり、その具体例が列挙してある。

▼生活　暮らしをたてていくこと、生計を営むこと。そのためには実務にたずさわり収入を計らねばならないこと。

▼人事　人に関すること。世間の人とのつきあい。これを円滑に保つためには身心を労することが甚だしい。

▼摩訶止観　中国天台宗の根本聖典。「摩訶」は〝大〟の意。「止観」は諸縁を停止するための思索、修行の心構えということ。

解説

前段との関連で、この段では兼好自身の理想的境地が表現されている。それは「まぎるるかたなくただひとりある」境地である。〝まぎるるかた〟は〝世にしたが〟うことから生ずる。その境地を多方面から観察して「人皆かくのごとし」ときめつけている。兼好からみれば、ずいぶん歯がゆい思いの発言だったろうと思われるが、それではどのようにして理想的境地に達することができるのだろうか。彼自身がすでに到着しているという自覚は持てなかったにしても、「いまだ誠の道を知らずとも、縁を離れて身を閑かにし、ことにあづからずして心をやすくせん」ことに努力しようとしているにはちがいない。ところがそのためには、「生活・人事・伎能・学問等の諸縁を止めよ」という「摩訶止観」のことばを基準にしようというのだからきびしい限りである。

33 入りたたぬさま　第七十九段

何ごとも入りたたぬさましたるぞよき。よき人は、知りたることとてさのみ知り顔にやはいふ。片田舎よりさし出でたる人こそ、よろづの道に心得たるよしのさしいらへはすれ。されば、世に恥づかしきかたもあれど、みづからもいみじと思へるけしきかたくななり。

よくわきまへたる道には必ず口重く、

通釈　何ごとに関しても、深くアタマをつっこんでいないふうをしているのがよい。人間のできた人は、知っていることだからといって、そうそうもの知り顔をして話したりはしないものである。どうも、片田舎からぽっと出てきた人に限って、どんな方面のことについても心得があるというふうな受け答えをするものである。だから、こちらがまったくひけめを感ずるような点もあるが、自分でも大したものだとうぬぼれている様子が、どうも鼻問はぬ限りはいはぬこそいみじけれ。

もちならぬ感じがする。

十分にわきまえている方面のことに関しては、必ず口が重いもので、（人が）聞かない限りは、（自分の方から）口を開かないのが立派な態度というべきである。

語句

▼片田舎よりさし出でたる人 いわゆる〝ぽっと出の人〟の意で「よき人」の対。

▼さしいらへ 「さし」は接頭語。尋ねられたことに対する返答。

▼世に ほんとうに、たいそう、の意の副詞。

▼恥づかしきかた 「恥づかし」は相手の立派なことを意識して、こちらがきまり悪さを感じる状態。

▼かたくななり 素直でない状態をいう形容動詞。

解説

まことに〝ことば〟は人間の〝こころ〟をうかがい見る〝まど〟である。そうして兼好は、このまどとなることばを、〝知りたること〟を〝知り顔にいふ〟と言わないかの点に求めた。それによって判断できる人間の格付けを、「よき人」と「片田舎よりさし出でたる人」ということばで示した。これでみると、〝片田舎よりさし出でたる人＝よからぬ人〟〝よき人＝都の人〟という等式が成り立つことになる。〝片田舎よりさし出でたる人〟が〝よき人〟になり得ないのは、〝井の中の蛙〟式の自大主義にわざわいされるからである。だとすれば、都の人の中にも、見聞が広いためにかえって〝よろづの道に心得たるよしのさしいらへ〟をする手合

いが現れないとは言えない。〝よき人〟という観念と、〝片田舎よりさし出でたる人〟という観念とは、発想の次元がちがうはずなのに、これを同一線上に置いているが、結局は〝……ぞよき〟〝……こそいみじけれ〟と称賛すべき態度、〝かたくななり〟と非難されるべき態度の発生源が、〝よき人〟と〝よからぬ人〟とを振り分けることを明らかにすれば、ことは足りるにちがいない。

34 不具のよさ

第八十二段

「羅《うすもの》の表紙はとく損ずるがわびしき」と人のいひしに、頓阿《とんあ》が、「羅は上下《かみしも》はづれ、螺鈿《らでん》の軸《ぢく》は貝落ちて後こそいみじけれ」と申しはべりしこそ、心まさりて覚えしか。一部とある草子などの、同じやうにもあらぬを見にくしといへど、弘《こう》融僧都《ゆうそうづ》が、「物を必ず一具《いちぐ》に調へんとするは、つたなきもののすることなり。不具なるこそよけれ」といひしも、いみじく覚えしなり。

「すべて、何も皆、ことのととのほりたるはあしきことなり。しのこしたるを、

通釈　「うすものの表紙は、すぐ傷んでしまうのがやりきれない」と、誰かが言ったところ、頓阿が「うすもの（の表紙）は上下がすり切れ、螺鈿の軸は貝のとれてからが何ともいえずいいものだ」と申しましたが、それこそまことに立派な見解だと感じられた。一部としてまとまった草子などが、全巻一揃いの体裁になっていないのを、見苦しいという人もあるが、弘融僧都が「何でも物を一揃いに調えようとするのは、つまらない人間のやることだ。不揃いなのがすてきにいいのだ」と言ったのも、すばらしいと感じられたのである。

「すべて、どんなものでもみな、完璧の状態であるというのはいけないことである。しのこしたところをそのままにしておいたのはおもしろ

さて打ち置きたるは、おもしろく、生き延ぶるわざなり。内裏《だいり》造らるるにも、必ず、作り果てぬ所を残すことなり」と、ある人申しはべりしなり。先賢のつくれる内外《ないげ》の文にも、章段の欠けたることのみこそはべれ。

くもあり、命も生きのびる思いのすることである。内裏を造営されるにも、必ず作り果てぬところを残すことになっているのだ」と、ある人が申しておりました。先賢の作った内典・外典の内容にも、章段の欠けている点が絶対にあるのです。

語句

▼**羅の表紙**　「うすもの」は薄く織った織物で、紗〈しゃ〉絽〈ろ〉の類。これを草子とか巻物の表紙に貼って用いた。

▼**頓阿**　兼好の友人で歌僧、家集に『草庵集』がある。一三七二（応安五）年八十四歳で没した。頓阿、慶運、浄弁、兼好を〝和歌四天王〟と称した。

▼**螺鈿**　青貝をいろいろな形に切ったものを漆器などの面にはめこんで装飾としたもの。

▼**心まさりて**　「心まさり」は「心劣り」の対。こちらの方に一おうの予測があって、それよりも優れているか劣っているかによって、「心まさり」「心劣り」にわかれる。

▼**一部とある草子**　例えば『源氏物語』一部は五十四巻から成る。「部」は複数の冊数をまとめていう語。「草子」は紙を重ねて綴じた形の本で巻子〈かんす〉の対。

▼**弘融僧都**　兼好と同時代の僧。

▼**さて打ち置きたるは**　し残しのままの状態で、それ以上に手を加えることなく、打ち捨てておいてあるのは、の意。

▼**内外の文**　内典と外典〈げてん〉。仏教から見た言い方で、仏教の書物を内典、儒教の書物を外典という。

解説

藤原道長は「この世をばわが世とぞ思ふ望月のかけたることもなしと思へば」と詠んだというが、望月はまたすぐに欠けはじめる。物の完全な姿などというものは、望んでも簡単には得られないし、たとい得たとしても、いつまでも保持できるものではない。してみれば、〝不具〟を不具のままに受け入れておくことによって心の安らぎが得られ、これがゆとりとなって物ごとが円滑に運ぶにちがいない。これが生活の知恵というもの。不備の美、未完の美を認めることのできる心の広さこそが尊いのである。

35 法顕三蔵と弘融僧都

第八十四段

法顕三蔵《ほつけんさんざう》の天竺《てんぢく》に渡りて、故郷《ふるさと》の扇《あふぎ》を見ては悲しび、病に臥《ふ》しては漢の食《じき》を願ひたまひけることを聞きて、「さばかりの人の、無下《むげ》にこそ心弱きけしきを人の国にて見えたまひけれ」と人のいひしに、弘融僧都、「優《いう》に情けありける三蔵かな」といひたりしこそ、法師のやうにもあらず心にくく覚えしか。

通釈

法顕三蔵が天竺に渡っていた時、故郷の扇を見ては悲しみ、病の床に臥しては本国の食事をしたいと願われたということを聞いて、「あれほどの高僧たるお方が、気弱なありさまを、外国くんだりで現されるなんて最低だなァ」と、誰かが言った時に、弘融僧都が「やさしくも人間味の豊かな三蔵であることよ」と言ったのは、（杓子《しゃくし》定規の）法師くさいところがなく、奥ゆかしく感じられたことである。

語句

▼**法顕三蔵**　中国東晋の高僧。インドに渡り、千辛万苦して多くの経典を将来し、これを漢訳した。四二二年に八十六歳で入滅。「三蔵」は経・律・論に通暁した高僧に対する尊称。

▼**天竺**　インドの古称。これに対して中国を「震旦」、日本を「本朝」という。

▼**故郷の扇**　「扇」は団扇のことで日本風のものではない。「故郷」は東晋のこと。後に「漢」とあるが、これは中国をさす一般名として用いたもの。

▼**さばかりの人**　あれほど立派な人、の意。その立

派さが、常識として多くの人に知られていることを考慮した場合の言い方。

▼無下にこそ　「見えたまひけれ」にかかる。

▼法師のやうにもあらず　法師は俗縁を絶った以上、人間的な情味に動かされることを不可とする一般的な考え方にもとづく。

解説

第八十二段の内容を人間に当てはめたような段である。法顕三蔵の言動に非難めいた論評を加えた人は、法顕三蔵が完全無欠の仏道者でなければならぬとする基準をもっていた。仏道者は俗縁を放下しているはずであり、そうであるなら、〝心弱きけしき〟をあらわすことなどあり得ないはずだと、杓子定規に割り切っているのを、弘融僧都が三蔵の人間味を称賛した。兼好はこの点をとり上げて「法師のやうにもあらず心にくく覚えしか」と称賛した。兼好の称賛したのは弘融僧都であり、弘融僧都の言を借りて、間接的に法顕三蔵をも称賛していることになる。同じ法師の身分で、普通なら非難されて当然の言動を弁護できたのは、弘融僧都自身に法顕三蔵と同様の世俗を超えた人間味があったからで、兼好もその点を感じとることのできる心の広い人間だったのである。〝味噌の味噌臭きは上味噌にあらず〟という諺もある。〝坊主の坊主臭きは鼻もちならず〟ということになる。

36 世にありがたき物

第八十八段

ある者、小野《をの》の道風《たうふう》の書ける和漢朗詠《わかんらうえい》集《しふ》とて持ちたりけるを、ある人、「御相《ごさう》伝《でん》、浮《う》けることにははべらじなれども、四条大納言撰《えら》ばれたる物を、道風書かんこと時代や違《たが》ひはべらん。覚束《おぼつか》なくこそ」といひければ、「さ候《さうら》へばこそ、世にありがたき物にははべりけれ」とて、いよいよ秘蔵《ひさう》しけり。

通釈　ある者が、小野の道風の書いた『和漢朗詠集』だといって持っていたのを、ある人が、「（道風筆という）御伝来のことは、まやかしごとではございますまいが、四条大納言（藤原公任）の編集されたものを、道風が筆録しているということは、時代が違ってはいないでしょうか。どうも不審に思われるのですが……」と言ったところ、「ですからこそ、世にも珍しいものではありませんか」と言って、ますます秘蔵したということである。

語句

▼**小野の道風**　藤原佐理・藤原行成と共に「三蹟」と称せられる書道の達人。九六六（康保三）年に七十一歳で没。この年に藤原公任が生まれている。

▼**和漢朗詠集**　二巻、藤原公任撰。朗詠に適した詩文・和歌を選び、分類編集したもの。
▼**御相伝**　先祖から受け伝えてきたことがら。
▼**四条大納言**　藤原公任のこと。詩歌・管絃・有職などの諸道に通じた。一〇四一（長久二）年七十六歳で没。
▼**覚束なくこそ**　下に「あれ」が省略された形。「おぼつかなし」は根拠が不確実でつかみどころのない状態をいう。
▼**ありがたき物**　「ありがたし」はめったに存在しない意、珍しいもの。
▼**秘蔵**　大切にしまっておくこと。

解説

落語だかに〝頼朝公御年八歳のしゃれこうべ〟というのがある。それと同工異曲、ただ笑っておきさえすればよい話。そうして、その笑いの中から何事かを感じとることができれば、それはそれで結構というところであろう。

余録

小野道風は古今を通じての代表的な名筆家であるが、彼が大成するに至ったのは、失敗をくりかえしながらもついに柳の枝に飛びついた蛙を見て、努力の尊さを教えられ、発憤したためだという伝承があり、童謡にも歌われて人口に膾炙《かいしゃ》している。それは『徒然草』の時代にもその通りで、名筆といえば道風筆と信じこんで疑わぬ風潮があったものとみえる。

彼は〝三筆〟と称せられる空海、橘逸勢《はやなり》、嵯峨天皇の中国伝来のままの書風にあき足らず、日本風の書風の創造に情熱を傾けた。紫式部は『源氏物語』〝絵合〟の巻に、『竹取物語』と『宇津保物語』とを合わせて、竹取については「絵は巨勢《こせ》の相覧《あふみ》、手は紀の貫之書けり」、宇津保については「絵は常則《つねのり》、手は道風なれば、今めかしうをかしげに、目も輝くまで見ゆ」としている。これでみても、道風の書風に輝くばかりの新鮮味のあったことが知られる。

37 猫またさわぎ

第八十九段

「奥山に猫またといふものありて人を食《くら》ふなる」と、人のいひけるに、「山ならねども、これらにも猫の経《へ》上《あ》がりて、猫またになりて人とることはあなるもの

通釈

「奥山に〝猫また〟というものがおって、人を食うそうだ」と、誰かが言ったところ、「山ではないが、このあたりにも、猫が経上がって猫またになって、人をと

を」といふ者ありけるを、何阿弥陀仏《なにあみだぶつ》とかや、連歌しける法師の、行願寺《ぎやうぐわんじ》の辺《ほとり》にありけるが聞きて、ひとりありかん身は心すべきことにこそと思ひけるころしも、ある所にて夜更《よふ》くるまで連歌してただひとり帰りけるに、小川《こがは》の端《はた》にて、音に聞きし猫また、あやまたず足もとへふと寄り来て、やがてかきつくままに頸のほどを食はんとす。肝心《きもこころ》も失《う》せて、防《ふせ》がんとするに力もなく、足も立たず、小川へ転《ころ》び入りて、「助けよや、猫また、よやよや」と叫べば、家々より、松どもともして走り寄りて見れば、このわたりに見知れる僧なり。「こはいかに」とて、川の中より抱《いだ》き起こしたれば、連歌の賭物《かけもの》取

って食うことはあるそうだよ」と、言うものがいたのを、何阿弥陀仏とかいって、連歌をやっていた法師で、行願寺のほとりに住んでいたのが聞いて、ひとり歩きをする自分のような者は、気をつけなければいけないなァと、用心していた折も折、ある所で夜の更けるまで連歌をして、ただひとり帰ってきたところ、小川の川端で噂に聞いていた猫またが、間違いなくまっすぐに足もとへツッと寄って来て、いきなりかきついてきて頸のあたりを食おうとする。人心地も失せて、防ごうとしても力が出ず、(腰が抜けて)足も立たず、小川へころげ落ちて、「助けてくれェ、猫まただァ、よォよォ」と叫ぶと、家々から手んでに松明《たいまつ》をともして走り寄ってみると、このあたりで顔見知りの僧である。「これはまァ、いったい……」と驚いて、川の中から抱き起こしてみると、連歌の賞品を取って、扇とか小箱の類を懐に入れておったのも水びたしになっている。九死に一生を得たというふうで、ほ

りて、扇《あふぎ》・小箱など懐《ふところ》に持ちたりけるも水に入りぬ。希有《けう》にして助かりたるさまにて、はふはふ家に入りにけり。
　飼ひける犬の、暗けれど主《ぬし》を知りて飛びつきたりけるとぞ。

うほうのていで家に逃げこんだものである。
（これは）飼っていた犬が、暗かったけれど、主人（が帰ってきたこと）を知って、飛びついてきたのだったという話。

語句

▼猫また　想像上の怪物で、目は猫のごとく体長は犬ほどあるという。

▼食ふなる　「なる」は伝聞の助動詞。連体形で止めたのは余情表現。

▼これら　この付近の場所、の意。

▼経上がりて　異常に年数を経過することによって、人力を超えた不思議な能力を得て、の意。

▼何阿弥陀仏　当時受戒した者が阿弥陀仏の称号をつけることが多かった。略して何阿弥とも何阿とも言った。

▼行願寺　革堂ともいい、観音霊場西国三十三所第十九番の札所。

▼小川　川の名。今、町名となって残っている。

▼肝心も失せて　正気を失って。あまりの驚きのために失神状態になって。

▼助けよや、猫また　この部分のことばの切り方はいろいろに考えられる。①助けよや、猫また、よやよや。②助けよや、猫またよやよや。③助けよや、猫またよや、猫またよや。呼吸困難を覚えるほどの緊迫感の中でのことばということで、①に従っておくことにする。「よやよや」は叫び声ということになる。

▼松ども　「松」は松明〈たいまつ〉のこと。〝焚き松〟の音便で、松のやにの多い部分、または竹・葦などをたばねて火をつけ、照明具としたもの。

▼賭物　ここでは賞品、の意。

▼**希有にして**　かろうじて、の意。「希有なり」はきわめてまれな状態である意の形容動詞。

解説　はじめて『徒然草』を通読した少年の日に、この段を読んでとても面白く感じたことを覚えている。猫またの話におびえた法師が、自分の飼い犬が飛びついて迎えたのを、いかに夜の暗い時代のこととはいえ、架空の猫またと勘ちがいして慌《あわ》てふためくさまが面白く、気の利いたコントを読む思いがした。しかも飼い犬であることを最後まで伏せておいて、最後に種明かしをする落語的手法がユニークで強く印象に残った。

こういう段を読むと、兼好の説話作家としてのすぐれた手腕が、ととのった話の構成、無駄なく歯切れよく話の筋を進めてゆく手法、場面々々の生彩を放つ描写力などにうかがえる。〝疑心暗鬼を生ず〟と言い、〝幽霊の正体見たり枯尾花〟とも言う。人間の心理作用の弱点のさらけ出されているところに、万人の興味を誘う妙味があろう。自分がこの連歌師だったとしたら、やはりこの主人公と同じ失敗を犯していたかもしれないという思いが、はっきり意識しないとしても、心の片隅にひそんでいるための同情同感が、笑いをくすぐることになるのではあるまいか。

38 弓の師のいましめ

第九十二段

ある人弓射《い》る事を習ふに、諸矢《もろや》をたばさみて的に向かふ。師のいはく、「初心《しょしん》の人、二つの矢を持つことなかれ。後《のち》の矢を頼みて始めの矢に等閑《なほざり》の心あり。毎度ただ得失なく、この一矢《ひとや》に定むべしと思へ」といふ。わづかに二つの矢、師の前にて一つをおろかにせんと思はんや。懈怠《けだい》の心、みづから知らずといへども師

通釈 ある人が弓を射ることを習う時に、諸矢をたばさんで的に向かう。弓の師が言うには、「初心の人は二本の矢を持ってはいけない。第二の矢を頼んで、第一の矢に油断の心がきざすものだ。射るたびごとに、当たり外れを考えることなく、ただこの一本の矢で決着をつけようと思え」という。わずかに二本の矢、（しかも）師の前で一本をなおざりにしてもよいなどと思うはずがない。（しかし）油断の心がきざしていることは、自分では気づ

これを知る。このいましめ万事にわたるべし。

道を学する人、夕べには朝《あした》あらんことを思ひ、朝には夕べあらんことを思ひて、かさねてねんごろに修《しゅ》せんことを期《ご》す。況《いは》んや一刹那《せつな》のうちにおいて、懈怠の心あることを知らんや。何《なん》ぞ、ただ今の一念において、直ちにすることの甚だ難《かた》き。

かないでいても、師はこれに気づいている。この（弓の師の）いましめは万事に通ずるものである。

仏道修行に志す人の通弊として、夕方には翌朝のあることを思い、朝には夕べのあることを頼んで、その時もう一度念入りに修行しようということをあてにする。それくらいだから、まして一刹那の間に油断の心のきざすことに気づくはずがない。何と、この一刹那において、ためらうことなく実行にふみきることのかくも難しいことよ。

語句

▼諸矢　ひと手矢とも言い、一組になった二本の矢で、初めに射るのを甲矢〈はや〉、後に射るのを乙矢〈おとや〉という。

▼等閑の心　「なほざり」はいいかげんにすませておくこと。

▼得失なく　当たり外れを意識して心を乱すことなく、無念無想の心境で、の意に解した。

▼おろかに　おろそかに、いいかげんに。

▼懈怠の心　おこたりなまけようとする心。

▼道を学する人　仏道に志し励む人。

▼かさねて　この次やる時に、の意。

▼ただ今の一念　今のこの一瞬。念・刹那・瞬間、すべてきわめて短い時間をいう語。

解説

「このいましめ万事にわたるべし」というのだから教訓譚にはちがいない。それを実話風の弓の師の話に仕立てて教訓臭を柔げたものと思われる。このいましめのポイントは、〝みづから知ら〟ぬ懈怠の心に対するものである。意識に上らぬ懈怠の心を、初心者に諸矢をいましめる弓の師の言葉で、具体的にはっきりと自覚させた上で、後段で「道を学する人」のウィーク・ポイントを指摘している。

「道を学する人」とは仏道修行にたずさわっている人のことである。兼好の意味するところはそうであっても、今の私たちは〝何らかの目的をいだいて、それを達成しようと努めている人〟の意に解してよい。弓の場合の第二の矢は、後段における〝一刹那の懈怠〟のシンボルである。〝夕べには朝あらんことを思ひ、朝には夕べあらんことを思〟うのは、第五十九段に〝少し心あるきは〟の弱点として優柔不断性をとり上げたのと同じ発想である。

人間がきわめて平等に持ち得るものは〝時間〟である。一日は誰にとっても二十四時間であるが、これを長くも短くもするのが人間の心構えであることの自覚を兼好は求めている。時間を無駄づかいする一刹那の懈怠、時間を有効につかうただ今の一念発起、その差に気づいたとしても、人間の弱さが一瞬のためらいを生じさせる。「何ぞ、ただ今の一念において、直ちにすることの甚だ難き」とは、他人に対する叱咤《しった》激励というよりは、自らに対する自戒の言葉のように思われてならない。〝今日の仕事を明日に延ばすな〟おだやかに言えばこういうことになろう。

余録 この段の場合とはかなり事情が違うとは思うが、「二つの矢」という言葉から大学受験の第一志望、第二志望の問題を連想した。現役の場合なら「この一矢」で一発勝負をねらうのもよかろうが、二浪以上の〝背水の陣〟ともなれば、〝矢〟も二本以上としてよかろう。どの的に当てるかではなく、当ててからあとが肝要になるからである。

39 存命の喜び

第九十三段

「牛を売る者あり。買ふ人、明日その値《あたひ》をやりて牛を取らんといふ。夜《よ》の間《ま》に牛死にぬ。買はんとする人に利あり、売らんとする人に損あり」と語《かた》る人あり。

通釈 「牛を売る者がある。買い主が翌日代金を渡して、その牛を受け取ろうと言う。（ところが）夜のうちに牛が死んだ。（こんな場合、当然）買い主が得をして、売りこれを聞きて、かたへなる者のいはく、「牛の主《ぬし》、まことに損ありといへども、また、大きなる利あり。その故は、生《しやう》あるもの、死の近きことを知らざること、牛すでにしかなり。人また同じ。はからざるに牛は死し、はからざるに主は存《ぞん》ぜり。一日の命、万金よりも重し。牛の値、鵞毛《がもう》よりも軽し。万金を得て一銭を失はん人、損ありといふべからず」といふに、皆人嘲《あざけ》りて、「その理《ことわり》は牛の主に限るべからず」といふ。

またいはく、「されば、人、死を憎《にく》まば生《しやう》を愛すべし。存命《ぞんめい》の喜び日々に楽しまざらんや。愚かなる人、この楽しびを忘れて、いたづがはしく外の楽しびを求

主が損をしたことになる」と語る人がある。

この話を聞いて、そばにいた者がいうのに、「牛の持ち主は、なるほど損をしたとはいうものの、また大きな利益も得ている。そのわけは、（だいたい）生あるものが死の近いことを知らないでいることは、牛がすでにそうであった。人間とても同様である。（ところが）思いもかけず牛は死に、思いもよらず持ち主の方は命が助かっている。一日の命は万金よりも重い。牛の代金なんてものは鵞毛よりも軽い。万金（よりも重い命）を手に入れて、一銭（よりも軽い牛）を失ったところで、その人は損をしたなどと言えるはずがない」と言うと、その場にいた人たちは一せいに嘲って、「そんな理屈は牛の持ち主だけに限るまい」と言う。

また（〝かたへなる者〟が語をついで）言うのに、「だから、人間たるもの、死を憎むなら当然、生を愛さなければならぬ。無事に命を保っている喜びを、日々に楽しまないではいられ

め、この財《たから》を忘れて、危《あや》ふく他の財を貪《むさぼ》るには、志、満つことなし。生《い》ける間《あひだ》生を楽しまずして、死に臨みて死を恐れば、この理あるべからず。人皆生を楽しまざるは、死を恐れざる故なり。死を恐れざるにはあらず、死の近きことを忘るるなり。もしまた、生死《しやうじ》の相《さう》にあづからずといはば、実《まこと》の理を得たりといふべし」といふに、人いよいよ嘲る。

まい。(ところが)愚かな人は、この(存命の)楽しみを意識することなく、ご苦労さまにも外の楽しみを追い求め、この(存命という)貴重な財宝のことを考慮することなく、危険千万にも他の財宝をむさぼり求めるにおいては、人間の欲望は満たされることがない。生きている間に存命の楽しみを味わうことなく、死に臨んで死を恐れるなら、こんな道理に合わぬ話はない。人が誰も生を楽しまないのは、死を恐れていないためである。(いや)死を恐れていないのではなく、死の迫っていることを考えてみようとしていないのである。もしまた、生とか死とかの差別相などは、すでに超越しているという人があるなら、(それはそれで)悟りの境地に到達したものと言わざるをえまい」と言うと、(これを聞いた)人はますます嘲りを加えた。

語句

▼**かたへなる者**　そばにいる者。「なる」は〝にある〟の意。

▼**しかなり**　その状態である。ここは〝死の近きことを知らざる〟状態をさす。

▼**鷲毛**　鷲鳥の羽毛。軽いものの例。

▼**いたづがはしく**　苦労する、病気になる意の動詞「いたづく」〈カ・四〉の形容詞化したもので、苦労し骨を折り病気にもなりそうな状態を表す。

▼**満つことなし**　「満つ」は連体形だから四段活用。

▼**生死の相にあづからず**　生とか死とかのすがたに関係をもたないということ。この世には生があり死があるが、そういう実態から全く影響を受けることのない心境に達しているという意。

解説　牛の売買論を手がかりとして自らの生死論を述べている。主眼は後半にあるが、こちらの一般論をより具体的にするために、牛の売買契約の時に生じた牛の死という事故をとり上げて、その損得論を設定した。兼好の頭の中にある無常観にもとづいた生死論は、そんなナマやさしいものであるはずがない。無常の世において、人は常に死の深淵に立たされている。この一瞬に死ぬかもしれず、死ねばそれが当然のさだめだったのである。愚かな人間がそれを忘れているのを、牛はわが命を犠牲にして、その主に命の尊さを意識させてくれた。こういう観点から兼好の比較論はなり立っている。こういう考え方が俗人どもにどこまで理解されるかあやしいものだが、兼好としては自分の言いたいだけのことは言わずにはいられない。そんな気持ちで次の一般論へ進んでゆく。

「死を憎まば生を愛すべし」というのだから、死と生とは相対的に考えられている。生の背後に死を考えない生は、正しい生き方ではないとする考え方が根本にあって、人間を生き方によって三つのタイプに格付けしている。

①死を憎むがゆえに生を愛することを知っている人　②死の近きことを忘れ外の楽しみを求め

ている人　③生死の相にあずからずという人

①は、いつ死んでも致し方のない自分が、今現にこうして生きていることを自覚すれば、存命の喜びをかみしめることができる。十分に〝生き甲《が》斐《い》〟を味わうことのできる人である。②は、死を意識しないから、世俗的な名利を追求することにあくせくして、死に直面して動転する人である。③の人は普通にはそうあるものではない。本当に達観悟道の人なら「生死の相にあづからず」などと、得意げに言うはずがない。こういうことを得々と言う人間がいたら、半可通の俗物にちがいない。しかし自分でそう言う以上は、こちらとしては〝ああ、そうですか〟とひき下がっておくしかない。そんな語気が、「……といはば……といふべし」という仮定法を用いたところから感じられる。

ところが、結果は「人いよいよ嘲る」で、兼好の言うところは理解されぬままに終わった。〝縁なき衆生は度しがたし〟という彼の嘆息が、この結びのかげから聞こえてくるような気がするではないか。

40　物につきてそこなふ物

第九十七段

その物につきてその物を費しそこなふ物、数《かず》を知らずあり。身に虱《しらみ》あり、家に鼠《ねずみ》あり、国に賊あり、小人に財あり、君子に仁義《じんぎ》あり、僧に法あり。

通釈　その物にとりついて、その物を疲弊させ損傷させるもの（すなわち〝獅子身中の虫〟たるもの）は無数にある。身に虱があり、家に鼠があり、国に賊があり、小人に財宝があり、君子に仁義があり、僧に仏法がある。

語句　▼小人　人間として価値の低い者、つまり度量の狭い品性のいやしい者。「君子」の対。▼君子　「小人」の対。▼仁義　仁（博愛の精神）と義（正しい行動）で、道徳上の理想とするところ。▼法　仏法。

解説　〝虱〟のことをしゃれて〝半風子〟という。〝風〟の第一画を欠くと〝しらみ〟となるからである。今や虱の実物など見たくても見られぬほどになったが、終戦前後衛生状態最悪の頃には、かなりその実害を被ったものである。そんな虱や鼠のことを言われると、なるほどいかにもと首肯できる。これが人間に移行して、「国に賊あり、小人に財あり」となっても、

当然のこととして承認できる。ところが「君子に仁義あり、僧に法あり」となると意表をつかれる。この意表をついたところに兼好の真意があるので、痛烈な皮肉となっている。

仁義を体得実践し、仁義を宣揚すべき君子自身を損なうものとして仁義をあげ、仏道修行に励み仏の教えを広めて、衆生救済を本務とする僧侶自体を損なうものとして仏法をあげている。本音をかくして建前だけで表面を糊塗《こと》している似而非《えせ》君子や似而非僧侶の横行が思われる。これに頂門の一針を加えたものとして、この短章の段が千鈞の重みをもつ。

余録　【通釈】の中で「獅子身中の虫」という諺を用いたが、虱や鼠や賊については納得できても、財、仁義、法の三つは、それだけきりはなせば、人間にとってプラスになるものばかりである。財が小人の手に渡れば有効に使われないことは見えすいているとしても、仁義や仏法は君子や僧にとっては不可欠のものである。それがなければ君子とは言えず、僧としての資格に欠ける。そんな大切なものであるのに、それがその身を破滅に追い込むものとなるのは、頼みとすべきものに溺れやすいという人間の弱点をさらけ出すからである。〝才子才に倒れる〟のたぐいで、これをいましめる古人の知恵はさまざまの諺となって言い伝えられている。〝猿も木から落ちる〟〝弘法も筆のあやまり〟〝河童《かっぱ》の川流れ〟。また〝自慢高慢馬鹿のうち〟とも〝自慢は知恵の行きどまり〟ともいう。頼むべきものを身につけていると、どうしても驕慢の弊におちいりやすい。自戒しなければならない。

41 高野の証空上人

第百六段

高野《かうや》の証空上人《しようくうしやうにん》、京へのぼりけるに、細道にて馬に乗りたる女の行きあひたりけるが、口ひきける男、あしくひきて聖《ひじり》の馬を堀へ落としてげり。

聖いと腹悪《はらあ》しくとがめて、「こは希有《けう》の狼藉《らうぜき》かな。四部の弟子はよな、比丘《びく》よ

通釈

高野山の証空上人が京へ上った時に、細道で馬に乗った女がやって来たのとすれ違ったが、（女の馬の）口ひきの男が、手綱のひき方が悪くて、上人の馬を堀へ落としてしまったものである。

上人はカンカンになって（男を）なじり、「これはとんでもない狼藉じゃ。（そもそも）四

りは比丘尼《びくに》は劣り、比丘尼より優婆塞《うばそく》は劣り、優婆塞より優婆夷《うばい》は劣れり。かくのごとくの優婆夷などの身にて、比丘を堀へ蹴入れさする、未曾有《みぞう》の悪行《あくぎやう》なり」といはれければ、口ひきの男、「いかに仰せらるるやらん、えこそ聞き知らね」といふに、上人なほいきまきて、「何といふぞ、非修《ひしゅ》非学の男」とあららかにいひて、きはまりなき放言しつと思ひけるけしきにて、馬ひきかへして逃げられにけり。

尊《たふと》かりけるいさかひなるべし。

部の弟子というものはナ、比丘よりは比丘尼は劣り、比丘尼より優婆塞は劣り、優婆塞より優婆夷は劣っているのじゃ。このような（最下位の）優婆夷などの身でありながら、（最上位の）比丘を堀へ蹴落とさせるなどとは、前代未聞の悪行じゃ」と言われたところ、口ひきの男が「何とおっしゃっておられますことやら、（私めには）とんとわかりません」と言うと、上人はなおもいきり立って、「何と言うぞ、この非修非学の下種《げす》男め」と荒々しく言って、これはとんでもない放言をはいてしまったと気がついた様子で、馬をひきかえして逃げていってしまわれた。

まことに尊い口論だったと言ってよかろう。

語句

▼**高野**　高野山金剛峯寺。弘法大師の創建、真言宗の総本山。

▼**証空上人**　伝不詳。

▼**落としてげり**　落としてしまった。「げり」はこの時代の読みくせ。

▼**腹悪しく**　腹を立てて、の意。

▼希有の狼藉　「希有」はまれにある、つまり、めったにない、の意。
▼四部の弟子　四種類の仏弟子。
▼比丘　正式に出家した男、僧。

▼比丘尼　正式に出家した女、尼。
▼優婆塞　仏門に入った在家の男。
▼優婆夷　仏門に入った在家の女。
▼非修非学　仏道を修行もせず学問もせぬこと。

解説

『徒然草』に固有名詞でとり上げられた人物は、だれもかれも極めてユニークで楽しいが、ここも証空上人の〝尊かりけるいさかひ〟をとり上げている。〝いさかひ〟は相対的なもので、相手がいなければ成り立たないが、ここは相手が無教養な口ひきの男であったために、証空上人の一人相撲に終わっている。それにも係わらず、上人は大へんないさかいをやった気になって、放言の通じない相手に放言したそのことにびっくりして逃げ出した。むかっ腹を立てやすい男の単純さは人の好さに通じる。第四十五段の良覚僧正もそういう人物だったにちがいない。その時には批判めいた言葉は添えていなかったが、ここでは上人の単純さを〝尊い〟と言っている。竹を割ったような気性で、身分格差のはげしかった時代に、口ひき男を自分と同等に考えているような率直さに、絶大の好感をいだいたからであろう。

余録

少々の余白が生じたので、証空上人と好一対をなす良覚僧正のエピソードを読んでみよう。

公世《きんよ》の二位のせうとに、良覚僧正と聞こえしは、極めて腹あしき人なりけり。坊のかたはらに大きなる榎《え》の木のありければ、人、「榎の木の僧正」とぞいひける。この名しかるべからずとて、かの木を伐《き》られにけり。その根のありければ、「きりくひの僧正」といひけり。いよいよ腹立ちて、きりくひを掘り捨てたりければ、その跡《あと》大きなる堀にてありければ、「堀池《ほりけ》の僧正」とぞいひける。(第四十五段)

【通釈】公世の二位の兄弟のなかに、良覚僧正と申し上げたお方は、大へん怒りっぽい人であった。(自分の)僧坊のすぐそばに、大きな榎の木があったので、世間の人は「榎の木の僧正」とあだ名で呼んだ。(これを知った僧正は)こんな名はけしからんと言って、(あだ名のもとになった)その木を伐ってしまわれた。(ところが)その切り株が残っていたので(こんどは)「きりくいの僧正」と言った。ますます腹を立てて切り株を掘り捨てたところ、その跡が大きな堀のようだったので、(こんどは)「堀池の僧正」と言った。

42 高名の木のぼり

第百九段

高名《かうみやう》の木のぼりといひしをのこ、人を掟《おき》てて、高き木にのぼせて梢《こずゑ》を切らせしに、いと危《あやふ》く見えしほどはいふこともなくて、降《お》るる時に軒長《のきたけ》ばかりになりて、「あやまちすな。心して降りよ」と言葉をかけはべりしを、「かばかりになりては、飛び降るとも降りなん。いかにかくいふぞ」と申しはべりしかば、「そのことに候ふ。目くるめき、枝危きほどは、己が恐れはべれば申さず。あやまちは、やすき所になりて必ず仕《つかまつ》ることに候ふ」といふ。

通釈

木のぼりの名人と評判をとった男が、人を指図して高い木に登らせて、枝先を切らせた時に、ほんとに危険に見えていた間は何も言わなくて、降りる時に軒の高さほどになって（はじめて）、「あやまちすな。気をつけて降りろよ」と言葉をかけましたので、「これほど（の高さ）になってしまえば、飛び降りるとしても降りられよう。どうしてこんな注意をするのか」と申しましたところ、「そのことでございます。目がくらくらし、枝が（細くて）あぶないうちは、自分自身が用心しておりますから何も申しません。あやまちというものは、これで大丈夫という所になってから、必ずしでかすものでございます」と言う。

身分の低い下﨟ではあるが、聖人（の説かれあやしき下臈《げらふ》なれども聖人の戒《いまし》めにかなへり。鞠《まり》も、難《かた》き所を蹴出《けいだ》してのち、やすく思へば必ず落つとはべるやらん。

た）戒めによくかなっている。鞠でも、困難なところがうまく（受けとめられ）蹴上げられるようになったところで、もうこれで大丈夫だと思うと、必ずやりそこなうものだと、教えられているようでございます。

語句

▼降りなん　「な」は完了の助動詞の強調用法、「ん」は推量の助動詞。

▼あやしき下臈　この場合の「あやし」は〝いやし〟と同じで、身分が低い、の意。「下臈」は身分が低い者の意だから意味が重なっている。

▼聖人の戒め　『易経』の繋《けい》辞に「君子安而不忘危」〈君子は安けれども危きを忘れず〉とある。

▼鞠　古代の貴人の間で行われてきた蹴鞠〈けまり・シュウキク〉という遊戯に用いる鞠。

▼はべるやらん　「やらん」は疑問と推量の意を含んだ婉曲語法。

解説

兼好のいう〝あやしき下臈〟を身分格差の上だけで侮《あなど》っていては、侮った方がとんでもないはじをかかねばならぬ事態も生じよう。〝聖人の戒め〟にもかなう境地が、自分のたずさわる道に徹底することによって、おのずからに体得されていることに対して称賛を惜しまずにはいられない。
俚諺《りげん》にも〝性は道によりて賢し〟という。専門家はそれぞれの分野に精通することによって、人間的な悟道にも到達し得るものであり、それは油断なくわが道に精進することによって得られる。高名な木のぼりの「あやまちは、やすき所になりて必ず仕ることに候ふ」という言葉が、体験からにじみ出たものだけに、磐石《ばんじやく》の重きを加えるのである。

43 わろき友よき友

第百十七段

友とするにわろき者七つあり。一つには高くやんごとなき人。二つには若き人。三つには病なく身強き人。四つには酒を好む人。五つにはたけく勇める兵《つはもの》。六つにはそらごとする人。七つには欲ふかき人。

よき友三つあり。一つには物くるる友。

通釈

友とするのにいけない者が七つある。第一には高貴な人。第二には若い人。第三には病気知らずの頑丈な人。第四には酒を好む人。第五には勇猛な武士。第六にはウソをつく人。第七には欲ぼけの人。

よい友には三種がある。第一には物をくれる友。第二には医師。第三には智恵のある友。

二つには医師《くすし》。三つには智恵ある友。

語句

▼友とするに　『論語』〈李氏第十六〉の影響と思われる。

解説

物くるる友――〝物〟そのものよりも〝くるる〟気持ちが嬉しく、人生が楽しく豊かに感じられる。これを言うことのできる人間は、気軽に物を与えることのできる人間にちがいない。その与えることは何も言わずに、けろりとした表情で〝物くるる友〟と言える兼好に、私は全幅の親近感をいだかずにはいられない。

医師――これはいい。兼好も私と同様に、頑健な健康体の持ち主ではなかったとみえる。医師に気軽な友人を持てば、こんな頼りになることはない。

知恵ある友――世故にうとい人間には、こんな場合にどうしていいかわからず、手も足も出せないで困惑するという場合が多い。そんな時にちょっと知恵を貸してくれる友がいたら、どんなに助かるかしれない。この場合の知恵というのは学問上ではなく、処世上のことにちがいない。

〝よき友〟が『論語』なみに三つで〝わろき友〟は七つも挙げている。手当たり次第という感じもあって面白いが、もちろん兼好の主観にまかせたもので、私なんかからみれば首肯しかねるものもある。時代、環境、性向の差によるものだから、兼好の場合は彼の立場から認めていくしかない。五、六、七の項は古今東西を問わず〝わろき友〟として当然だが、一から四までの項は、人により相手によって人それぞれの見解の異なってくる可能性があるように思われる。

44 養ひ飼ふもの

第百二十一段

養ひ飼ふものには、馬・牛。繫《つな》ぎ苦しむるこそいたましけれど、なくてかなはぬものなればいかがはせん。犬は、守り防ぐつとめ人にも勝《まさ》りたれば、必ずあるべし。されど、家ごとにあるものなれば、

通釈 飼育するものとしては馬と牛。つないで自由を束縛するのは可哀そうだが、必要不可欠のものだから、いたしかたがない。犬には番犬として災難を防ぐつとめがあって、人の力の及ばぬところがあるから、必ず持つのがよい。しかし、どの家にも置いてい

殊更《ことさら》に求め飼はずともありなん。

その外の鳥・獣《けだもの》、すべて用なきものなり。走る獣は檻《をり》にこめ、鎖をさされ、飛ぶ鳥は翅《つばさ》を切り、籠に入れられて、雲を恋《こ》ひ野山を思ふ愁《うれ》へ、止《や》む時なし。その思ひ我が身にあたりて忍び難《がた》くは、心あらん人これを楽しまんや。生《しやう》を苦しめて目を喜ばしむるは、桀《けつ》・紂《ちう》が心なり。王《わう》子《し》猷《いう》が鳥を愛せし、林に楽しぶを見て逍《せう》遥《えう》の友としき。捕らへ苦しめたるにあらず。

「凡そ、珍しき鳥、あやしき獣、国に養《やしな》はず」とこそ、文《ふみ》にもはべるなれ。


るものだから、わざわざ求めてまで飼わなくてもよかろう。

それ以外の鳥や獣は、どんなものでも無用のものである。（山野を）走る獣は檻に閉じこめられ、鎖をつけられ、（大空を）飛ぶ鳥は翅を切られ、籠に入れられて、あるいは雲を恋しがり、あるいは野山を思う嘆きの消える時がない。その（つらい）思いがわが身に思い当たって堪えがたいならば、思いやりの心をもった人なら、これを楽しむなんてことはできないはずである。（そもそも）生類を苦しめてそれを見て喜んだりするのは、桀か紂と同じ（残虐な）心である。（かの）王子猷が鳥を愛したのは、林に遊んでいる自然の姿を見て、逍遥の友としたのである。捕らえ苦しめたのではない。

「およそ、珍しい鳥や見なれぬ獣の類を国に養うものではない」と、ものの本（即ち『書経』）にも書かれているのです。

語句

▼**いかがはせん**　反語法で、どうしようもない、しかたがない、の意。

▼**檻にこめ**　「こめ」は対偶中止法で次と並ぶから「こめられ」の意。

▼**翅を切り**　「切り」も対偶中止法で、「切られ」の意。

▼**心あらん人**　「ん」は婉曲語法。「心」はあたたかい人間的な心をさす。

▼**桀・紂が心**　「桀」も「紂」も中国古代を代表する暴虐の君。

▼**王子猷**　中国晋代の書家王羲之の子王徽之。書の大家であり風流を愛したことでも名高い。

▼**逍遥**　気の向くままに歩き回り、遊び楽しむこと。

▼**文**　権威ある書物。ここは『書経』に「珍禽奇獣、不育于国」〈珍禽奇獣、国にやしなはず〉とあるのをさす。

解説

〝養ひ飼ふもの〟をテーマとして、その必要のあるものとないものについて述べている。必要なものについても、「繋ぎ苦しむるこそいたましけれど、なくてかなはぬものなればいかがはせん」と言っている。こういう気持ちからは動物虐待などは薬にしたくとも生じようがない。馬や牛は貴族にとっても庶民にとっても、生活上欠くことのできないものであり、犬も〝守り防ぐつとめ〟として欠かせない。

その他の愛玩動物についてはすべて無用だという。その根拠は、動物の自由を束縛することが、とりもなおさず桀・紂の心に通ずるからだとしている。この段に述べている『書経』の「珍しき鳥、あやしき獣、国に養はず」ということばは、前段の「遠き物を宝とせず」(出典『書経』)とか「得がたき貨を貴まず」(出典『老子』)などということばと相通ずるものである。

人間の通有性として〝遠き物を宝と〟したり、〝得がたき貨を貴〟ぶ気風は、古今東西を通じて抜きがたいもので、うち捨てておけばどこまでエスカレートするか計り知れまい。現今のペット・ブームの過熱ぶりをみても、思い半ばに過ぎるものがあろう。こういう傾向には常にブレーキをかけ続けていくことが必要なのであろう。六百五十年以前に書かれた文章が、現代人の頂門の一針となる所以《ゆえん》である。

45 争ひを好む失

第百三十段

物に争はず、己を枉《ま》げて人にしたがひ、我が身を後にして人を先にするにはしかず。

よろづの遊びにも、勝負を好む人は、

通釈 (人間というものは)どんなことについても争いを避け、自分を押さえてでも人に従い、わが身を後回しにして、他人を優先させるようにするのがいちばんよい。

勝ちて興あらんためなり。己が芸の勝《まさ》りたることを喜ぶ。されば負けて興なく覚ゆべきこととまた知られたり。我負けて人を喜ばしめんと思はば、さらに遊びの興なかるべし。人に本意《ほい》なく思はせて我《わ》が心を慰《なぐさ》まんこと徳に背《そむ》けり。睦《むつま》しき中に戯《たはぶ》るるも、人をはかりあざむきて己が智の勝りたることを興とす。これまた礼にあらず。されば、始《はじ》め興宴《きようえん》より起こりて長き恨みを結ぶ類《たぐひ》多し。これみな争ひを好む失なり。

人に勝らんことを思はば、ただ学問してその智を人に勝らんと思ふべし。道を学ぶとならば、善に誇らず、友がらに争ふべからずといふことを知るべき故なり。

どんな遊びごとにしても、勝負ごとを好む人は、(自分が)勝って満足を得ようとするのである。自分のわざが(誰よりも)勝っていることを喜ぶ。そういう次第であるから、当然負けて不愉快に思うことは、これまたわかりきったことである。(また)自分の方が負けて、人を喜ばせてやろうと思ったら、遊びごとの面白さは全然感じられないであろう。(だいたい)人に不本意な思いをさせて、自分の心に喜びを味わおうとすることは、背徳の行為である。仲のよい友人たちの間でたわむれる時も、人をペテンにかけて、自分のアタマのヨサが一枚ウワテであることを見せて面白がる。これもまたエチケットに反している。だから、ことのはじめは宴席のたわむれから起こって、いつまでも忘れられぬ怨恨《えんこん》をいだくようになる例が多い。これというのもみな、争いを好むことの弊害である。

人よりも勝りたいということを願うなら、ただひたすらに学問をして、その学問上の創意工大きなる職をも辞し利をも捨つるは、ただ学問の力なり。

夫の点で人の上に立とうと考えるのがよい。こうして道を学ぶということであれば、自分の長所を鼻にかけず、同輩と争ってはいけないということがわかるようになる根本である。（こういう次第であるから）要職につこうともせず、巨利に目もくれようとしないですむのは、ただ学問の力によるのである。

語句

▼よろづの遊びにも　数多くの遊びごとがある中でも、の意。

▼さらに　打ち消しを伴い全部否定を表す副詞。

▼本意なく思はせて　「本意」はもとからの望み、本来の目的、の意。勝負ごとに勝ちたいという望み。負けてがっかりさせる、の意。

▼興宴　遊興酒宴の意で、今でいえば仲間の共同企画による懇親パーティということろ。

解説

この段では純然たる教訓に終始しているが、テーマは勝負ごとの否定ということである。「人に勝らんこと」を思うのが、人間の本能としてあるものなのかどうかは知らないが、人間の共同生活が、智を競い、技を練り、力を比べて他に勝ろうとすることで、満たされていることは否定できない。個人と個人、家と家、会社と会社、地域と地域、あるいは国家と国家との間の競争が、とりもなおさず文明の発達をうながしてはいようが、これが闘争にまでもつれ込むと罪悪となる。競技も争いにちがいないのに、戦争を否定する平和論者も、スポーツ試合の勝者を称賛するのにやぶさかでない。兼好の論ずるところをつきつめていけば、すべてのスポーツ試合は否定されなければならず、そうなれば、兼好は若い人たちから総スカンをくわなければならない。

スポーツはもちろん、勝つためだけにあるのではない。勝ち負けを度外視して自らのベストをつくすところによさがある。それを百も承知でいながら、勝つことにウエイトがかかりすぎるのが、人間の弱点なのであろう。兼好の言う〝争ひを好む〟とは勝敗にこだわることと解釈すべきで、そうすれば、ベストをつくした末に敗れても苦にはならず、スポーツそのものを楽しむことができるようになろう。

勉強だってその通りで、他人を蹴落とすためではなく、自分自身を高めるためにベストをつくすのであり、また、どこの大学に合格するかが問題ではなく、入学した大学でどのように努力していくかが重大事となる。兼好のいう〝道を学ぶ〟とは、人間形成につとめることを意味している。

46　興あるあらがひ

第百三十五段

資季《すけすゑ》の大納言入道《だいなごんにふだう》とかや聞こえける人、具氏《ともうぢ》の宰相《さいしやう》中将に逢ひて、「わぬしの問はれんほどのこと、何ごとなりとも答へ申さざらんや」といはれければ、具氏、「いかがはべらん」と申されけるを、「さらばあらがひたまへ」といはれて、「はかばかしきことは片端《かたはし》も学《まな》び知りはべらねば、尋ね申すまでもなし。何となきそぞろごとの中に、おぼつかなきことをこそ問ひ奉らめ」と申されけり。「ましてここもとのあさきことは、何ごとなりとも明《あき》らめ申さん」といはれければ、近習

通釈

資季の大納言入道とか申した人が、具氏の宰相中将に向かって、「お前さんの問われるほどのことなら、どんなことだってお答え申せないことはあるまいよ」と言われたところ、具氏が「さあ、どんなものでしょう」と申されたところ、「それなら（どんな問題でも出して）やりこめてごらんよ」と言われたので、「（学問的な）まともなことは少しも習得しておりませんので、お尋ね申すこともできません。（ですから）何ということもない、他愛ないことの中で、意味のはっきりしないことをお尋ね申し上げたいのですが……」と申された。「ましてや、卑近な、程度の低いことなら、どんなことだって説き明かしてあげよう」と言われたので、近習の人々や女房なども、「（これ

の人々、女房なども、「興あるあらがひなり。同じくは御前《ごぜん》にて争はるべし。負けたらん人は供御《ぐご》をまうけらるべし」と定《さだ》めて、御前にて召し合はせられたりけるに、具氏、「幼くより聞き習ひはべれど、その心知らぬことはべり。『むまのきつりやう、きつにのをか、なかくぼれいりくれんとう』と申すことは、いかなる心にかはべらん。承らん」と申されけるに、大納言入道はたとつまりて、「これはそぞろごとなればいふにも足らず」といはれけるを、「本《もと》より深き道は知りはべらず。そぞろごとを尋ね奉らんと定め申しつ」と申されければ、大納言入道負けになりて、所課《しよくわ》いかめしくせられたた

は）おもしろい勝負だ。同じやるなら（天皇の）御前で決着をつけなさるとよい。負けた方の人は、ご馳走を出していただきましょう」と定めて、御前で対決させなさったところ、具氏が「幼いころから聞きならわしておりますが、その意味のわからぬことがございます。〝むまのきつりやう、きつにのをか、なかくぼれいりくれんとう〟と申すことは、どんな意味なのでしょうか。お尋ねいたします」と申されたところ、大納言入道は返答につまり、「これは他愛もないことだから、説明するだけの価値はない」と言われたが、「もとより深遠な学問上のことは（私には）わかりません。（ですから）他愛のないことをお尋ね申し上げたいと、お約束申しておいたのです」と申されたので、大納言入道が負けになって、きめられていたご馳走をりっぱに出されたということである。

りけるとぞ。

語句

▼資季の大納言入道　藤原資季、歌人。一二八九（正応二）年八十三歳で没。

▼具氏の宰相中将　源具氏、歌人。一二七五（建治元）年四十四歳で没。

▼わぬし　対称の人代名詞であるが、目上の者に対しては用いない。

▼あらがひたまへ　「あらがふ」〈八・四〉は論争する意。ここは、問題を出して勝負をいどんでごらん、の意。

▼はかばかしきこと　「はかばかし」ははかどる状態を表す形容詞。人前に出しても恥ずかしくないようなしっかりしたこと、の意。

▼近習　貴人の側近に仕えること、近侍。

▼供御をまうけらるべし　「供御」は飲食物の敬称。ここは試合に負けた者が〝まけわざ〟として提供するご馳走のこと。「らる」は尊敬、「べし」は軽い命令を表す助動詞。

▼召し合はせ　御前に呼び出して対決させる。

▼そぞろごと　「そぞろ」はただ何となく、なりゆきにまかせているような状態を表す語。とり立てて言うだけの価値のない、つまらないこと。

▼所課　課せられたもの、責任を負わされていたご馳走、の意。

▼せられたりけるとぞ　次に「いふ」の省略された形。「られ」は尊敬。

解説

資季大納言入道という人物の一風変わった面白いエピソードの筆録である。これに対する具氏宰相中将は資季より二十五歳弱年の青年貴族で、二人の対照が実に面白い。この段の二人のやりとりに、二人の人柄が活写されていて、資季は年甲斐もなく尊大なポーズで具氏に博識を誇示し、児戯に等しい物知りくらべをいどむ。具氏はこれを軽く受け流して資季の

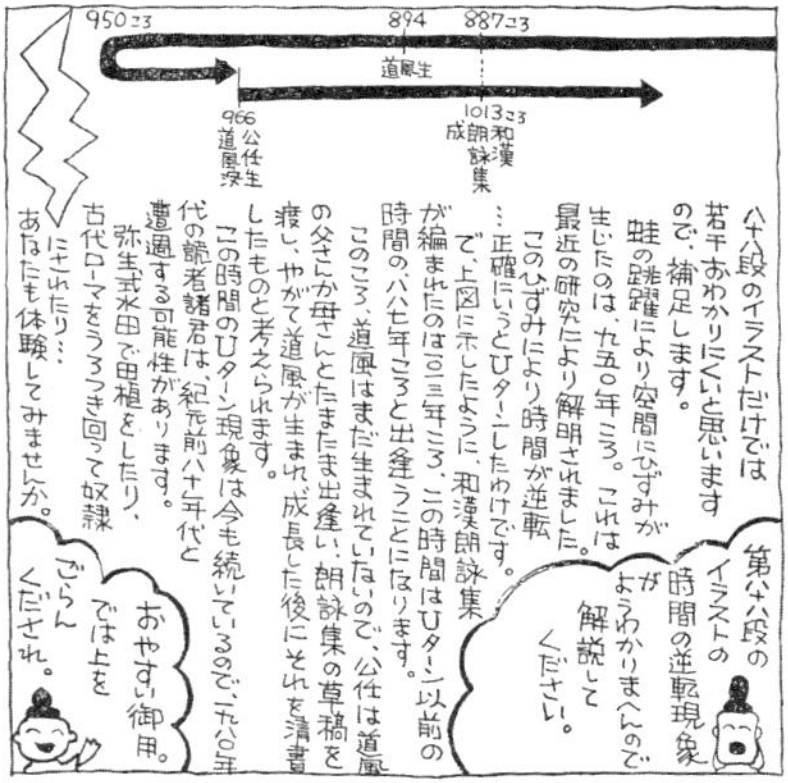

高慢の鼻をあかす。これが公的な場での発言であったために、負けた資季もひっこみがつかなくなり、〝所課いかめしく〟するという結果に終わった。資季の尊大さを快からず感じていたにちがいない人々は、内心快哉を叫んだにちがいない。

ところで、兼好自身は自分の意志表示をしていない。事実を筆録しただけで、あとは読者の心まかせということにしている。平均的な心証は上述のようになるだろうが、資季について、また別の人物像を描くことも不可能ではない。それは、文末の「所課いかめしくせられたりけるぞ」によって知られる、資季の思い切りのよさによるものである。負けた方に課せられたゴチソウを、ケチつかずに立派にやったという気の大きさから、この物知り競べが資季の深慮から出た、座興のための演出であったかもしれないという気にもなる。だとすれば、資季は豪放磊落《らいらく》な面白い人物だったということになる。

ところで、この段には物知りのはずの資季にも解けなかった〝なぞなぞ〟の問題が含まれている。これの解き方にはいろいろと試案が出されているが、一〇〇パーセント首肯できるまでには至っていない。当時この種のなぞかけ遊びが流行していて、後奈良院御撰の〝何曽〟〈なぞ〉の本まで刊行されている。たとえば〝明後日《あさって》は愛宕《あたご》参り〟を〝たまご〟と解く。〝あさって〟で〝あたご〟の〝あ〟が去って〝たご〟となり、この間に〝まいり〟で〝ま〟が入るからである。

47 物のあはれ

第百三十七段

花はさかりに、月はくまなきをのみ見るものかは。雨にむかひて月をこひ、たれこめて春の行方《ゆくへ》知らぬも、なほあはれに情けふかし。咲きぬべきほどの梢、散りしをれたる庭などこそ見所《みどころ》おほけれ。歌の言葉書《ことばが》きにも、「花見にまかれりけるに、はやく散り過ぎにければ」とも、「さはることありてまからで」なども書けるは、「花を見て」といへるに劣れる

通釈

春の桜は爛漫たる満開の時だけ、秋の月は皎皎《こうこう》たる満月の時だけを、賞美するものとは限らない。雨空を見上げながら、姿を見せぬ月を懐しがったり、部屋にとじこもったままで、春の季節の進行の風情を知らずに過ごすのも、やはりしみじみと情感深いものである。開花も間近いころの梢だとか、花期がすぎて散りしおれた庭の風情などは、(満開の折にもまして)見所の多いものである。歌の詞書《ことばがき》にも、「花見に参りましたところ、すでに散ってしまっていましたので」とか、「さしつ

ことかは。花の散り、月の傾《かたぶ》くを慕ふなるひはさることなれど、ことにかたくななる人ぞ、「この枝かの枝散りにけり。今は見所なし」などはいふめる。

よろづのことも、始め終はりこそをかしけれ。男女《をとこをんな》の情けも、ひとへに逢ひ見るをばいふものかは。逢《あ》はで止《や》みにし憂《う》さを思ひ、あだなる契《ちぎ》りをかこち、長き夜をひとり明かし、遠き雲井を思ひやり、浅茅《あさぢ》が宿に昔を偲《しの》ぶこそ、色好むとはいはめ。

かえの事があったために参りませんで」などと書いてあるのは、「花を見て」と言っているのに決して劣ってはいない。花が散ったり、月が傾いたりするのを惜しむのは、人情の自然ではあるけれども、特に不風流な人に限って、「この枝もあの枝も散ってしまっているではないか。今はもう何の見所もない」なんてことを言うようである。

（花や月に限らず）どんなことでも、始めと終わりの情趣が味わい深いものなのである。男女の間の愛情にしても、ただいちずに、夫婦関係の成立することだけを問題にするのではない。（何かの障害があって）縁が結べずに終わったつらさを嚙みしめたり、果たせぬままに終わった約束事のはかなさを嘆いたり、（思う人とあうことができないままに）長い夜をただ一人まんじりともせずに明かしたり、遠くはなれてしまった恋人のいる空に思いを馳せてみたり、（思い出を秘めた）浅茅が宿に来て、過ぎた昔を懐かしがったりするのをこそ、男女の愛情問題の真の理解者と言ってよかろう。

語句

▼花はさかりに 次の「月はくまなき」と並ぶ対偶中止法で、「花はさかりなるをのみ見るものかは」となる。

▼見るものかは 「かは」は反語の係助詞の終止用法。次の段落に「いふものかは」の用例がある。

▼月をこひ 対偶中止法で「月をこふるもなほあはれに情けふかし」とつづく。

▼たれこめて 「垂れ籠む」〈マ・下二〉はすだれを垂れて室内に閉じこもる意。

▼咲きぬべきほど 「ぬ」は完了→強意、「べき」は推量の助動詞。今まさに開花せんとする趣をいう。

▼散りしをれたる庭 諸説があるが、「散りしをれたる」は庭にかかる連体修飾語だから、木の状態ではなく、花びらの散ったのがしおれている庭の面、の意。

▼歌の言葉書き 歌の前書き。成立の事情などを散文で書き添えたもの。普通「詞書」と書く。

▼まからで 「まかる」は〝行く〟の謙譲語。歌の詞書が言いさしとなるのは、下に「詠める歌」という語が省略された形。

▼花の散り 対偶中止法で「花の散るを慕ふ」とつ

づく。

▼**さること** 「さる」は副詞〃さ〃＋〃あり〃が〃さり〃となったラ変動詞の連体形。「さるべきこと」も同じで、そうあること、もっともなこと、の意。

▼**かたくななる人** 「かたくななり」はがんこで流動性のない状態をいう形容動詞。

▼**あだなる契り** 「あだなり」は宙に浮いたような不安定な状態をいう形容動詞。「ちぎり」は約束ごと、の意。ここは男女間の約束だから、婚約が不成立に終わるとか、夫婦関係の中断とかを意味する。

▼**遠き雲井** 「雲井」は〃雲居〃で、雲のある遠くはなれた所。ここはそこにいる恋人をさす。

▼**浅茅が宿** 「浅茅」はたけの低い〃ちがや〃で荒れ地に茂る雑草。

望月《もちづき》のくまなきを千里《ちさと》の外《ほか》まで眺《なが》めたるよりも、暁ちかくなりて待ち出でたるが、いと心ぶかう青みたるやうにて、ふかき山の杉の梢に見えたる、木の間の影、うちしぐれたる村雲がくれのほど、またなくあはれなり。椎柴《しひしば》・白樫《しらかし》などの濡《ぬ》れたるやうなる葉の上にきらめきたるこそ、身にしみて、心あらん友もがなと都恋し

通釈

満月の冴《さ》えた輝きを、はるかの天外にまで眺めているのよりも、夜明け近くなるまで待ち続けていて、やっと出てきた有明月が、何ともいえず趣深くやや青みがかった感じで、深い山の杉の梢にかかった趣とか、木の間越しに見える姿とか、さっと時雨を降らせた雲に隠れてゆく程合いとか、（こんなのが）たとえようもなくしんみりとした感じをいだかせる。椎柴や白樫などの（つやつやして）濡れたように見える葉の上に、（月の光が）

う覚ゆれ。

すべて、月・花をば、さのみ目にて見るものかは。春は家を立ち去らでも、月の夜は閨《ねや》のうちながらも思へるこそ、いとたのもしうをかしけれ。よき人はひとへに好《す》けるさまにも見えず、興ずるさまも等閑《なほざり》なり。片田舎《かたゐなか》の人こそ色こくよろづはもて興ずれ。花の本《もと》にはねぢより立ち寄り、あからめもせずまもりて、酒のみ連歌《れんが》して、はては大きなる枝心なく折り取りぬ。泉には手・足さしひたして、雪にはおりたちて跡つけなど、よろづのもの、よそながら見ることなし。

さやうの人の祭見しさまいと珍《めづ》らかなりき。「見ごといとおそし。そのほど桟《さ》

きらめいているのを見ると、まるで身に浸みわたるようで、こういう風流のわかる友がいてくれたら（どんなに楽しいだろうか）と、都が恋しく思われてならない。

そうじて、月や花をば、いちがいに目ばかりで見ようとするのはよくない。春には家をはなれることなく、月の夜には寝間に入ったままで、（花や月の趣を）思い描いているのも、（実際に見た時よりもはるかに）たしかな心象が得られて実に味わい深いものである。教養の豊かな人はやたらに風流めいたふうにも見えず、楽しんでいる態度にも余裕が感じられる。（これに反して）片田舎の人となると、何事でも執拗《しつよう》にもてはやそうとするものである。（たとえば、春の花見の時には）花のもとにねじ寄り立ち寄り、わき目もふらずに眺めまわし、酒を飲んだり連歌をしたり、おしまいには大きな枝を無造作に折り取ってしまう。（夏の納涼としては）泉には手足をさしひたさずにはいないし、（冬の雪

敷不用《じき》なり」とて、奥《おく》なる屋にて酒飲み物食ひ、囲碁《ゐご》・双六《すぐろく》など遊びて、桟敷には人を置きたれば、「渡り候《さうら》ふ」といふ時に、おのおの肝つぶるるやうに争ひ走り上《のぼ》りて、落ちぬべきまで簾《すだれ》張り出でて押し合ひつつ、一ことも見洩《みも》らさじとまぼりて、「とあり、かかり」と物ごとにいひて、渡《わた》り過ぎぬれば、「また渡らんまで」といひておりぬ。ただ物をのみ見んとするなるべし。都の人のゆゆしげなるは睡《ねぶ》りていとも見ず。若く末々《すゑずゑ》なるは宮仕《づか》へに立ち居《ゐ》、人の後ろにさぶらふは様あしくも及《およ》びかからず、わりなく見んとする人もなし。

見には）雪の上に降りていって足跡をつけるなど（といったふうで）、どんなものでも（自分との間に）距離をおいて見るということがない。

そのような（風流心のない）人が祭見物をした様子は、実に奇妙奇天烈《きてれつ》なものであった。「行列はまだなかなかやって来ない。それまでは桟敷にいても無駄というものだ」と言って、奥の座敷で酒を飲んだり物を食ったり、囲碁・双六などに興じたりしていて、桟敷には見張り番を出しているので、「行列が来ますよ」という時に、誰もかれも肝のつぶれるほどに慌《あわ》てまくって、先を争って（桟敷に）走り上がり、転落しそうになるほど簾を押し出して押し合いへし合いしながら、一事も見落とすまいと目を皿のようにして、「あれがどうだ、これがどうだ」と見るもの一つ一つに口を出し、行列が通って行ってしまうと、「また通る時まで……」と言って降りてしまう。（これは）ただ行列だけを見ようとするものであろう。都の人で何とも非の打ちどころのないような人は、うとうとしていてよくも見ていない。若くてまだ身分の低い者は、貴人への奉仕のために慌ただしく立ち働き、人の背後に控えている者は、無様《ぶざま》な態度で前の人にのしかかるようなことはせず、是非とも覗《のぞ》き見ようとする人もない。

語句

▼望月のくまなきを　白楽天の詩句に「三五夜中の新月の色、二千里外故人の心」とある。「三五夜」は十五夜、「望月」は満月。

▼待ち出でたるが　「待ち出づ」は出てくるのを待ちかまえる意。「たる」は連体形の準体用法。下に〝月〟が省略。

▼青みたるやうにて　皎々と輝く満月などではなく、細くかかった有明月の弱い光りを〝青みがかったよう〟と表現した。

▼杉の梢に見えたる　この連体形を次の「木の間の影」に続けるかどうかで説の分かれるところ。本書では〝梢にかかった月〟と〝木の間がくれの月〟とに分け、これに〝村雲がくれの月〟を配した月三態として扱った。

▼椎柴　椎の木の叢生したもの。

▼白樫　ぶな科の常緑高木。

▼心あらん友もがな　「ん」は推量の助動詞の婉曲用法。この場合の心は風雅を理解する心のこと。「もがな」は希望の終助詞。

▼都恋しう覚ゆれ　都が恋しいのは〝心あらん友〟がいるからで、その友を恋しく思うのである。「覚ゆれ」と已然形にしたのは、上の「きらめきたるこそ」の〝こそ〟の結び。

▼家を立ち去らでも　わざわざ花見に出かけなくても、の意で、「思へるこそ」にかかる。

▼よき人　「片田舎の人」の対。

▼**色こく**　あくどく、執拗に、の意。
▼**あからめもせず**　「あらかめ」はわき見、目線をそらすこと。
▼**祭**　賀茂祭。六一ページ参照。
▼**見ごと**　見るべきものごと。ここは賀茂祭の行列。
▼**桟敷**　一〇二ページ参照。
▼**とあり、かかり**　「と」は副詞。「かかり」は〝かく＋あり〟の縮約によるラ変動詞。アアダコウダ、ナンダカダ、の意。
▼**いとも見ず**　「いとも」は打ち消しを伴い、アマリ、タイシテ、の意の副詞。
▼**わりなく**　「わりなし」は〝ことわりなし〟で道理に合わぬ状態をいう形容詞。むりやりに、の意。

何となく葵《あふひ》かけわたしてなまめかしきに、明けはなれぬほど、忍びて寄する車どものゆかしきを、それかかれかなど思ひ寄すれば、牛飼・下部《しもべ》などの見知れるもあり。をかしくもきらきらしくもさまざまに行き交ふ、見るもつれづれならず。暮るるほどには、立て並べつる車ども、所なく並《な》みゐつる人も、いづかたへか行きつらん、ほどなく稀《まれ》になりて、車どものらうがはしさもすみぬれば、簾・畳《たたみ》も取《と》り払《はら》ひ、目の前にさびしげになりゆくこそ、世の例《ためし》も思ひ知られてあはれなれ。大路《おほち》見たるこそ祭見たるにてはあれ。

かの桟敷の前をここら行き交《か》ふ人の、見知れるがあまたあるにて知りぬ、世の

通釈

（この祭の日には）どんな物にでも葵がかけ渡してあって優雅に見えるが、まだ夜の明けきらぬうちから、人目を避けるようにして寄せてくる物見車の主が気にかかって、その人かあの人かと当て推量をしていると、中には牛飼や下部などで顔見知りのものもある。優雅なのも華美なのも色とりどりに行き交う、その物見車を見ているだけでも退屈しない。（一日が終わって）日の暮れるころには、立て並べてあった数多くの物見車も、すきまもなく立ち並んでいた人々も、どこへ行ってしまうのだろうか、やがてまばらになっていって、車の混雑も終わってしまうと、（桟敷の）簾や畳も取り払い、見る見るうちにものさびしげになってゆくのを目の前に見ると、世のはかなさも思い知られてしんみりとした気分になってしまう。（そんなふうだから）都大路の姿を見て、はじめて祭を見たということになるのである。

あの桟敷の前を、数えきれないほど往来する

人数《ひとかず》もさのみは多からぬにこそ。この人みな失《う》せなん後、我が身死ぬべきに定まりたりとも、ほどなく待ちつけぬべし。大きなる器《うつはもの》に水を入れて、細き穴を明けたらんに、滴《したた》ること少なしといふとも、怠《おこた》る間《ま》なく洩《も》りゆかばやがて尽きぬべし。都の中に多き人、死なざる日はあるべからず。一日《ひとひ》に一人、二人のみならんや。鳥部野《とりべの》・舟岡《ふなをか》、さらぬ野山にも、送る数多かる日はあれど送らぬ日はなし。されば、棺《ひつぎ》をひさくもの、作りてうち置くほどなし。若《わか》きにもよらず強きにもよらず、思ひかけぬは死期《しご》なり。今日《けふ》まで逃《のが》れ来にけるはありがたき不思議なり。暫《しば》しも世をのどかには思ひなんや。継子《ままこ》立《だて》とい

人たちの中で、顔見知りの人がいくらもいることでわかってしまう。即ち、世間の人の数もびっくりするほど多いわけではないのだ。この人たちが全部死んでしまった後で、自分が死ぬはずに定まっていたとしても、ほどなく死ぬべき時期はやってこよう。大きな器に水を入れて、細い穴を開けておくとしたら、水の滴ることはたとい少量であるとしても、絶え間なしに洩れていったら、たちまちのうちになくなってしまうだろう。(これと同じことで)都の中に大ぜいいる人が、死なない日といってはあるはずがない。(それも)一日に一人や二人ばかりではない。鳥部野や舟岡、それ以外の墓地にも、葬送の数の多い日はあるが送らぬ日はない。だから棺を商う者は、作ったのをそのまま置いておく間もない。若いにもよらず強いにもよらず、予知できないのは死期である。今日の日まで(死を)まぬがれてきたのは、世にもまれな奇跡といってもよい。かりそめにも、この世をの

ふものを双六《すぐろく》の石にて作りて立て並《なら》べたるほどは、取られんことといづれの石とも知らねども、数《かぞ》へ当てて一つを取りぬれば、その外は逃れぬと見れど、またまた数ふれば、かれこれまぬき行くほどに、いづれも逃れざるに似たり。兵《つはもの》の軍《いくさ》に出づるは、死に近きことを知りて、家をも忘れ身をも忘る。世を背《そむ》ける草の庵《いほり》には、閑《しづ》かに水石《すいせき》をもてあそびてこれを余所《よそ》に聞くと思へるは、いとはかなし。しづかなる山の奥、無常のかたき競《きほ》ひ来たらざらんや。その死にのぞめること、軍《いくさ》の陣に進めるに同じ。

どかな（老い先の長い）ものとは思えないのである。〝継子立〟というものを双六の石で作って、白黒の石を配列したところでは、取り除かれるのがどの石であるともわからないが、数え当てて一つを取り除くと、それ以外はうまく逃れたとみえるが、またまた数え続けて次々に間引いてゆくうちに、どの石も逃れられないのであるが、（人間の死期が確実にやってくることが）これとよく似ている。兵士が戦場に出るに当たっては、死に直面していることを知って、家をも忘れわが身をも忘れてしまう。俗世を離脱した草庵の生活では、のどかに自然を友として、〝死に直面〟などと聞いても身分とは無関係だと思ったりしているなら、（これは）まことにはかないことである。閑静な山の奥であろうと、〝無常〟という敵が襲いかかって来ないはずはない。隠遁者が死に直面していることは、（兵士が）戦陣に進んでいるのと少しもかわらないのである。

語句

▼**なまめかしきに**　「なまめかし」は上品な美しさを表す。

▼**明けはなれぬほど**　「ぬ」は連体形だから打ち消しの助動詞。

▼**らうがはしさ**　〝乱がはし〟の名詞化。

▼**世の例**　世間の通例として常に見たり聞いたりする状態、つまり盛者必衰の例。

▼**ここら**　数多く、たくさん、の意の副詞。

▼**やがて尽きぬべし**　「ぬ」は完了→強意、「べし」は推量の助動詞。すぐになくなるにきまっている、の意。

▼**舟岡**　京都市上京区の丘陵、火葬場・墓地があった。

▼**さらぬ野山**　「さらぬ」はそれ以外、の意の連体詞。「野山」は墓地。

▼**継子立**　数学応用の遊戯。白黒の碁石を先妻の子、後妻の子に見立てて並べることから〝継子立〟といわれる。

▼**まぬき行く**　「まぬく」は〝間抜く〟で、間にはさまれているものを取り去る意。

▼**水石**　水と石、泉水と庭石、つまり庵の周辺の自然、の意。

▼**無常のかたき**　「無常」という名の敵、つまり〝死〟。

解説

『徒然草』第一の長文を兼好は心をこめて書いたと思われる。そこに兼好の自然観、人生観、趣味観、無常観等々、つまり兼好の〝人間〟そのものを、あますところなくうかがい知ることができる。

自然を楽しむ四季それぞれの風雅の対象を、〝花鳥風月〟あるいは〝雪月花〟と的をしぼっていうことが多い。両者に共通する花と月とは、春と秋との自然美の象徴であり、〝春花〟〝秋月〟はまた四季を通じての自然美の象徴でもある。この花と月とをとり上げて自然観照の機微を論じ、これをあらゆる事におしひろめて「よろづのことも、始め終はりこそをかしけれ」と言い、〝花

のさかり〟〝月のくまなき〟以外に目を向けようとしない、狭量というか形式主義というか、視野の狭い人間をきめつけ、「さやうの人の祭見しさまいと珍らかなりき」と主題を転換してゆく手際のよさが、いかにもスマートに感じられる。

こうして都の人のみに限らず、当時の人々の最も関心の高い年中行事〝葵祭り〟をとり上げ、誰しも体験したことがあると思われる祭見物の態度を、実に微に入り細を極めた筆致で見ているように描写し、人出の多さから無常観に筆を転じ、「この人みな失せなん後、我が身死ぬべきに定まりたりとも、ほどなく待ちつけぬべし」などと言われると、ゾッとするむきもあるかもしれない。最終的にはそれが兼好のねらいだったのだろう。とにかく酔生夢死的な無自覚な人々に警鐘を乱打して、「暫しも世をのどかには思ひなんや」と感じさせる効果はあったにちがいない。

余録

継子立　江戸時代初期に刊行された通俗数学書『塵劫記』（吉田光由著、寛永四〈一六二七〉年刊）に次のように見える。

子三十人あり。内十五人は先腹《さきばら》、残る十五人は当腹なり。上の如く（上図は「関流算法七部書、算脱」より「十脱三十子之図」を引用、白が当腹、黒が先腹〈継子〉に当たる）立て並べて十に当たるを除《の》けて、また二十に当たるを除け、二十九人まで除けて、残る一人に跡を譲り申すべしと言ふ時、継母《ままはは》かくのごとく立てたるなり。さて数へ候へば、先腹の子十四人まで除き申し候時、今一たび数へれば、先腹の子皆除き申す故に、一人残りたる継子の言ふやうは、あまり片一双に除き申し候間、今よりは我より数へられ候へと言へば、是非に及ばずして、一人残りたる先腹の子より数へ候へば、当腹の子皆除き、先腹一人残るなり。

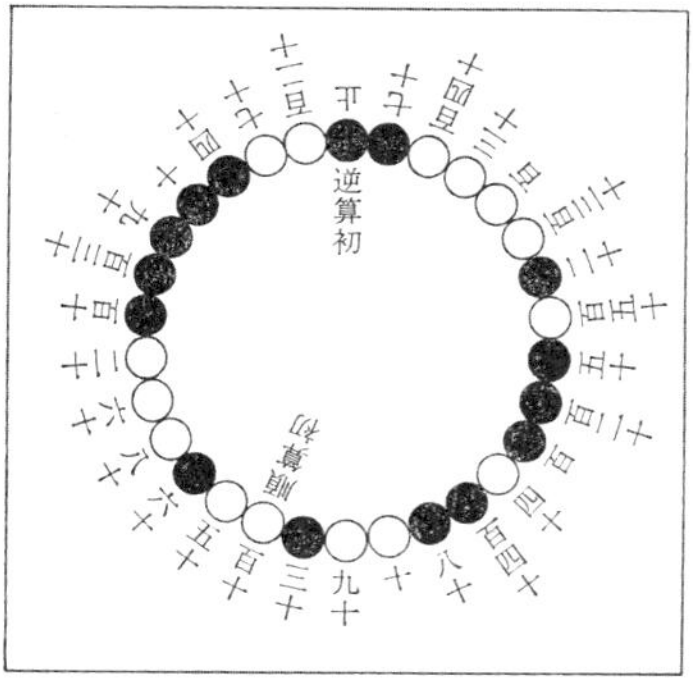

48 身死して財残ること

第百四十段

身死して財《たから》残ることは智《ち》者《しゃ》のせざるところなり。よからぬ物たくはへ置きたる

通釈

自分が死んだあとに財産が残るようなことは、智者のやらないこと

もつたなく、よき物は心をとめけんとはかなし。こちたく多かる、まして口惜し。「我こそ得《え》め」などいふものどもありて跡に争ひたる、様《さま》あし。後は誰《たれ》にと心ざす物あらば、生けらんうちにぞ譲《ゆづ》るべき。朝夕《あさゆふ》なくてかなはざらん物こそあらめ、その外は何も持たでぞあらまほしき。

である。つまらない物を貯えておいたのも馬鹿げているし、よい物は（さぞかし）心残りであったろうと思うと、むなしさが感じられる。やたらに多く残っているのは、なおさら情けなくなる。「（誰にも渡すものか）おれがもらうのだ」などと言い出す者が現れて、死後に争いを起こしたりするのは無様《ぶざま》である。死後は誰にと心にきめたものがあるなら、生きているうちに譲っておくのがよい。朝夕（の生活のために）それがなくては不自由の感じられるようなものはしかたがないが、それ以外のものは何一つとして持たないでいるのが望ましいのである。

語句

▼**智者**　この場合は〝賢人〟と同じ。

▼**こちたく多かる**　「こちたし」は繁雑で煩《わずら》わしい状態をいう形容詞。「多かる」は連体形の準体用法で、多いのは、の意。

▼**生けらんうち**　「生け」は「生く」〈カ・四〉の已然形、「ら」は完了の助動詞〝り〟の未然形、「ん」は推量の助動詞。

解説

教訓というものは受け入れる可能性のある相手がいなければ成り立たない。聞き入れられる見込みのないことを、熱ばって言えば言うほどムナシサを覚えるにすぎない。この段の内容は明らかに教訓だが、どれほどの効果が望めようか。「身死して財残ることは智者のせざるところ」なら、やるのは愚者にきまっている。智者はしないのだから教訓を加える必要はないし、愚者にこそ聞かせねばならぬことを愚者に聞かせたところで、愚者は聞き入れようともしないはずである。

だから、この段は他人に聞かせるためではなく、兼好自身の自戒のことばと受けとるべきではなかろうか。いくら財をたくわえても、あの世までは持って行けないことを知らぬものはない。ところが、臨終の間際になっても物欲から離れられない欲ぼけ亡者の姿を見聞きすることも多い。あんなになってはたまらないという思いが、兼好にこういう思いを強くいだかせたのであろう。そうして、兼好に同調する思いの読者がこの段を読んで、読者自身のこととして考えてくれるならば、兼好にとっては望外の知己を得たことになるのであろう。

49 悲田院の堯蓮上人

第百四十一段

悲田院《ひでんゐん》の堯蓮上人《げうれんしやうにん》は、俗姓《ぞくしやう》は三浦の某《なにがし》とかや、双《さう》なき武者なり。故郷《ふるさと》の人の来たりて物語すとて、「吾妻人《あづまうど》こそいひつることは頼まるれ。都の人はことうけのみよくて実《まこと》なし」といひしを、聖《ひじり》「それはさこそおぼすらめども、己は都に久しく住みて慣《な》れて見はべるに、人の心劣れりとは思ひはべらず。なべて心柔らかに情けある故《ゆゑ》に、人のいふほどのこと、けやけく否《いな》びがたくてよろづえいひ放たず、心弱くことうけしつ。偽りせんとは思はねど、乏《とも》しく叶《かな》はぬ人のみあれ

通釈

悲田院の堯蓮上人は在俗時代の姓を三浦の何がしとか言い、ならぶ者のない武者である。故郷の人が訪ねて来て物語りの際に、「東国の人間は何といっても、一たん口に出したことは絶対に信頼できる。都の人間は安請け合いはするけれど真実味がない」と言ったが、上人は「あなたはそのように思われるだろうが、わたしは長年都に住みなれて、都人々とも親しくつきあって見ておりますと、都の人の心情が劣っているとは思われません。一般に心がやさしく、人情にあついために、人の言うことをきっぱりと断ることができず、どんなことも突き放せず、気弱に承諾の返事をしてしまう。嘘をついてやろうとは思わないが、貧しく不如意な人ばかりなので、自然と思い通り

ば、おのづから本意《ほい》通らぬこと多かるべし。吾妻人は、我がかたなれど、げには心の色なく、情けおくれ、ひとへにすぐよかなるものなれば、始めより否《いな》といひて止《や》みぬ。にぎはひ豊かなれば、人には頼まるるぞかし」とことわられはべりしこそ、この聖、声うちゆがみあらあらしくて、聖教《しやうげう》の細《こま》やかな理《ことわり》、いと弁《わきま》へずもやと思ひしに、この一言《ひとこと》の後、心にくくなりて、多かる中に寺をも住持せらるるは、かくやはらぎたる所ありて、その益《やく》もあるにこそと覚えはべりし。

に事の運ばぬことが多いのであろう。東国人はわたしの同郷人ではあるが、実のところ心のやさしさがなく、情もこわく、ひたすらに剛直なものであるから、（できないことは）はじめからダメだと言ってつっぱねてしまう。生計が豊かだから人から頼りにされるのだよ」と、理路整然と説明されましたのには、この上人は声に訛りがあり、言葉も粗野で、仏教の微妙な教理などあまりわかってはいないだろうと思ったのに、この一言を聞いてからはほんとうに奥ゆかしく感じられて、（僧侶も）数の多い中から選ばれて、寺の住持の大任を果たしておられるのは、このように柔軟性に富んだところがあって、そのためのプラスの面が大きいからにちがいないと思ったことでありました。

語句

▼**悲田院**　平安京に設けられた孤児、病人等の救済施設。このころは普通の寺院になっていた。

▼**堯蓮上人**　伝不詳。「上人」は僧侶の尊称。

▼**吾妻人**　東国の人。

▼**ことうけ**　〝言承け〟の意で、言葉の上だけの承

京のみやびの
五色豆
なさけにあつき
京情緒
五色豆
その故に
五色に色を
かへるなり

諾で実行のともなわぬこと。

▼**けやけく否びがたくて**　「けやけし」はきわだった状態をいう形容詞。

▼**えいひ放たず**　「え……ず」で不可能の意。「言ひ放つ」は思ったことを他に顧慮することなくきっぱりと言いきる意。

▼**乏しく叶はぬ人**　「ともし」は不十分である、貧しい、の意。「かなふ」は自分の思い通りにことが運ぶ意。

▼**我がかた**　「かた」は〝かたうど〟と同じで、仲間、の意。ここは連帯感のつよい〝同郷人〟のこと。

▼**心の色**　心のやさしさというほどの意。

▼**すぐよかなるもの**　「すぐよかなり」はまっすぐで頑強な状態をいう形容動詞。

▼**にぎはひ豊かなれば**　「にぎはふ」〈八・四〉は富裕、の意。

▼**ことわられはべりしこそ**　「ことわる」はものの道理を明らかにする意。「れ」は尊敬の助動詞。

▼**声うちゆがみ**　声が〝ゆがむ〟とは方言の訛りを残していることをいう。

▼**聖教**　仏の説いた教え。

▼**心にくくなりて**　「心にくし」は慕わしく思う心の状態をいう。奥ゆかしくなって。

解説　「人は見かけによらぬもの」という俚諺の好見本としての、堯蓮上人というユニークな人物の月旦《げったん》評である。人はどうしても外見や容貌から、相手の第一印象を受け取ってしまう。そうすれば、どうしても〝先入主となって〟誤った人物評を下しかねない。常にそういう危険にさらされている時に、兼好の前に現れた堯蓮上人が、先入観をうち破ってみせた。東国の荒夷《あらえびす》がいくら出家入道してみたところで、仏道の真の妙味などわかるはずがないと、高をくくっていた。それだけに、堯蓮上人のものの道理と人情の機微をわきまえた、公平かつ行き届いた所信を聞いた時には、上人に対する傾倒の情も痛烈に動いたにちがいない。〝この一言の後〟の兼好の最大級の賛辞がそれを証明している。

50　子ゆゑにこそ　第百四十二段

心なしと見ゆる者も、よき一言《ひとこと》いふものなり。ある荒夷《あらえびす》の恐ろしげなるが、かたへにあひて、「御子《おこ》はおはすや」と問

通釈　何の情味も解しないようにみえる者でも、（時には）感心するような一言くらいは言うものである。ある荒武者の、

ひしに、「一人も持ちはべらず」と答へしかば、「さては、もののあはれは知りたまはじ。情けなき御心にぞものしたまふらんと、いと恐ろし。子故にこそ、よろづのあはれは思ひ知らるれ」といひたりし、さもありぬべきことなり。恩愛《おんない》の道ならでは、かかる者の心に慈悲ありなんや。孝養《けうやう》の心なき者も、子持ちてこそ親の志は思ひ知るなれ。

世をすてたる人の、よろづにするすみなるが、なべてほだし多かる人の、よろづにへつらひ、望みふかきを見て、無下に思ひくたすは僻事《ひがごと》なり。その人の心になりて思へば、まことに、悲しからん親《おや》のため、妻子のためには、恥をも忘れ、

恐ろしそうな男が、仲間の者に向かって「お子さんお持ちですか」と尋ねたところ、「一人も持っていません」と答えたので、「それでは人情のこまやかさはおわかりになりますまい。無情な御心でいらっしゃるだろうと思うと、恐ろしい気がします。子ゆえにこそ、どんな場合にも人情味というものが理解できるものなのです」と言ったものだが、いかにももっともなことである。肉親の愛情を別にしては、このような者の心に慈悲の念がきざすとは思われない。親に対する孝養の念のない者も、子を持ってはじめて親の気持ちがはっきりと理解できるのである。

俗世を捨てた人で、全く財産も家族もない者が、総じて、係累の多い人が、何かといえば他人の機嫌をとり結び、欲の深いのを見て、頭ごなしに軽蔑するのは間違っている。その当人の心になって考えてみれば、まことに、いとしいと思う親のため、妻子のためには、恥も外聞も

盗みもしつべきことなり。されば、盗人《ぬすびと》を縛《いまし》め、僻事をのみ罪《つみ》せんよりは、世の人の飢ゑず寒からぬやうに、世をば行はまほしきなり。人、恒《つね》の産《さん》なき時は、恒の心なし。人、きはまりて盗みす。世治《をさま》らずして凍餒《とうたい》の苦《くる》しみあらば、とがの者絶ゆべからず。人を苦しめ、法を犯さしめて、それを罪なはんこと不便《ふびん》のわざなり。

さて、いかがして人を恵むべきとならば、上《かみ》の奢《おご》り費す所をやめ、民を撫《な》で農を勧めば、下《しも》に利あらんこと疑ひあるべからず。衣食尋常《よのつね》なる上に僻事せん人をぞ、まことの盗人とはいふべき。

忘れ、盗みもしでかしそうなことである。だから、盗人を捕えて悪事ばかりを処罰するよりは、世の人々が飢えも凍えもせぬように、政治をとり行うことが望ましいのである。人というものは恒の産のない時は安定した心は持ち得ない。人はせっぱつまって盗みに走る。政治がうまく行われずに、空腹に泣き寒さに震える苦しみがあるならば、罪を犯す者の尽きる時はない。人を苦しめ、法を犯すように追い込んで、それを罪に陥れるのはあまりにも不憫《ふびん》なことである。

それならば、どのような方法を講じて、人々に恩恵を与えるようにすればよいかといえば、為政者が贅沢をして浪費することをやめ、人民の福利をはかり農業を奨励するなら、一般の者がうるおうことは疑問の余地がない。衣食の生活が世間なみにできるにも係わらず、なおその上に悪事を働くような手合いがいたら、そのような人間こそ正真正銘の悪党と言ってよいのである。

語句

▼心なしと見ゆる者　この場合の「心なし」の〝心〟は、情趣を解する心、人間味豊かな心をさす。

▼荒夷　言動のあらあらしい武士。京都から東国武士を指す称呼。

▼かたへ　そばにいる人、仲間。

▼ものしたまふらん　「ものす」〈サ変〉は代動詞ともいうべき語で、ここは〝あり〟のかわり。

▼恩愛の道　「恩愛」は親子・夫婦・兄弟などの間の愛情をいう。

▼慈悲　仏が衆生に示すような、広く深い高度の愛情。

▼するすみなるが　「するすみ」は独身無一物、の意。係累もなく財産もない状態をいう。

▼ほだし　自由を束縛するもの、の意。人間にとっては自分が面倒を見てやらねばならぬ家族を指す。

▼無下に思ひくたすは　「無下なり」はこれより下がないというひどい状態をいう形容動詞。「思ひくたす」は悪く思う、けなす、の意。

▼まことに　下の「しつべき」にかかる副詞。

▼僻事　まちがったこと。正しい道から外れた行為。

▼世をば行はまほしきなり　「世を行ふ」は国を治める、政治を執り行う意。「まほし」は希望、「なり」は断定の助動詞。

▼恒の産　『孟子』〈梁恵王章句上〉の本文に基づいて〝恒産なければ恒心なし〟と言われる。「恒産」は一定の生業、財産、の意。

▼凍餒の苦しみ　「凍」はこごえる、「餒」はうえる意。衣類や食糧の乏しい苦しみ。

解説

この段には固有名詞は使われていないが、「ある荒夷の恐ろしげなる」は前段堯蓮上人と同様に、見かけによらぬものの例としてとり上げているが、人物評が目的ではなく、「孝養の心なき者も、子持ちてこそ親の志は思ひ知るなれ」を言うための、手がかりとしたものである。結局この段のテーマは政治論で、正しい政治のありようを述べている。

政治の根本は「世の人の飢ゑず寒からぬやうに」すること、すなわち民生の安定ということである。そのためにどうすればよいかといえば、「上の奢り費す所をやめ、民を撫で農を勧めば」それでよい。これだけのことが為政者には大へんなことらしく、今までに太平を謳歌できた時代はあったためしがない。経済大国をうたっている現在の我が国においてさえ、民生をおびやかしてくる種は尽きることがない。「上の奢り費す所」が今の日本の何に相当するのかは知らないが、やめてほしいと願うことはいくらでもあるはず。

兼好の政治論は孟子の王道主義にもとづいていることは、『孟子』（梁恵王章句上）からの引用のあることで知られる。「恒産なければ恒心なし」で、王道政治による民生の安定が主眼となっている。

51 能をつかんとする人

第百五十段

能をつかんとする人、「よくせざらんほどは、なまじひに人に知られじ。うちうちよく習ひ得《え》てさし出でたらんこそ、いと心にくからめ」と常にいふめれど、かくいふ人、一芸も習ひ得《う》ることなし。いまだ堅固《けんご》かたほなるより、上手の中に交《まじ》りて、毀《そし》り笑はるるにも恥ぢず、つれなく過ぎて嗜む人、天性《てんせい》その骨《こつ》なけれども、道になづまず、妄《みだ》りにせずして年を送れば、堪能《かんのう》の嗜まざるよりは、終《つひ》に上手の位にいたり、徳たけ、人に許されて、双《ならび》なき名を得《う》ることとなり。

通釈

芸能を身につけようとする人が、「うまくできないうちはなまじっか人に知られまい。人の知らないうちに徹底的に習得した上で、人前に発表するというのが、ほんとうに奥ゆかしいことだろう」と、口癖のように言うようだが、こんなことを言う人は、たとい一芸たりとも習得できる見込みはない。(これに反して)まだまるっきり何もできないうちから、名人上手と言われる人たちの間にはいって、(周囲の人たちから)けなされたり笑われたりしても恥ずかしがらず、そ知らぬふりで受け流して、その道一すじに努力を続ける人は、生まれつきその素質がなかったとしても、稽古をサボルこともなく、わがまま勝手な態度も見せないで年を重ねていくから、素質はあっ天下の物の上手といへども、始めは不《ふ》堪《かん》の聞こえもあり、無《む》下《げ》の瑕《か》瑾《きん》もありき。されども、その人、道の掟《おきて》正しく、これを重くして放埓《はうらつ》せざれば、世のはかせにて、万人《ばんにん》の師となること、諸道かはるべからず。

ても稽古をなまけているような手合いをしり目にかけて、最終的には上手の域に達し、人間的な重みも加わり、世間から認められて、ならぶもののない名声を得ることである。

天下に名のとどろいた芸道の達人でも、はじめのうちは〝あんな不器用な人……!〟という評判があったり、お話にならぬような失策を犯すこともあった。しかしながら、達人といわれるような人は、その芸道のルールを正確に守り、またこれを重視して、我流に陥るようなことがないから、いずれは世間に認められた権威者となり、万人の指導者となることは、芸能のどの分野においても言えることである。

語句

▼能をつかんと 「つく」〈カ・四〉は他動詞。

▼堅固かたほなるより 「堅固」はまったくという意の副詞。「かたほ〈片秀〉」は「まほ〈真秀〉」の対。物事の不完全な状態をいう。

▼つれなく過ぎて 「つれなし」は心の動かされない状態をいう形容詞。

▼その骨なけれども 「骨」は芸道の機微を習得し得る能力。「なけれども」は〝なくとも〟と同じで仮定を表す。

▼**道になづまず**　「なづむ」は行きなやむ、停滞する意。稽古を休んで芸道の進歩を足踏みさせるようなことなく。
▼**堪能**　すぐれた素質をもっていること。
▼**徳たけ**　「徳」は人間としての値打ち。「たく」〈カ・下二〉はすぐれた状態になる意。
▼**不堪**　堪能でないこと。素質がない、不器用、の意。
▼**放埒**　法則を無視して自分勝手なやり方をすること。
▼**世のはかせ**　世間に名の通ったはかせ。「はかせ」は諸道に秀でて模範となり、指導的立場にいるもの。

解説

すばらしいことが言ってある。芸能に志す者の身の処し方として、これほど徹底した、しかも人間味あふれる教訓はあるまい。この段では、はじめに芸能に志す者の相反する二つのタイプをとり上げた。

一つは秘密主義ともいうべきタイプで、人に知られないうちに一芸に秀でてから、人前に発表しようとするもの。一つは全くその逆で、未熟なうちから上手の中にまじって、徹底的にしごかれることを覚悟してかかるもの。前者が成功するためしはない。こっそり習って人に知られぬうちに上達できるような芸能はないからである。後者の場合には努力と根性がものを言う。学校のクラブ活動のあり方などをみても、上手の中にいてこそ、下手は下手なりの積み重ねによって、芽の出るためしも生じてくるだろう。

いきなり名人上手が出現するわけがない。もし天才的な名手が出現したようにみえることがあっても、才能にあぐらをかいて努力を怠るなら、その地位はたちまち累卵の危きに陥ることだろう。最後に「諸道かはるべからず」とある。諸道は芸道のあらゆる分野をさすであろうが、更におしひろめて、広く人生一般に対する処世訓と考えておいてよかろう。

52 上手に至らざらん芸

第百五十一段

ある人のいはく、年五十になるまで上手に至《いた》らざらん芸をば捨つべきなり。励み習ふべき行く末もなし。老人のことをば人もえ笑はず。衆に交はりたるも、あいなく見ぐるし。大かた、よろづのしわ

通釈

ある人が言うには、五十の年になるまで上手の域に達しないような芸は、思い切って捨てるがよい。これからも奮起して稽古を続けるだけの将来性もない。老人のする事は、人も気の毒になって笑うこともできない。（それをいいことにして）大ぜいの人

ざは止《や》めて暇《いとま》あるこそ、めやすくあらまほしけれ。世俗のことに携はりて生涯を暮らすは下愚《かぐ》の人なり。ゆかしく覚えんことは、学び聞くとも、その趣を知りなば、覚束《おぼつか》なからずしてやむべし。もとより望むことなくしてやまんは第一のことなり。

の中に出て、同じようにやっているのを見ても好感がもてず見苦しい。大たい（五十の年にもなれば）手のかかることはすべて避け、身心共にゆとりをもった暮らし方をするのが、見た目にもおだやかで望ましいことである。世俗の事に関係して生涯を暮らすのは最低の愚か者である。知りたいと思うような事があったら尋ね聞いてもよいが、その概略のことがわかったら（それ以上は追求しようとはせず）、不審な点がなくなったという程度にとどめておくのがよい。（それも）はじめっから何も知りたがることのないままにとどめておくことができるなら、それにこしたことはないのである。

語句

▼あいなく　なんとなく嫌な感じがする状態。

▼めやすく　見た目が安らかで感じがよい。

▼下愚　きわめて愚かなこと。

解説

これは芸能を本職にしている人なら、いくら何でも捨てるわけにはいくまいが、前段で「天性その骨なけれども……終に上手の位にいたり……双なき名を得ることなり」

落語「寝床」より

といってあるから、年五十にも達しておれば、上手の域に達しているはずで、「年五十になるまで上手に至らざらん芸」は、本職ではない、片手間にやっている芸ということになるだろう。片手間の芸が五十になって名人の域に達するのには、よほどの努力を要するであろうが、そうなったらそれでよいし、だめならあきらめて本来の姿に戻るのがよいとする。本来の姿とは、何事にも〝暇ある〟境地に安住することで、草庵者の立場としては、「もとより望むことなくしてやまんは第一のことなり」に落ち着くのである。

　しかし、こういう兼好流の考えでは、〝六十の手習い〟とか〝八十の手習い〟ということは成り立たなくなる。このことわざは、晩学の意気を壮としたものか、どうせ上達の見込みのないことを嘲笑したものか知らないが、たとい上達はしなくとも、それなりに楽しむことができるならそれでいいではないか——と私は思う。

53　年のよりたるけしき

第百五十二段

西大寺《さいだいじ》の静然上人《じやうねんしやうにん》、腰かがまり、眉白く、まことに徳たけたる有様にて、内裏《だいり》へまゐられたりけるを、西園寺《さいをんじ》の内大臣殿、「あなたふとのけしきや」とて、信仰の気色《きそく》ありければ、資朝《すけとも》の卿《きやう》これを見て、「年のよりたるに候ふ」と申されけり。

後日に尨犬《むく》の浅ましく老いさらぼひて、毛はげたるをひかせて、「このけしき尊《たふと》くみえて候ふ」とて、内府《だいふ》へまゐらせられたりけるとぞ。

通釈　西大寺の静然上人が、腰も曲がり眉も白く、まことに高僧らしい御様子で内裏へ参られたのを見て、西園寺の内大臣殿が「何と貴い御様子であることか」と言って、信仰の顔つきが見えたので、資朝卿がこれを見て、「年が寄っているだけのことですよ」と申された。

後日に、むく犬の目も当てられぬほどよぼよぼになり、毛の抜けたのを使の者にひかせて、「こいつの様子は尊くみえていますよ」といって、内大臣へ贈られたということである。

語句

▼**西大寺**　南部七大寺の一つ。

▼**静然上人**　西大寺の長老となった高僧。

▼**西園寺の内大臣殿**　西園寺実衡《さねひら》。

▼**気色**　気持ちが顔に現れた表情。

▼**資朝の卿**　日野資朝。後醍醐天皇に信任され、北条氏討伐の謀議に加わった。計がもれて佐渡に流され、配所で斬られた。

▼**浅ましく老いさらぼひて**　「あさまし」はあきれるほどに意外な状態をいう。「老いさらぼふ」〈八・四〉は年老いてやせ衰える意。

▼**内府**　内大臣の唐名。

解説

それにしても、資朝卿のやり口はずいぶん失礼であり、失礼を通り越して侮辱を加えたことになる。それをそのまま筆録した兼好は、資朝の反骨精神に同感をいだいてのことであろうか。

静然上人という人が高僧であることは確かだが、どんな人物であったのかはわからないし、西園寺内大臣の人物もわからない。地位と外見とだけから「あなたふと」と言ったものか、その人柄を知っていて言ったものか、それもわからない。従って資朝に対する評価も、どう判断してよいのかわからない。

しかし、日野資朝という人は、後醍醐天皇の北条氏討伐の謀議に参画しているから、現体制に甘んじることのできない、正義の反骨精神の持ち主だったことは明らかである。

54 世に従はん人のために

世に従はん人は先《ま》づ機《き》嫌《げん》を知るべし。ついで悪《あ》しきことは人の耳にもさかひ、心にもたがひてそのこと成らず。さやうのをりふしを心得《う》べきなり。ただし、病をうけ子うみ死ぬることのみ、機嫌をはからず。ついで悪《あ》しとてやむことなし。生《しやう》・住《ぢう》・異《い》・滅《めつ》の移りかはる実《まこと》の大事は、たけき河のみなぎり流るるごとし。暫《しば》しも滞《とどこほ》らずただちに行ひゆくものなり。されば、真俗《しんぞく》につけて、必ず果たし遂げんと思はんことは、機嫌をいふべからず。とかくのもよひなく足を踏み止《とど》むまじき

通釈

世俗に順応していこうとする人は、何よりも先ず（物事には）潮時のあることを知ることが必要である。（物事はすべて一定の順序に従って進行してゆくものだから）順序通りに運ばぬことは、人が聞いても抵抗を感じるし、心にも背く結果となって、その事は成就しない。そのように大切な潮時というもののあることを、十分に承知しておかなければいけない。しかし、病気にかかり、子を産み、死ぬことについてだけは、潮時とは無関係である。こちらの都合が悪いからといって待ってはくれない。生成・停止・変化・消滅という自然界の重大な現象は、水勢の激しい河がとうとうと流れてゆくのに似ている。一瞬も停滞することなく、あっというまに進行していくものであ

なり。

春暮れて後夏になり、夏果てて秋の来るにはあらず。春はやがて夏の気をもよほし、夏よりすでに秋はかよひ、秋は則ち寒くなり、十月は小春《こはる》の天気、草も青くなり梅もつぼみぬ。木の葉の落つるも、まづ落ちて芽ぐむにはあらず。下よりきざしつはるに堪へずして落つるなり。迎《むか》ふる気下に設けたる故に、待ちとるついで甚だはやし。生・老・病・死の移り来たること、またこれに過ぎたり。四季はなほ定まれるついであり。死期《しご》はついでをまたず。死は前よりしも来たらずかねて後ろに迫《せま》れり。人皆死あることを知りて、まつことしかも急ならざるに、覚え

る。だから仏道修行の面でも、処世上の事についてでも、絶対にやりとげたいと思う事については、潮時を問題にしてはいけない。あれこれと準備に手間どることなく、（一たん取りかかった以上）二の足を踏むようなことがあってはならないのである。

春が暮れたあとで夏になり、夏が終わってから秋が来るというようなものではない。春はそのままですでに夏の気配を含んでおり、夏のうちからすでに秋の気分が感じられ、秋にはそのまま冬の寒さが隠されており、冬十月は小春といわれる天気で、草も芽をふき梅もつぼみがふくらんでくる。木の葉が落ちるのにしても、（古い葉が）先ず落ちてから（新しい葉が）芽ぐむのではない。下から芽ぶき突き上げてくるのに堪えられずに、（古い葉が）落ちるのである。次の変化を迎えようとする気配が、すでに内部に準備されているがゆえに、それをひきついで交替してゆく順序が手早く進行してゆく。生老

ずして来たる。沖《おき》の干潟《ひかた》遥かなれども、磯より潮の満つるがごとし。

病死（という人間界の変化）が次々と迫ってくることは、また、こういう自然界の現象以上にはげしいものがある。四季（の変化）にはそれでもなお一定の順序がある。（ところが）死期は順序を待ってはいない。死は前面から迫ってくるとは限らず、知らぬまに背後に迫っている。人は誰でも死なねばならぬことを知ってはいるが、それに対する心の準備がそれほど切実でもないうちに、不意にやってくるものである。（それは）沖の干潟が遥か遠く見えていて、（潮の満ちる様子もないと）油断していると、磯の方から潮が満ちてきているようなものである。

語句

▼機嫌　【解説】を見よ。

▼ついで　順序、序列。

▼生・住・異・滅　仏教語で、自然界のすべての物が生じ、とどまり、変化し、姿を消すという四つの現象（四相）。

▼たけき河　「たけし」は勢いのはげしい状態をいう。

▼真俗につけて　「真」は〝真諦〟で仏教上の根本的真理、「俗」は〝俗諦〟で身近な道理のこと。ここは仏教修行の上でも、処世上のことに関しても、の意。

▼果たし遂げんと思はんこと　「遂げん」の「ん」は意志、「思はん」の「ん」は推量の意で婉曲用法の助動詞。必ズヤリトゲテミセヨウト心ニ期スルヨ

ウナコト、の意。

▼**機嫌をいふべからず**　「べから」は当然の助動詞の未然形。「べからず」で……テハイケナイ、の意となる。

▼**もよひ**　準備すること、用意。

▼**踏み止むまじきなり**　「まじき」は禁止の助動詞の連体形。「なり」は断定の助動詞。

▼**来るにはあらず**　「に」は断定の助動詞「なり」の連用形。

▼**小春**　陰暦十月をいう。

▼**きざしつはる**　「きざす」は兆候が見える、芽ぐむ意。「つはる」はきざしたものが更に進展する意。

▼**生・老・病・死**　仏教語で、人間一期の四相であり〝四苦〟ともいう。

▼**定まれるついで**　「る」は完了の助動詞「り」の連体形。この形は見落としやすいので注意が肝要。

▼**かねて**　前もって、すでに、の意の副詞。

解説

〝機嫌〟はもともと仏教語で〝譏嫌〟と書き、〝人々がそしりきらうこと〟の意であるが、それから転じて、ある物事をするのに最も適合した時機、〝潮時〟の意に用いられる、文頭の機嫌は本来の意に解して、世間に順応していこうとする人は、どんなにすれば、他人から譏《そし》り嫌われるかという点をよく心得て、そうならないように行動しなければならぬという意に解することができる。潮時を外すと他人の譏嫌に触れるからである。

他人を顧慮することのない脱俗達観の士には、機嫌を云々する必要はさらにない。だから、対象を「世に従はん人」に限定して次の場合を考えている。

①機嫌を知るべき場合（世に従はんとする場合）　②機嫌をはからぬ場合（病をうけ、子うみ、死ぬる場合）　③機嫌をいふべからざる場合（必ず果たし遂げんと思はん場合）

機嫌を知り、これにさからわぬようにしなければならぬと言いながら、機嫌を問題にできぬ第

二、第三の場合をあげている。すなわち、②は自然の摂理によるもので、人間の意志ではどうにもならぬことであり、③は人間の意志を強く表面にうち出した場合である。この時は〝世に従はん〟とすることは無視され、そのための行動はすべてに優先されなければならないからである。

　こうして後段では、前段でとりあげた自然界の〝生・住・異・滅〟の現象を具体的に示して、「迎ふる気下に設けたる故に、待ちとるついで甚だはやし」と結論づけ、これを人間界の〝生・老・病・死〟に置きかえて、自然界にある〝定まれるついで〟も、人間界においては〝ついでをまたず〟として、老少不定の無常観を強調している。

　だからといって、空しく手を束ねて死の到来を待つのでないことは、「真俗につけて、必ず果たし遂げんと思はんことは、機嫌をいふべからず」の一文で明らかである。〝真人〟（ここでは仏道専修の人）には真人として、〝俗人〟にはまたそれなりに、〝果たし遂げんと思はんこと〟があるはずで、それには機嫌を顧慮せず、積極的に取りくまねばならぬことを、強い姿勢でうち出している。

55　必ず言葉あり　第百六十四段

世の人あひ会ふ時、暫《しばら》くも黙止することなし。必ず言葉あり。そのことを聞くに多くは無益《むやく》の談なり。世間の浮説《ふせつ》、人の是非、自他のために失おほく得少なし。

これを語る時、互ひの心に無益《むやく》のことなりといふことを知らず。

通釈　世間の人が顔を合わせた時、しばらくの間も黙っていることがない。必ずおしゃべりをする。その内容を聞いてみると、たいていは役にも立たぬ話である。世間の噂話とか人の批判だとか、お互いにとってマイナスになることばかりで、プラスになる点はまあない。

（しかし）こんな話をしている時、（これが）お互いの心に何の役にも立っていないことだということを、（まるで）自覚していない。

語句

▼**浮説**　根拠のない噂、風評。

▼**是非**　善いことと悪いこと。ただし、話題になるのは主として〝非〟の方である。

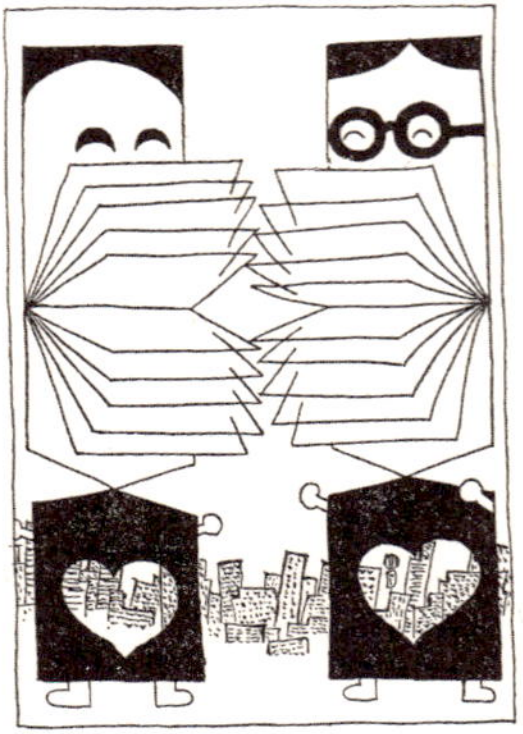

解説

この段に書かれていること、全くその通りで、〝女三人寄れば姦《かしま》しい〟というのは字形から出たものだが、姦しいのは女には限らない。雑談の内容にはいいかげんなものも多いが、あたりさわりのないおしゃべりは、かえってストレス解消の効能もあって、全面的に否定することもなかろう。

しかし「世間の浮説」「人の是非」ということになると、情報過多の現今の世相を衝《つ》いたものとも言える。今日ほどプライバシーの権利が強調された時はないが、それだけにまた、今日ほどプライバシーが侵害の危機にさらされている時もあるまい。有名人のプライバシーに関心を持ちすぎる点では、明らかに「互ひの心に無益のことなりといふことを知らず」ときめつけられても致し方はあるまい。

56 他に勝ること

第百六十七段

一道《いちだう》に携はる人、あらぬ道のむしろにのぞみて、「あはれ我が道ならましかば、かくよそに見はべらじものを」といひ、心にも思へること常のことなれど、よにわろく覚ゆるなり。知らぬ道のうらやましく覚えば、「あなうらやまし。などか習はざりけん」といひてありなん。我が智をとり出でて人に争ふは、角《つの》あるものの角をかたぶけ、牙《きば》あるものの牙をかみ出《い》だすたぐひなり。

人としては善に誇らず、物と争はざるを徳とす。他に勝ることのあるは大きなる失なり。品《しな》の高さにても、才芸のすぐれたるにても、先祖の誉れにても、人に勝れりと思へる人は、たとひ言葉に出で

通釈

ある専門の道に携わる人が、自分の専門以外の会合の席に出た時に、「ああ、これが私の専門の道だったら、こんなに指をくわえて見てはいませんぞ」と言ったり、（口に出さぬまでも）心に思ったりすることは常にあることだが、実に見苦しく感じられるものである。自分の知らぬ道のことがうらやましく感じられたら、「ああうらやましい。（私も）どうして習っておかなかったのだろう」と言っておくがよい。自分のすぐれた点をとり出して人と争うのは、角のあるものが角を傾け、牙のあるものが牙を嚙み出すのと少しもかわらない。

（良識をそなえた）人間としては（自分の）長所を鼻にかけず、誰とも競争しないのが美点と考えられる。他の人に比べてすぐれたことがあるのは、（実は、かえって）大きな欠点になるものなのである。家柄の高いことでも、学問芸能のすぐれた点でも、先祖の功績という面でも、人よりはすぐれていると思っている人は、たと

てこそいはねども、内心にそこばくのとがあり。慎みてこれを忘るべし。をこにも見え、人にもいひ消《け》たれ、禍《わざはひ》をも招《まね》くは、ただこの慢心なり。

一道にも誠に長じぬる人は、みづから明らかにその非を知る故に、志常に満たずして終に物に誇ることなし。

い（そのことを）口に出しては言わないとしても、内心には多くの欠点を持つことになる。（だから）十分に注意して、こんなものは忘れてしまうがよい。（だいいち）馬鹿げてもみえるし、人にも非難されるし、（思いがけぬ）災難を招くことにもなるのは、ただこの慢心一つによるのである。

一つの道に真に熟達している人は、自分自身、はっきりと自分の欠点を見抜いているがゆえに、常に自己満足をいだくことなく、誰に対しても絶対に自慢してみせるようなことはないのである。

語句

▼**あらぬ道**　「あらぬ」は無関係な、専門外の、の意の連体詞。

▼**我が道ならましかば**　「なら」は断定、「ましか」は仮想の助動詞。

▼**よにわろく**　「よに」は非常に、の意の副詞。「わろし」は〝あし〟より程度が浅い。

▼**争はざるを徳とす**　「徳」は失の対で美点、長所、の意。

▼**いはねども**　〝言はずとも〟と同じで仮定を表す。

▼**そこばくのとが**　「そこばく」は数の多い状態をいう。

▼**をこ**　愚かなこと。

解説

〝慢心〟のいましめを述べた段である。慢心は〝他に勝ること〟をたのみとするところから生じる。他に勝ろうとすることは、「角あるものの角をかたぶけ、牙あるものの牙をかみ出だすたぐひなり」として、動物的行動だとしている。

動物にしたって常に闘争を事としているわけではなく、むしろ対抗意識旺盛な人間の方が、動物以上に動物的だということになる。この時の武器になるのが〝他に勝ること〟、この段でいう〝善〟、つまり自分の長所である。長所を持つことはいいことなのに、それを「大きなる失なり」とするのは、「内心にそこばくのとが」が生じるもととなるからである。

〝一道に携はる人〟は自分の携わっている道をたのみとし、これに誇りをいだくが故に、〝あらぬ道のむしろにのぞ〟んだ時に、ここに書かれたような態度をとりがちになる。これが〝一道にも誠に長じぬる人〟と大きな懸隔のあることは、これまた書かれた通りで、〝誠に長じぬる人〟は自らの〝非〟、つまり不完全な点を自覚するが故に、謙虚さを失うことがない。謙虚であれば、常に欠陥を満たそうとする努力を失うことがないから、より高度な境地に進んでゆくことができる。全く、人はかくありたいものである。

57 人と向かひたれば

第百七十段

さしたることなくて人のがり行くはよからぬことなり。用ありて行きたりとも、そのこと果てなばとく帰るべし。久しく居たる、いとむつかし。

人と向かひたれば詞《ことば》おほく、身も草臥《くたび》れ心も閑《しづ》かならず。よろづのことさはりて時をうつす。互ひのため益なし。いとはしげにいはんもわろし。心づきなきことあらん折は、なかなかそのよしをもいひてん。同じ心に向かはまほしく思はん人の、つれづれにて、「いましばし、けふは心閑かに」などいはんは、この限り

通釈

たいした用事もないのに、人のところへ訪ねて行くのは、感心したことではない。（たとい）用事があって行ったとしても、用事が終わったらすぐ帰るがよい。いつまでもぐずぐずしているのは、ほんとうに煩《わずら》わしいものである。

人と向かいあっていると口数も多くなるし、身もくたびれ心も平静でなくなる。何もかも支障を来たしてむなしく時を過ごすことになる。お互いのために何の利益もない。（そうかといって）いやいやながらものを言うのもどうかと思われる。気の進まぬ事があるような時は、かえってはっきりとその旨を相手に伝えた方がよい。（しかし）気が合って、もっと対座していたいと思うような相手の人が、（ちょうど）格

にはあらざるべし。阮籍《げんせき》が青き眼《まなこ》、誰もあるべきことなり。

そのこととなきに人の来たりて、のどかに物がたりして帰りぬる、いとよし。また文《ふみ》も、「久しく聞こえさせねば」などばかりいひおこせたる、いとうれし。

別の用事もなくて、「もうちょっと（いいでしょう）」などと言うような場合は例外としてよかろう。今日はゆっくり（語り合いましょう）阮籍が（自分の気に入った客は）青い眼で迎えたという故事は、誰にもありそうなことである。

何の用事があるというわけでもないのに、人が訪ねてきて、のんびりと物がたりして帰って行ったりしたのは、まことにいいものである。また、手紙にしても、「長い間御無沙汰しておりましたので……」などというだけのことを書き送ってきたのは、ほんとうにうれしいものである。

語句

▼**さしたること**　「さしたる」はそれほどの、たいした、の意の連体詞で、下に打ち消しを伴う。
▼**人のがり**　人のもとへ、の意。
▼**むつかし**　不愉快で煩わしく、いやに感じられる状態をいう。
▼**心づきなきこと**　「心づきなし」は気にくわない、おもしろみがない、の意。相手との応対に自分が気のりを感じない状態をいう。
▼**なかなか**　古今異義語。かえって。
▼**いひてん**　「て」は完了→強意、「ん」は意志、または適当の助動詞。

さしたることなくて人のがりゆくはよからぬ事なり

▼**阮籍が青き眼**　「阮籍」は中国晋代の隠者で〝竹林の七賢〟の一人。気の合った来訪者は青眼で迎え、そうでない者には白眼を向けたという。

解説

訪問・接客についての感想を述べている。それが一面的なものでないことは、はじめに「さしたることなくて人のがり行くはよからぬことなり」と言い、終わりに「そのこととなきに人の来たりて、のどかに物がたりして帰りぬる、いとよし」と述べ、明らかに矛盾すると思われることを並べている点からも知られる。これは「人のがり行く」という訪問者の立場と、「人の来たりて」という来客に対する応対者の立場と、両様の立場から考えているからである。

立場はかわっても、〝接客〟という点では同じことだから、「人と向かひたれば詞おほく、身も草臥れ心も閑かならず。よろづのことさはりて時をうつす。互ひのため益なし」というマイナス面は、主客のいずれにとってもかわらないはずである。しかし、常にそうだとは言えないから、「この限りにはあらざるべし」という特例が当然のこととして生ずる。それは「用ありて行きたりとも」に当たる事務的訪問と、「そのこととなきに人の来たりて」に当たる友誼的訪問というように、訪問の性質上の差によるが、こういう違いは実は兼好自身の配慮の差から生じるもののように感じられる。

　兼好は訪問によって生ずるロスをよく知っているから、他人からそのロスを被《こうむ》ることを極端に嫌い、また自分が他人にその害を及ぼしてはいけないことを固く心に期している。立場をかえて、来訪者を受け入れる側から言えば、互いに「同じ心に向かはまほしく思はん人」であれば、気持ちよく応対できる心の準備ができているのである。来客を好む者、嫌う者、人間の性癖《せいへき》の差は古今を通じてあるものだが、兼好はむしろ好んだ方に属するのではあるまいか。ただし、俗悪な用件での来訪はお断り――という条件づきで……。

58　ただ人ならぬ松下の禅尼

第百八十四段

　相模《さがみ》の守時頼《かみときより》の母は、松下《まつした》の禅尼《ぜんに》とぞ申しける。守を入れ申さるることありけるに、すすけたる明かり障子《さうじ》の破ればかりを、禅尼手づから小刀《こがたな》して切《き》り回しつつ張《は》られければ、兄《せうと》の城《じやう》の介義景《すけよしかげ》、その

通釈

　相模守時頼の母は松下の禅尼と申した。ある時、相模守を自分の家に招き入れ申されることがあった折に、すすけた明かり障子の破れたところだけを、禅尼が自ら手をくだして、小刀で一コマずつ切りとっては張られたところ、兄の城の介義景が、その日

日のけいめいして候ひけるが、「たまはりてなにがし男に張らせ候はん。さやうのことに心得たる者に候ふ」と申されければ、「その男、尼が細工によもまさりはべらじ」とて、なお一間づつ張られけるを、義景、「皆を張りかへ候はんははるかにたやすく候ふべし、まだらに候ふも見ぐるしくや」と重ねて申されければ、「尼も、後はさはさはと張りかへんと思へども、今日《けふ》ばかりはわざとかくてあるべきなり。物は破れたる所ばかりを修理《しゆり》して用ゐることぞと、若き人に見ならはせて心つけんためなり」と申されける。いとありがたかりけり。

世を治むる道、倹約を本とす。女性《によしやう》な

の設営のために奔走していたが、「(その仕事は)こちらにいただいて、なにがし男に張らせましょう。そういう仕事には得意な者でございます」と申されたところ、「その男もこの尼の細工に比べて、まさか上手なことはないでしょう」と言って、やはり一コマずつ張られたので、義景が「全体を張り替えます方が、はるかに手間がかからないでしょうし、(継ぎ張りのあとが)まだらになっておりますのも見苦しくはありませんか」と、重ねて申されたところ、「(実は)この尼も、後ではさっぱりと張り替えようとは思うが、今日だけは、わざわざこうしておく必要があるのです。どんな物でも破損した所だけを修理して用いるものだということを、若い人に見ならわせて注意を喚起せんがためなのです」と申された。まことに、世にも稀《まれ》な立派な配慮というべきである。

(そもそも)政治の要諦《ようてい》は倹約を本とする。(禅尼は)女性ながらも聖人の心に通じている。

れども聖人の心に通へり。天下を保つほどの人を子にて持たれける、まことにただ人にはあらざりけるとぞ。

天下を無事に治めていくほどの人物を、子としてお持ちになったのは、まことになみなみの人ではなかった証拠だと伝えられている。

語句

▼相模の守時頼　北条時頼。鎌倉幕府第五代の執権。一二六三（弘長三）年三十七歳で没。

▼松下の禅尼　秋田城の介景盛の娘、北条時氏に嫁し経時・時頼を生んだ。時氏が二十八歳で早世した後出家した。「禅尼」は仏門に入った女子をいう。禅門の対。

▼明かり障子　今の障子のこと。

▼城の介義景　「城の介」は〝秋田城の介〟で、秋田城にいて蝦夷を鎮める役に任じた。はじめ国守が任ぜられたが、後、介（次官）が兼任するようになってこの名がついた。

▼けいめいして　「けいめい」は〝経営〟の音の転じたものといわれる。骨を折って世話をする意。

▼なにがし男　この場合の「なにがし」は名を明示するに当たらぬほどの身分の低い者だから省略していったもの。「男」は身分の低い者の名の下に、親しみの気持ちをこめて添える語。

▼心つけん　「心つく」（カ・下二）は注意をうながす、警告する、の意。「ん」は意志の助動詞。

解説

松下の禅尼のエピソードに関する聞き書きである。文末に「女性なれども……」とあるので、これは女性蔑視だと見るムキもあるかもしれないが、男尊女卑の一般的な傾向の中にあって、〝聖人の心〟に通っていることへの最大の賛辞である。男性顔色なしの女丈夫の、為政者たるわが子への、適切かつ具体的な教訓を下した、女らしい細やかな配慮に対する、

文句なしの賛辞として「天下を保つほどの人を子にて持たれける、まことにただ人にはあらざりけるとぞ」と結んでいるが、子の時頼が優れていたから「天下を保つほどの人」になったのではなく、そういう人物に育てあげていった母親の教育の力を絶賛している。まことに松下の禅尼こそは、現代教育ママのかがみとなすべき偉大な存在である。

　松下の禅尼の倹約ぶりは、「その男、尼が細工によもまさりはべらじ」と言えるほどに、日常生活において徹底していたと思われるが、その倹約は吝嗇《りんしょく》家としての物惜しみでないことは、「後はさはさはと張りかへんと思へども」と言っている点でもわかるが、破れ障子の張り替えは、「世を治むる道、倹約を本とす」ということを、わが子に徹底させるための手段であった。兼好は隠遁《いんとん》者だから、政治問題に口出しのできる立場ではないが、そのことは日ごろ痛感していることなので、彼は日ごろのウップンが禅尼によって晴らされた思いで、この話を書き留めたにちがいない。

59 不堪か堪能か

第百八十七段

よろづの道の人、たとひ不堪《ふかん》なりといへども、堪能の非家《ひけ》の人にならぶ時、必ずまさることは、たゆみなくつつしみて軽々しくせぬと、ひとへに自由なるとの等しからぬなり。

芸能・所作《しょさ》のみにあらず。大方のふるまひ・心づかひも、愚かにしてつつしめるは得の本《もと》なり。巧みにしてほしきままなるは失の本なり。

通釈　どんな道に携っている人でも、その人がたとい不器用であるとしても、いくら器用でも非専門の人とならぶ時に、必ずまさっていることは、油断することなく常に注意を払って軽率な行動をしないのと、ひたすら自分の勝手気ままな行動がとれるのとの差によるものである。

（それは）芸能や職業に関して言えるだけではない。一般の行動や心構えに関しても、いくら愚鈍であっても、慎重にことに当たれば利益が得られるし、いくら器用であっても、自分勝手なやり方でことに当たれば損失を招く本となるのである。

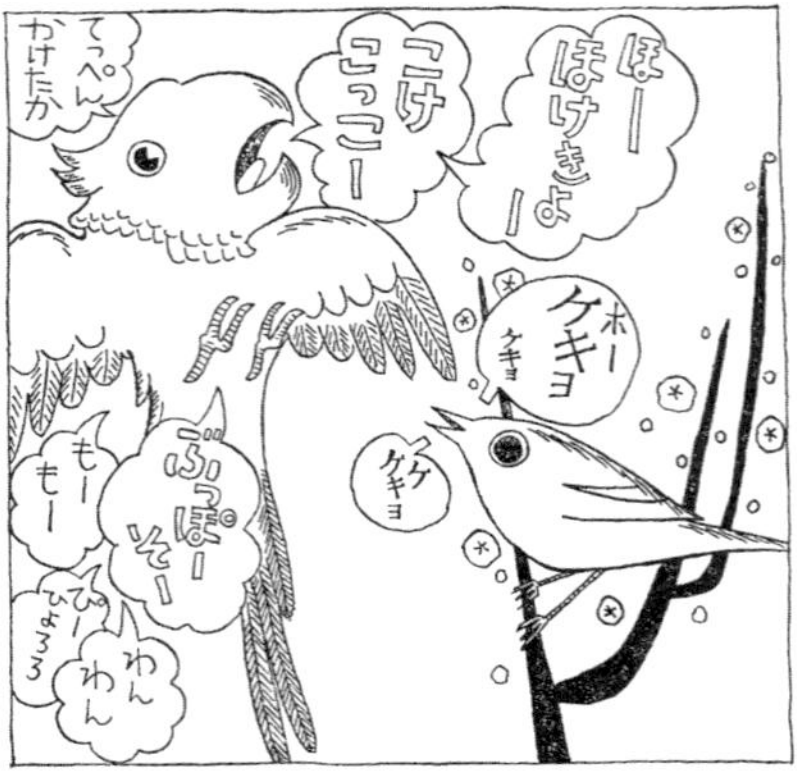

語句

▼**不堪** いくら努力しても物事が手際よくやれない状態をいう。「不堪なり」で形容動詞。〝堪能〟の対。

▼**堪能の非家の人** 「非家」はその道の専門家でないこと。生まれつき器用ではあるが専門として携わってはいない人。

▼**所作** 仕事、職業、の意。

解説

すぐ前の二つの段に、〝馬乗り〟の〝たゆみなくつつしみて軽々しくせぬ〟具体的な話をとり上げており、それの結論みたいになっている。この段を二つの話から切りはなして独立させたのは、〝馬乗り〟に限らず、〝芸能・所作〟のみにも限らず、〝大方のふるまひ・心づかひ〟におし広めて通用することだからである。

世の中の人間を〝堪能〟と〝不堪〟とに分類したら、どれ程の割合になるだろう。自分自身がそのどちらに入るのかを考えてみたら、よほどうぬぼれの強い人間でもない限り、自分は堪能の部類だとは言えまい。不堪の人間は常に堪能の下風に立たねばならぬことになるが、そういう先天的な格差をこえて、〝よろづの道〟における人間の値打ちのきめてを、「たゆみなくつつしみて軽々しくせぬ」と「ひとへに自由なる」とにおいた。〝堪能〟にして〝軽々しくせぬ〟のは最高で神様みたいなもの。そこまではいかないでも、〝不堪〟は〝軽々しくせぬ〟態度を守る限り、〝堪能〟の〝自由なる〟ものにひけを取らないでやっていける。学問でも芸能でも、その他どんなことでも……。生きる希望のかき立てられる段である。

60 第一のことを案じ定めて

第百八十八段

ある者、子を法師になして、「学問して因果の理《ことわり》をも知り、説経《せつきやう》などして世渡るたづきともせよ」といひければ、教へのままに説経師にならんために、先《ま》づ馬に乗り習いけり。輿《こし》・車はもたぬ身の、

通釈 ある者が（自分の）子を法師にして、「学問をして因果応報の道理をわきまえ、説経などをして世渡りの手段になりともせよ」と言ったので、（親の）教えに従って、説経師になろうとする目的で、先ずはじめに乗馬の練習をはじめた。（自家用の）輿も車も持

導師に請《しやう》ぜられん時、馬など迎《むか》へにおこせたらんに、桃尻《ももじり》にて落ちなんは心憂《う》かるべしと思ひけり。次に、仏事《ぶつじ》の後《のち》酒など勧むることあらんに、法師の無下《むげ》に能なきは檀那《だんな》すさまじく思ふべしとて、早《さう》歌《か》といふことを習ひけり。二つのわざやうやう境に入りければ、いよいよよくしたく覚えて嗜《たしな》みけるほどに、説経習ふべき隙《ひま》なくて年よりにけり。

この法師のみにもあらず、世間の人、なべてこのことあり。若きほどは、諸事につけて身を立て、大きなる道をも成《じやう》じ、能をもつき学問をもせんと、行く末久しくあらますことども心にはかけながら、世を長閑《のどか》に思ひて打ち怠りつつ、先《ま》づさ

たぬ身が、導師として招かれたような時、馬などを迎えによこしてきたとしたら、桃尻で落ちるようなことがあれば、情けないだろうと思った（からである）。次に、法事のあとで酒など勧めることもあろうが、そんな時に法師がまるで無芸なのも、施主が興ざめに思うだろうと考えて、早歌というものを習った。二つのわざがしだいにものになってきたので、ますます立派にしたいと思って稽古を重ねていくうちに、（肝心の）説経を習得するはずの時間がなくて、（そのまま）年をとってしまった。

この法師だけに限らず、世間の人を見ると、例外なしにこれと同じことをやっている。若いうちは各方面にわたって、立身出世をして、偉大な仕事を完成したり、芸能を身につけたり、学問をもやりとげたりもしようと、長い将来に向かっていろいろと夢をえがいた計画の数々を心にはかけながら、自分の一生をのんびりしたものと考えて怠りがちになり、先ず目の前にさ

しあたりたる日の前のことにのみまぎれて月日を送れば、ことごとなすことなくして身は老いぬ。終《つひ》に物の上手にもならず、思ひしやうに身をも持たず。悔ゆれども取り返さるる齢《よはひ》ならねば、走りて坂を下る輪のごとくに衰へゆく。

されば、一生のうち、むねとあらまほしからんことの中に、いづれかまさるとよく思ひくらべて、第一のことを案じ定めて、その外は思ひすてて一事《いちじ》をはげむべし。一日の中《うち》、一時の中にも、あまたのことの来たらんなかに、少しも益のまさらんことをいとなみて、その外をばうちすてて大事を急ぐべきなり。何方《いづかた》をも捨てじと心にとり持ちては一事も成るべ

し当たった事にだけ努力を払って月日を送ることになるので、どの事も一事として成就することがないままに、わが身は年老いてしまう。結局ものの上手にもならず、予想通りの富裕な暮らしもできない。いくら後悔したところで、取り返しのきく年齢ではないから、走って坂をころがり落ちる輪のように、（たちまちのうちに）衰弱してゆく。

そういうわけだから、一生のうちに、何はさしおいてもこれだけは実現したいと思ういくつかの事の中で、どれがまさっているかと十分に考え合わせてみて、第一の事を考え定めて、それ以外には目をつむって、その一事に全力を集中しなければいけない。一日の中、あるいは一時の中にでも、多くの事が起こってくるだろうが、その中で少しでもプラスになる率の大きいことに力を注ぎ、その外のことには取り合わず、いちばん大事なことを急いでやらなければいけない。あれもこれも捨てまいと執着していては、

からず。
例へば、碁を打つ人、一手《ひとて》も徒《いたづ》らにせず、人に先《さき》だちて、小を捨て大につくがごとし。それにとりて、三つの石をすてて十の石につくことは易《やす》し。十を捨てて十一につくことはかたし。一つなりともまさらんかたへこそつくべきを、十までなりぬればをしく覚えて、多くまさらぬ石には換へにくし。これをも捨てずかれをも取らんと思ふ心に、かれをも得《え》ずこれをも失ふべき道なり。

一つの事も成就するはずがない。
例をあげてみよう。碁を打つ人が一手もゆるがせにせず、人に先んじて、小の石を捨てて大の石を生かす工夫をするようなものである。そのことについてさらに言えば、三つの石を捨てて十の石を生かすことはたやすい。（しかし）十の石を捨てて十一の石を生かすことはやりにくい。（たとい）一つだけであっても、まさっている方を生かそうとするのが当然なのに、十までになっているのだから捨てるのが惜しくなって、あまり多くはまさらぬ石とはとりかえにくい。これも捨てずあれも取ろうと思う心がもとで、あれも手に入らずこれも失うという、当然の結果となるのである。

語句

▼**因果の理**　仏教で説く因果応報の道理。則ち、善因には善果が、悪因には悪果があること。

▼**説経**　経文の意味をわかりやすく説き聞かせること。第六十段（一三〇ページ）の「談義」と同じ。

▼**世渡るたづき**　生活していくためのよりどころ。生計を維持するための手段。

▼**導師**　法事の時、衆僧の主となって事を行う僧。

▼**おこせたらんに**　「おこす」〈サ・下二〉はこちらへ送ってくる意。「ん」はこの場合は仮定を表し、……トシタラ、の意。次の「勧むることあらんに」と並ぶ。
▼**桃尻**　乗馬の術が下手で、尻が鞍に安定せぬこと。桃の実のすわりの悪いことからいう。

▼**落ちなんは**　「な」は完了の助動詞の未然形で強意。「ん」は仮定の意。
▼**無下に能なきは**　「無下に」は打ち消しを伴って、全然、まるで、の意の副詞。
▼**檀那**　梵語で施主の意。寺のために金品の寄進をする信者を僧の側からいう語。
▼**早歌**　鎌倉時代に流行した歌謡で宴席などで歌われた。
▼**嗜みけるほどに**　「嗜む」はそのことに深い興味と関心を持って精を出す意。
▼**能をもつき**　「能」は〝学問〟に対して芸能、技芸、の意。「つく」〈カ・四〉は他動詞。
▼**ことごとなすことなくして**　「ことごと」は〝ごと〟の複数。『白氏文集』に「事事無成身老也」〈事々成ス無ク身ハ老イヌ〉とある。
▼**身をも持たず**　「身を持つ」は生活を維持する意。「思ひしやうに」とあるので、予想通りの富裕な暮らしをすることの意。
▼**走りて坂を下る輪のごとくに**　進行速度の速いことのたとえ。

京にすむ人、いそぎて東山に用ありて既に行きつきたりとも、西山に行きてその益《やく》まさるべきことを思ひ得《え》たらば、門《かど》より帰りて西山に行くべきなり。ここまで来つきぬれば、このことをば先《ま》づいひてん。日をささぬことなれば、西山のことは帰りてまたこそ思ひ立ためと思ふ故に、一時の懈怠《けだい》、即《すなは》ち一生の懈怠となる。これを恐るべし。

一事を必ずなさんと思はば、他のことの破るるをもいたむべからず。人の嘲《あざけ》りをも恥づべからず。万事にかへずしては一《いっ》の大事成るべからず。人のあまたありける中にて、ある者、「ますほのすすき、まそほのすすきなどいふことあり。わた

通釈

京に住んでいる人が、急のことで東山に用があって、既に行きついていたとしても、西山に行った方がその利益が大きいはずだということを思いついたら、門口から引き返して西山へ行って当然である。（せっかく）ここまでやって来たのだから、この事を先ず言っておこう。日を指定していない事だから、西山の事は（東山の用事をすませて）、帰ってから改めてとりかかることにしようと思うものだから、（こういう）一時の怠りがとりもなおさず一生の怠りとなる。この点を恐れなければいけない。

一つの事を絶対にやりとげようと思うなら、その他の事がだめになることを嘆いてはいけない。人からいくら嘲笑されても恥じてはいけない。万事を犠牲にしなくては、一つの大事は成就できるはずがない。人が大ぜい集まっていた中で、ある者が「〝ますほのすすき〟とか〝まそほのすすき〟とかいうことがある。わたのべ

のべの聖、このことを伝へ知りたり」と語りけるを、登蓮法師《とうれんほふし》、その座にはべりけるが聞きて、雨のふりけるに、「蓑《みの》・かさやある、貸し給へ。かのすすきのこと習《なら》ひに、わたのべの聖のがり尋ねまからん」といひけるを、「あまりに物さわがし。雨やみてこそ」と人のいひければ、「無下のことをも仰《おほ》せらるるものかな。人の命は、雨のはれ間をもまつものかは。我も死に、聖も失《う》せなば、尋ね聞きてんや」とて、走り出でて行きつつ、習ひはべりにけりと申し伝へたるこそ、ゆゆしくありがたう覚ゆれ。「敏き時は則ち功《と》あり」とぞ、論語といふ文にもはべるなる。このすすきをいぶかしく思ひけるや

に住む聖が、この事についての伝授を受けてよく知っている」と語ったのを、登蓮法師が（たまたま）その座に居合わせていたのですが、聞いて、（ちょうど）雨が降っていたもので、「蓑笠がありますか。お貸しください。あの薄のことを習いに、わたのべの聖のもとへ尋ねて参りたいと思います」と言ったのを、「（それでは）あまりにせっかちというものだ。雨がやんでから（にすればいいではないか）」と人々が言ったところ、「とんでもないことをおっしゃるものですね。人の命は雨のはれ間を待っていてくれたりはしません。私も死に、聖もなくなったら、尋ね聞くわけにはいかないでしょう」と言って、かけ出して行って習ってきましたと語り伝えているのは、まことに立派なたぐいまれな話だと思われる。「（何事も）機敏にとりかかるときは、仕事の実績があがるものだ」と、『論語』という書物にも書かれているそうです。（登蓮法師が）このすすきのことに不審をいだ

うに、一大事《いちだいじ》の因縁《いんねん》をぞ思《おも》ふべかりける。

い（てすぐに尋ねに行っ）たように、悟りの道に入ってゆくきっかけをつかもうと、心がけなければいけないのである。

語句

▼**いそぎて東山に用ありて**　東山に急ぎの用があって、の意。「いそぎて」はさしせまって、の意で「ありて」にかかる。

▼**まさるべきこと**　「べき」は当然の助動詞。まさるにきまったこと。

▼**思ひ得たらば**　「思ひ得」で複合動詞〈ア・下二〉。考えつく、さとる。

▼**いひてん**　「て」は完了が強意に転じた用法。「ん」は意志の助動詞。ドウシテモ言ッテオコウ、の意。

▼**懈怠**　なまけること。前出九十二段。

▼**いたむべからず**　「べからず」は禁止の意。

▼**成るべからず**　ここの「べからず」は当然の打ち消し。ハズガナイ、の意。

▼**ますほのすすき**　穂の赤みを帯びた薄。「ますほ」は「まそほ」の転じたもので、結局は同じものである。

▼**わたのべの聖**　「わたのべ」は地名であろう。大阪市東区に〝渡辺橋〟がある。

▼**登蓮法師**　歌僧、伝不詳。

▼**蓑・かさやある**　「や」は疑問の係助詞。

▼**聖のがり**　「がり」はその人のいる所を表す語で形式名詞と考えてよい。

▼**尋ねまからん**　「まかる」はこの場合〝行く〟の謙譲語として用いられている。

▼**雨やみてこそ**　下に「行きたまへ」の省略があり、強めた言い方。

▼**無下のこと**　「無下」はこれより下が無いことで、最低、最悪、の意。

▼**まつものかは**　「かは」は反語の係助詞の終止用法。待つものではない。

▼**失せなば**　「な」は完了の助動詞の強意用法。

▼**ゆゆしくありがたう**　「ゆゆし」は善悪に限らず

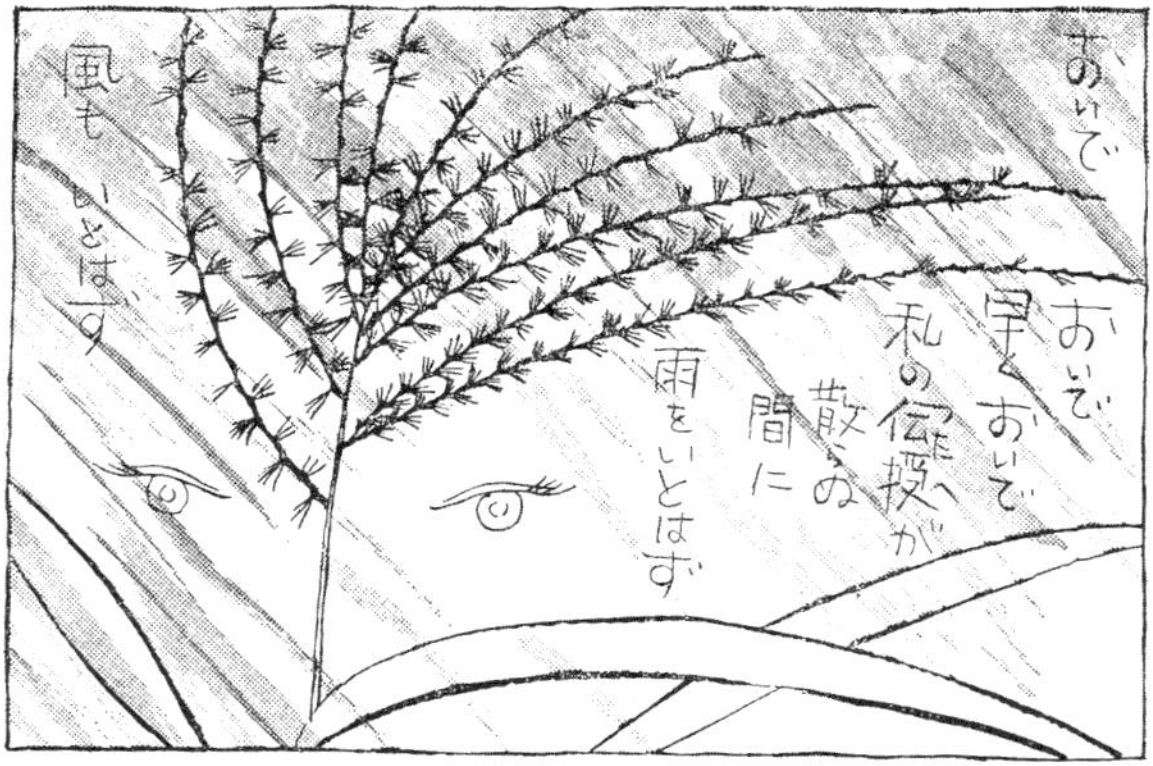

程度の甚だしいことを表す形容詞。

▼一大事の因縁 「一大事」は仏道に入って悟りを開くこと。「因縁」は物事がこのように展開してきた根源をいう。

解説 無常観にもとづいた兼好の人生観を根本に据《す》えた教誡で、この種の文章としては『徒然草』中の白眉としてよい。実にユニークな例話をとり上げ、これを手がかりとして教誡を加え、自分の言いたい中心思想、「第一のことを案じ定めて、その外は思ひすてて一事をはげむべし」に、ぴたりと焦点を当てていく手法が自然で、強い説得力をもっている。

この段は六つの段落から構成されているが、例話に教誡を加えるという形で中心思想を強調するという点では、第三段落までで事は足りている。それにさらに例話プラス教誡という同じ構成で、三つの話を添えて主旨の徹底を期している。そうして、すべてを捨てても守り通さねばならぬ一事とは何か。それは兼好にとっては一大事の因縁を思うべき事なのであった。これが言いたいために、第二、第三の例話から第四に及んだ。

「一大事の因縁」とは、わかりやすく言えば、〝どうすれば仏教の悟りの道にはいっていけるか〟というほどの意味である。兼好は仏道者だから、兼好にとっての第一の事はそれで当然だろうが、今の私たちにとっても、そうでなければならないとすれば、狭量にすぎるだろう。私たちには私たちにとっての第一の事があるはずだし、社会機構が複雑になればなるほど、人それぞれの第一の事も多岐にわたるはずである。兼好を今の世に呼び戻してみたら何と言うであろうか、興味深い。

61　かねてのあらまし

第百八十九段

今日はそのことをなさんと思へど、あらぬ急ぎ先《ま》づ出で来てまぎれ暮らし、待つ人はさはりありて、頼めぬ人は来たり、頼みたる方のことは違《たが》ひて、思ひよらぬ道ばかりはかなひぬ。わづらはしかりつ

通釈

今日はその事をしようと思っていても、別の急用が先に起こってきて、（その事に）とりまぎれて暮らすことになったり、待っている人はさしつかえがあって、当てにしていない人が訪ねて来てみたり、当てにしていた方面の事はうまくいかず、当てにもして

ることはことなくて、やすかるべきことはいと心ぐるし。日々に過ぎ行くさま、かねて思ひつるには似ず。一年《ひととせ》の中《うち》もかくのごとし。一生の間もまたしかなり。かねてのあらまし、皆違ひゆくかと思ふに、おのづから違はぬこともあれば、いよいよ物は定めがたし。不定《ふぢやう》と心得ぬるのみまことにて違はず。

いなかった事が、案外すらすらと運んでいったりする。面倒だと思っていた事は、〝案ずるより生むがやすし〟という結果となり、たやすく運ぶと思っていた事は、実に煩わしく困難な問題をひき起こすことになったりする。（すべてのことは〝いすかのはし〟とくいちがって）日々に事の経過してゆくありさまは、予想とはまるで違ったものとなる。一年を通じてもこの通りであるし、一生の間を考えても同様である。（それでは）前もって立てておいた計画が、どれもみな外れてしまうかと思うと、まれには予想通りに運ぶこともあるので、いよいよ物事は（こういう結果になると）定められない。（結局すべては）不定と観念しておくことだけが、絶対にゆるがぬところである。

語句

▼**あらぬ急ぎ**　「あらぬ」は予想外の、不意の、の意の連体詞。

▼**頼みたる方**　あてにしていた方面。「頼む」〈マ・四〉は自分が頼りにする、期待をもつ意。

▼**あらまし**　計画、予定。

▼**おのづから**　まれに、の意の副詞。

解説

皮肉な言い方になって申しわけないが、この段を読んでいるとまるで天気予報を聞いているような気がしないでもない。世の中のことみんなそんなものだが、予想が予想通りに運んでゆくこともちろんあるわけで、パーセンテージからいけばその方が高いだろうが、予想外れの方が印象に強く残るから、こちらのパーセンテージの方が高いような気になることだろう。そういう〝あて〟と〝あて外れ〟を対応させて対句仕立てにし、日々も一年も一生も同じことだと畳み重ねておいて、「おのづから違はぬこともあれば……」と肩すかしをくわせて、「不定と心得ぬるのみまことにて違はず」と結ぶ。〝不定〟であるということだけが〝定〟だとして、無常の一面を強調したのである。

62 達人の人を見る眼

第百九十四段

達人の人を見る眼《まなこ》は少しも誤るところあるべからず。

たとへば、ある人の、世にそらごとを構《かま》へ出《いだ》して人を謀《はか》ることあらんに、すなほにまことと思ひて、いふままに謀らるる人あり。あまりに深く信をおこして、なほわづらはしくそらごとを心得《こころえ》そふる人あり。また、何としも思はで、心をつけぬ人あり。また、いささか覚束《おぼつか》なく覚えて、頼むにもあらず頼まずもあらで、案じゐたる人あり。また、まことしくは覚えねども、人のいふことなれば、さも

通釈

洞察力のすぐれた人が人間を見ぬく判断力は、少しの狂いがあるとも考えられない。

たとえば、ある人が世間にデマを流して、人をだまそうとする謀略をめぐらしたと仮定してみると、すなおに事実だと思って、言うままにだまされてしまう人がある。あまりにも深く信用してしまって、聞いた以上にごてごてと自分勝手な解釈を加えて、デマの上塗りをする人がある。（そうかと思うと）また、別に何とも思わずに（まるっきり）関心を示さぬ人もある。また、少々あやしいなと小首をかしげながら、信ずるでもなく信じないわけでもなく、思案にふけっている人もある。また、ほんとうらしいとは思わないのに、人の言うことだからその通

あらんとてやみぬる人もあり。また、さまざまに推《すゐ》し心得たるよしして、賢げにうちうなづき、ほほ笑みてゐたれど、つやつや知らぬ人あり。また、推《すゐ》し出だして、「あはれ、さるめり」と思ひながら、なほ誤りもこそあれとあやしむ人あり。また、異なるやうもなかりけりと、手をうちて笑ふ人あり。また、心得たれども知れりともいはず、覚束《おぼつか》なからぬはとかくのことなく、知らぬ人と同じやうにて過ぐる人あり。また、このそらごとの本意《ほい》をはじめより心得て、少しもあざむかず、構《かま》へ出したる人と同じ心になりて、力をあはする人あり。

愚者の中の戯《たはぶ》れだに、知りたる人の前

りなんだろうと思って、そのまま聞き流してしまう人もある。また、ああでもないこうでもないと推理をはたらかせ、自分なりにすべてのみこんでいるというふうで、もっともらしくうちうなずき、ほほ笑んではいるけれども、まるっきり何もわかっていない人がある。また推理したあげく、「ああ、こういうことらしい」と思いながら、それでもなお誤りがあるかもしれないと、不安に思っている人がある。また、別にかわったこともないではないかと、手を打って笑う人もある。また（それがデマだと）わかっているくせに、わかっているとは言わず、はっきりとわかっている点については何も発言することなく、何も知らぬ人と同じ素振りで過ごす人がある。また、このデマを作り出した目的をはじめから承知の上で、それを全然バラそうともせず、デマを作り出した人に同調して、（デマの流布に）協力する人もある。

愚者の間のこうしたたわむれごとについても、

にては、このさまざまの得《え》たるところ、詞《ことば》にても顔にても、かくれなく知られぬべし。まして、あきらかならん人のまどへる我等を見んこと、掌《たなごころ》の上の物を見んがごとし。ただし、かやうの推《お》し測りにて、仏法までをなずらへいふべきにはあらず。

（事の真相の）よくわかった人の前では、以上に述べたような種々の受けとめ方が、そのもの言いからも、表情の動きからも、明らかに見すかされてしまうにちがいない。ましてや、洞察力のすぐれた人が、迷妄の泥沼にあがいている我らの実態を見定めることは、掌の上の物を見るようにすべてが暴露されてしまうだろう。ただし、以上に示したデマに対する推測のしかたを、仏法（で説く方便）にまで及ぼして論じてよいというわけのものではない。

語句

▼達人　後出の「あきらかならん人」と同意で、物の道理に通じた人、洞察力のすぐれた人、の意。

▼つやつや　打ち消しを伴い、全く、少しも、の意の副詞。

▼仏法　ここは仏法の方便説をさしている。「方便」とは仏が衆生を救うための便宜上の手段ということで、これは世俗の虚言と同一視すべきではないとした。

解説

この段の冒頭の一文「達人の人を見る眼は少しも誤るところあるべからず」は、明らかに前段の冒頭「くらき人の人をはかりてその智を知れりと思はん、さらに当たるべからず」を意識して書かれている。そうしてこの段では、そのような〝くらき人〟が〝人をはかる〟場合を想定し、それを受ける側の、十人十色の受容態度を書き分け、こういう種々相が、物のわかった人の前では明らかに見通されてしまうことを述べた。そうしておいて、さらに〝あきらかならん人〟の前に出ては、われらの迷妄の相は底の底まで見すかされてしまうというのである。

そこで、この段に用いられた「達人」「知りたる人」「あきらかならん人」の格付けをどのように考えたらよかろう。先ず、「知りたる人」の前では、ここに述べた十人十色の種々相が、微妙なものの言いぶりや表情の動きからでも見すかされると言い、「あきらかならん人」には、われら凡俗の迷妄のさまが掌上のものを指すように指摘されるというのだから、「〝あきらかならん人〟＞〝知りたる人〟」という不等式の成り立つことは明らかである。次に、「達人」という語は、冒頭にこの段を総括する一文中に用いられており、「達人の人を見る眼は（イカナル現象ニ対シテデモ）少しも誤るところあるべからず」と考えられるから、この段に関する限り「〝達人〟＝〝あきらかならん人〟」の等式が成り立つと考えられる。

ここで十人十色のそらごと受容の態度を箇条書きにしてみよう。

①すなほにまことと思ひて、いふままに謀らるる人〈単純型〉
②あまりに深く信をおこして、なほわづらはしくそらごとを心得そふる人〈軽率型〉
③何としも思はで、心をつけぬ人〈無関心型〉
④いささか覚束なく覚えて、頼むにもあらず頼まずもあらで、案じゐたる人〈優柔不断型〉
⑤まことしくは覚えねども、人のいふことなれば、さもあらんとてやみぬる人〈物臭《ものぐさ》型〉

⑥さまざまに推し心得たるよしして、賢げにうちうなづき、ほほ笑みてゐたれど、つやつや知らぬ人〈知ったかぶり型〉

⑦推し出だして「あはれ、さるめり」と思ひながら、なほ誤りもこそあれとあやしむ人〈慎重型〉

⑧異なるやうもなかりけりと、手をうちて笑ふ人〈楽天型〉

⑨心得たれども知れりともいはず、覚束なからぬはとかくのことなく、知らぬ人と同じやうにて過ぐる人〈黙秘型〉

⑩そらごとの本意をはじめより心得て、少しもあざむかず、構へ出したる人と同じ心になりて、力をあはする人〈お先棒型〉

まずはじめに、自分自身はどの型に属するかから考えてみるといい。

63 最明寺の入道

第二百十五段

平《たひら》の宣時朝臣《のぶときあつそん》、老いののち、昔語《むかしがた》りに、「最明寺《さいみやうじ》の入道《にふだう》、あるよひの間《ま》に呼ばるることありしに、『やがて』と申しながら、直垂《ひたたれ》のなくてとかくせしほどに、また使ひ来たりて、『直垂などの候《さうら》はぬにや。夜《よる》なれば異様《ことやう》なりとも疾《と》く』とありしかば、なえたる直垂、うちうちのままにてまかりたりしに、銚子《てうし》に土器《かはらけ》とりそへて持ていでて、『この酒をひとりたうべんがさうざうしければ申しつるなり。肴《さかな》こそなけれ。人は静まりぬらん。さりぬべき物やあると、いづくまでも求めた

通釈

平の宣時朝臣が老後の昔話に、「最明寺の入道が、ある（夜、まだ）宵のうちに（私を）お召しになることがあったが、『早速……』と申し上げはしたものの、（着て出られるような）直垂がなくてぐずぐずしていたところ、また使いの者が来て、『直垂などがないためでしょうか。夜のことだからどんな服装でもいいからすぐに……』ということだったので、よれよれの直垂を着て、そういう不断着のままでおうかがいしたところ、（入道は）銚子に土器をとり添えて持って出てきて、『この酒を一人で飲むというのももの足りないからお呼びしたのです。（ところが）肴が何もないのだ。家の者はもう寝静まっていよう。何か適当なものがあるかどうか、（あなたが行って）

まへ』とありしかば、紙燭《しそく》さしてくまくまを求めしほどに、台所の棚に、小土器に味噌《みそ》の少しつきたるを見出でて、『これぞ求め得《え》て候ふ』と申ししかば、『こと足りなん』とて、心よく数献《すこん》に及びて興にいられはべりき。その世にはかくこそはべりしか」と申されき。

どこまでも探してきてくださいよ』と仰せられたので、紙燭をともしてあちこち探しまわったところ、台所の棚に小土器に味噌が少々ついたのを見つけ出して、『やっとこれを見つけ出してきました』と申し上げたところ、『十分だろう』とおっしゃって、気持ちよく数献を重ねていいご機嫌になられました。その当時には、（何事も）こんな風だったのですよ」と話して聞かされた。

語句

▼**平の宣時朝臣**　大仏宣時、一三二三（元亨三）年八十六歳で没。「朝臣」は当時はアッソンと訓《よ》み、名の下に添えた尊称。

▼**最明寺の入道**　北条時頼、百八十四段に「相模の守時頼」として既出。

▼**直垂**　衣服の一種、当時は武士の平服であった。「直垂のなくて」とは、目上の人の前に着て出られるようなのがなかったということ。

▼**なえたる直垂**　「なゆ」〈ヤ・下二〉は衣服などが着古してくたくたになる意。

▼**銚子**　酒を注ぐための器で長い柄のついたもの。

▼**土器**　素焼きの盃。

▼**たうべんが**　「食うぶ」〈バ・下二〉は飲む、食う、の丁寧語。

▼**さうざうしければ**　「さうざうし」は望ましい状態が得られないもの足りなさの気持ちをいう。さびしくものたりない。

▼**肴**　〝酒菜〟の意、酒を飲む時の副食物。

▼**さりぬべき物**　「さり」〈ラ変〉「ぬ」完了→強意、「べし」推量の助動詞。適当なもの。

▼**紙燭** 松の木を細長く五〇センチほどの長さにけずり、先をこがしてそこに油を塗り、もとを紙屋紙で左巻きにして、先に点火して用いた照明具。
▼**数献** 盃で三杯飲むのを一献といい、これを数回くり返したこと。

解説

兼好が平宣時朝臣から直接聞いた話を筆録したものである。最明寺入道は北条時頼で、第百八十四段で見たように、その母松下の禅尼の倹約教育によって育てられた人である。この段を読むと、その教育がいかにも徹底したものであったことがわかるが、その倹約ぶりは、コワイ母親の目が光っているから仕方なしというようなものではなく、長年の生活習慣が身についたものとなり、そういうつつましさが、時頼のもって生まれた性情とぴったり調和して生じた人柄のように思われる。それは、すさまじい精神修養の結果、到達し得た悟道の境地などという大げさなものでなく、自然にはぐくまれたおだやかな境地だからこそ、読んでいる今の時代の私たちの心にも、ほのぼのとした暖かさが伝わってくるのである。

その暖かさは、とりもなおさず〝思いやりの心〟というものである。この段に見られる時頼の宣時に対し、あるいは召使いの〝人〟に対する細やかな配慮は、常に他に対する〝思いやりの心〟をもっているあらわれであり、こういう心から天下万民に対する時、きめこまやかな善政がとり行えるのである。

宣時が「その世にはかくこそはべりしか」と嘆じているのは、今の世相あるいは政治への不満があるからで、これは単なる老いの繰り言とばかりは言えまい。昔をなつかしみ今を嘆く思いは、いつの時代にもついて回るものだが、一人の時頼が存在するなら、今の政治ももっともっと見るべき成果が上がっていたろうと思うのは、私ひとりではあるまい。

64　大福長者の教へ　第二百十七段

ある大福長者《だいふくちやうじや》のいはく、「人はよろづをさしおきて、ひたふるに徳をつくべきなり。まづしくては生けるかひなし。とめるのみを人とす。徳をつかんと思はば、すべからく、まづその心づ

通釈　ある大福長者がいうことには、「人はあらゆる欲望をおさえて、ただひとすじに金儲けに専念しなければいけないのだ。貧乏では生きている甲斐《かい》がない。金持ちの人だけがまともな人間なのだ。金をつかもうと思うなら、当然、まずその心構えを練磨しなければいけない。

かひを修行《しゆぎやう》すべし。その心といふは、他のことにあらず。人間常住《じやうぢう》の思ひに住して、かりにも無常を観《くわん》ずることなかれ。これ第一の用心なり。次に、万事の用をかなふべからず。人の世にある、自他につけて所願《しよぐわん》無量なり。欲に随《したが》ひて志を遂げんと思はば、百万の銭《ぜに》ありといふとも、暫くも住すべからず。所願はやむ時なし。財《たから》は尽《つ》くる期《ご》あり。限りある財をもちて、かぎりなき願ひに随ふこと、得べからず。所願心にきざすことあらば、我をほろぼすべき悪念来たれりと、かたく慎しみおそれて小要《せうえう》をもなすべからず。次に、銭を奴《やつこ》のごとくしてつかひ用ゐる物としらば、

その心構えというのは外でもない。人間界は永遠不変なものだという信念をかためて、かりそめにも無常観をいだくことがあってはいけない。これが第一の心構えである。次に、どんな用事があってもそれをかなえてはいけない。人が生活を続けていく上には、自分のこと他人のことに関して、やりたいことがいくらでもある。欲にまかせて目的をとげようと思ったら、たとい百万金の銭があったところで、すぐになくなってしまうだろう。欲にはきりがない。（それに反して）財貨にはなくなる時がある。限度のある財貨を当てにして、無限の欲望を満たそうとしても、それは不可能である。（だから）欲望が頭をもたげてくるようなことがあったら、自分を破滅させようとする悪念がおそってきたと、あくまでも慎重にかまえ、小心翼々として、どんな小さな用事にも絶対に手を出してはいけない。次に、銭を家僕のように考えて、（意のままに）使い用いるものと考えたら、いつまでたっても貧苦から抜け出すことはできな

ながく貧苦をまぬかるべからず。君のごとく神のごとく恐れたふとみて、従へ用ゐることなかれ。次に、恥に臨むといふとも怒り恨《うら》むることなかれ。次に、正直にして約をかたくすべし。この義をまぼりて利をもとめん人は、富の来たること、火のかわけるに就《つ》き、水のくだれるに従ふがごとくなるべし。銭つもりて尽きざる時は、宴飲声色《えんいんせいしよく》をことゝせず、居所《きよしよ》をかざらず、所願を成《じやう》ぜざれども、心とこしなへに安くたのし」と申しき。

そもそも人は、所願を成ぜんがために財を求む。銭を財とすることは、願ひをかなふるが故なり。所願あれども

い。(だから、銭を)君主に仕えるがごとく、また、神を祀《まつ》るがごとくに畏敬し崇拝して、わが意のままに従え用いるようなことがあってはならぬ。次に、(金銭上のことで)恥をかくような羽目に陥っても、怒ったり恨んだりするようなことがあってはならぬ。次に、正直一途にして約束は固く守らなければいけない。以上述べてきた条項を厳守して利益をあげようとする人は、富のやってくることが、まるで火が乾いたものに燃え広がり、水が低い方へ流れ下っていくようないきおいであろう。銭がつきることなくどんどんたまっていく時は、美味美酒を口にせず、美声を耳にせず、美色を追求しようとせず、住居を飾ろうとせず、もろもろの欲望を満たそうとはしないでも、心は永遠に安らかで楽しい」と申した。

だいたい人間というものは、欲望を果たそうとするために財貨を求めるのである。金銭を財貨(の第一)と考えるのは、あらゆる欲望を満たしてくれるからである。(それに)欲望が生じても

かなへず。銭あれども用ゐざらんは、全く貧者とおなじ。何をか楽しびとせん。このおきては、ただ人間の望みをたちて、貧を憂ふべからずときこえたり。欲を成じてたのしびとせんよりは、しかじ、財なからんには。癰《よう》・疽《そ》を病む者、水に洗ひてたのしびとせんよりは、病まざらんにはしかじ。ここにいたりては貧富分くところなし。究竟《くきやう》は理即《りそく》にひとし。大欲は無欲に似たり。

これを満たすことなく、金銭を蓄えても用いないでいるというようなことでは、全く貧乏人とかわるところがない。何の楽しみもないはずである。（してみれば）この大福長者の述べた（所願をかなえず、銭を用いずの）禁令（の真意）は、ただ人間としての欲望をたち切って、貧乏生活を嘆かないようにしなければいけないということだと理解される。（財貨を得たいという）欲望を満たして（銭をためこみ、それを用いることなくして）心の安楽を得ようとするよりは、はじめから財貨を持たない（で、清貧に甘んじている）方がよほど気が利いているだろう。たとえば癰や疽を患っている者が、患部を水で洗ってその気持ちよさを喜んだりするのよりは、はじめから病気にかからないでいるのにこしたことはない。ここまで考えてくると、（金がなくて使えぬ）貧乏人も、（金があっても使わぬ）金持ちもかわるところがない。仏教でいう悟りの境地（即ち究竟）も、迷妄の境地（即ち理即）も等しいことになるし、大欲も無

一欲と変わるところはない。

語句

▼大福長者　「大福」は大いに富んで福の多いこと、「長者」は財産家のこと。大金持ち。**▼すべからく**　漢文訓読用語で〝べし〟を伴う。なすべきこととして当然、の意。**▼常住の思ひ**　「常住」は無常の対。常にとどまる、の意、永久不変。**▼小要**　些《さ》細《さい》な必要事。**▼奴のごとくして**　「奴」はしもべ、召し使い。〝奴のごとく〟するとは、自分の意のままにしもべを使うように、金銭を使い散ずること。**▼まぼりて**　〝まもりて〟と同じ。**▼このおきて**　「所願あれどもかなへず。銭あれども用ゐざらん」おきてを指す。「おきて」はとりきめ。この大福長者の定めた蓄財法のこと。**▼癰・疽**　いずれも悪性のできもの。**▼究竟は理即にひとし**　天台宗で悟りに到達する六つの段階の初位を「理即」といい、最高位を「究竟即」という。理即は仏道に入りながらも迷妄を脱していない境地であり、究竟即はあらゆる迷妄を離脱して悟りを得た境地をいう。

解説

人間が生きている限り〝衣・食・住〟の経済生活と切り離すことはできず、より豊かな衣食住を願うのも自然のなりゆきであり、従って金銭に対する関心の高まるのも当然である。蓄財の近道は商業で、当時すでに〝大福長者〟と呼ばれる人々のいたことがわかるが、その人たちの致富の要道が、江戸元禄の花形井原西鶴の、『日本永代蔵』に述べられた致富論と相通じているのも興味深い。

ある大福長者の致富論を箇条書きにすると、

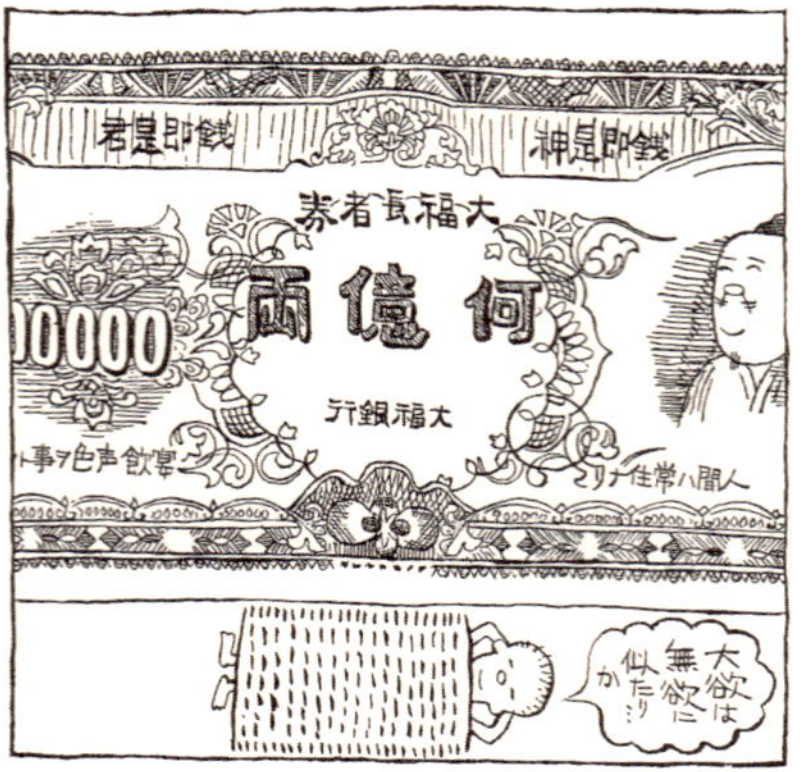

①無常を観ずることなかれ〈第一の用心〉
②万事の用をかなふべからず〈所願は悪念〉
③銭を神のごとく恐れたふとべ〈拝金思想〉
④恥に臨むといふとも怒り恨むることなかれ〈忍耐〉
⑤正直にして約をかたくすべし〈正直信用第一〉

こうして富を蓄えることができても、「万事の用をかなふべからず」というのだから、何のための蓄財なのかわからなくなる。いわゆる〝宝の持ち腐れ〟に終わってしまう。そこをこの大福長者は「銭つもりて尽きざる時は、宴飲声色をこととせず、居所をかざらず、所願を成ぜざれども、心とこしなへに安くたのし」と喝破《かっぱ》するのである。衣食住に事欠きながらも安心立命が得られるというのだから、これも確かに拝金教の一つの悟道にはちがいない。

ここのところを兼好はどう判断したか。所願を成ずるための蓄財なのに、所願を成じないでおれば、その点では貧者とかわらない。しかし、自らの意志で所願を成じない富者と、成じたくても不可能な貧者とでは、格段の差がある。そこを「このおきては、ただ人間の望みをたちて、貧を憂ふべからずときこえたり」としている。

〝清貧〟ということばがある。いわゆる聖賢脱俗の士は物欲から解放されているから、〝貧を憂へず〟の境地が得られようが、凡俗の士には蓄財のバックがなければこの境地は得られない。そのための蓄財であるならば、はじめから財を求めず、真の〝清貧〟に甘んずるにこしたことはない。だとすれば、富者も貧者も究極においてはかわらないということになるのであろう。

65 平家物語作者のこと

第二百二十六段

後鳥羽院の御時、信濃前司《しなののぜんじ》行長《ゆきなが》、稽古《けいこ》の誉れありけるが、楽府《がふ》の御《み》論義《ろんぎ》の番《ばん》にめされて、七徳《しちとく》の舞をふたつ忘れたりければ、五徳《ごとく》の冠者《くわじや》と異名《いみやう》をつきにけるを、心うきことにして、学問をすてて遁世《とんぜい》したりけるを、慈鎮和尚《じちんくわしやう》、一芸あるものをば下部《しもべ》までも召《め》しおきて、不便《ふびん》にせさせたまひければ、この信濃の入道を扶持《ふち》し

通釈

後鳥羽院の御在位の時、信濃の前司行長は、学問にすぐれているという評判が高かったが、（『白氏文集』の）「新楽府」の御討論の当番の者として御前に召された時に、「七徳の舞」のうちの二つ（の徳が何であったか）を忘れていたので、〝五徳の冠者〟というあだ名を（人が）つけて呼んだのを、情けなくはずかしいことに思って、学問をやめて出家遁世していたが、慈鎮和尚は、一芸に秀でた者は、身分の低い者でも召し抱えて面倒をみ

たまひけり。
　この行長入道、平家物語を作りて、生《しやう》仏《ぶつ》といひける盲目《まうもく》に教へて語らせけり。さて、山門のことを、ことにゆゆしく書けり。九郎判官《くらうはうぐわん》のことはくはしく知りて書きのせたり。蒲《かば》の冠者《くわじや》のことは、よく知らざりけるにや、多くのことどもをしるしもらせり。武士のこと・弓馬《きうば》のわざは、生仏、東国の者にて、武士に問ひ聞きて書かせけり。かの生仏が生まれつきの声を、今の琵琶《びは》法師は学びたるなり。

ておやりになったので、この信濃の入道の生活が成り立つようにしてやられた。
　この行長入道が平家物語を作って、生仏といった盲人に教えて語らせたといわれている。それで、比叡山延暦寺のことは、非のうちどころのないまでに書いている。九郎判官（源義経）のことは詳しく知っていて（詳細に）書きのせている。蒲の冠者（源範頼）のことは、詳しくは知らなかったのだろうか、たくさんのことを書きもらしている。武士に関することや武術については、生仏は東国（生まれ）の者だから、武士に問いただした上で、（行長に）書かせたという。この生仏の語る生まれつきの地声を、今の琵琶法師はまねて語り伝えているのである。

語句

▼信濃前司行長　これは下野の前司行長の誤りだとされている。「前司」は前任の国司。
▼稽古　いにしえを考えるの意だから、古書を読んで学問すること。
▼楽府　「楽府」は漢詩の一体で、ここは『白氏文集』に収められた「新楽府」五十首をさす。
▼七徳の舞　新楽府の最初に置かれた詩の題。

▼**慈鎮和尚**　天台座主慈円僧正のこと。

▼**不便にせさせたまひければ**　「不便にす」は可愛がる、面倒をみる、の意。「させたまひ」は慈鎮に対する最高敬語。

▼**山門**　比叡山延暦寺をいう。

解説

平家物語の作者に関する伝承を記したものとして、学者の注目を集めている段である。その資料価値は学者の研究によっても高く評価されているようだが、兼好という人が、こういう分野にも深い関心を有する知識人、文化人であったことに、私たちは親愛と尊敬の念を禁じ得ないであろう。そうして、広く〝随筆〟と称せられる作品の中に、こういう一分野を含んでいることに、私たちの文化生活の幅の広さと、記録ということの重大な意義とを、今さらのように感じさせられる。

第二百二十九段

66 妙観が刀

よき細工《さいく》は少しにぶき刀をつかふといふ。妙観《めうくわん》が刀はいたくたたず。

通釈 すぐれた細工人は少し切れ味のにぶい刀を使うという。妙観の〈使う〉刀は、あまりよくは切れない。

語句 ▼**細工** 手のこんだ器物を作る職人。▼**妙観** 伝不詳。摂津国〈兵庫県〉勝尾寺の観音像の作者といわれる。

解説 こういうのを〝含蓄の深いことば〟と言うのであろう。一読して〝ふふウン〟と思い、再読三読して〝いかにも〟と思う。切れすぎる刀はこわい。指先に心をこめて、一刀一刀を慎重に運ぶためには、やはり「少しにぶき刀」でなければなるまい。

そうして、切れすぎることのこわさは〝刀〟だけではないと気づく。切れすぎる頭脳がわざわいして身を誤った人はいくらもいる。新聞やテレビのニュースで大きく扱われた人もあるし、私たちの身の回りにもいるかもしれない。そのセンサクよりも、まず自分自身がそうならないように気をつけよう。〝才子は才に溺《おぼ》れる〟というではないか。

67 百日の鯉

第二百三十一段

園《その》の別当《べつたう》入道はさうなき庖丁者《はうちやうじや》なり。ある人のもとにていみじき鯉を出だしたりければ、皆人、別当入道の庖丁を見ばやと思へども、たやすくうち出でんもいかがとためらひけるを、別当入道さる人にて、「このほど百日の鯉を切りはべるを、今日欠きはべるべきにあらず。枉《ま》げて申し請《う》けん」とてきられける、いみじ

通釈 園の別当入道は、ならぶ者のない料理の名手である。ある人の所で（饗応があった時）みごとな鯉を出して披露したので、一座の人々は別当入道の庖丁さばきが見たいものと思うのだが、（そのことを）軽々しく口に出すのも失礼ではあるまいかとためらっていたが、別当入道は気転の利く人だったから、「近ごろ百日の願を立てて鯉を切っておりますので、今日だけ切らずにすませるわけにもまいりません。ぜひとも私にやらせていただき

くつきづきしく、興ありて人ども思へりけると、ある人、北山《きたやま》の太政入道《だいじやう》殿にかたり申されたりければ、「かやうのこと、己はよにうるさく覚ゆるなり。『切りぬべき人なくは、たべ。切らん』といひたらんは、なほよかりなん。何条《なでう》、百日の鯉を切らんぞ」とのたまひたりし、をかしく覚えしと人の語りたまひける、いとをかし。

大方、振る舞ひて興あるよりも、興なくてやすらかなるが、まさりたることなり。客人《まれびと》の饗応《きやうおう》なども、ついでをかしきやうにとりなしたるもまことによけれども、ただそのこととなくてとり出でたる、いとよし。人に物を取らせたるも、つい

たい」と言って切られたが、それがいかにもこの場の空気にマッチして、誰もみな興あることに思ったものでしたと、ある人が北山の太政入道殿にお話し申し上げなされたところ、「このようなことは、私はほんとに煩わしく思われてならぬ。『切るのに適当な人がいなければ（私に）ください。切りましょう』と、（あっさり）言っておいたとしたら、もっとよかったろうに。何だって百日の鯉を切るなんて（いいかげんな）ことを言うのか」とおおせられたが、興味深く感じられたと、あるお方がお話しになったのを聞いて、（私も）まことに興味深く感じた。

だいたい（物事というものは）趣向をこらして面白く作ったのよりも、面白く作ろうとせず、平凡なままの状態にしておく方がまさっていることである。来客のおもてなしなどにしても、ちょうどよい時にお出でいただきましたというように、とりつくろってもてなしたのも、ほんとに（楽しくて）よいのだけれども、ただ何と

でなくて、「これを奉らん」といひたる、まことの志なり。惜しむよしして乞《こ》はれんと思ひ、勝負の負けわざにことつけなどしたる、むつかし。

いうこともなくてととのえたのが実によい。人に何かを与える場合も、何の理由づけもなく「これをさし上げましょう」と言って出すのが、ほんとうの好意というものである。惜しそうなふりをして、(相手に)それがほしいと言わせようとしむけたり、勝負に負けたご馳走のかわりということにして与えたりするのは、ほんとにイヤミなものだ。

語句

▼園の別当入道　①藤原基藤、一三一六(正和五)年没、四十一歳。②藤原基氏〈基藤の祖父〉、一二八二(弘安五)年没、七十二歳。(いずれとも決定しがたい)

▼庖丁者　料理人。「庖」は台所、「丁」はそこで働く男、の意。

▼さる人　〝さるべき人〟と同じで、そうあるはずの人、つまり気転のきく人。

▼百日の鯉　料理の上達を祈願し、百日の間毎日鯉の料理をすること。

▼北山の太政入道殿　①西園寺実兼、一三二二(元亨二)年没、七十四歳。②西園寺公経〈実兼の曽祖父〉、一二四四(寛元二)年没、七十四歳。(いずれとも決定しがたい)

▼切りぬべき人　「ぬ」は完了→強意、「べき」は適当の助動詞。切るのに適した人。

▼勝負の負けわざ　勝負ごとで負けた方が勝った方にご馳走したり物を贈ったりすること。第百三十五段の「所課」がそれに当たる。

▼むつかし　わずらわしい。手がこみすぎていてすっきりしない状態をいう。

解説

兼好の真意は、「大方、振る舞ひて興あるよりも、興なくてやすらかなるが、まさりたることなり」という一文につきている。これは園の別当入道の座興に対する北山の太政入道の批判の聞き書きから導き出されたものである。

たしかに別当入道の「百日の鯉」の趣向は、「振る舞ひて興ある」ようにしたものであり、太政入道の「切りぬべき人なくは、たべ。切らん」と言った方がよいという言説は、「興なくてやすらかなる」態度だから、その場にいた人が「をかしく覚えし」と語ったのは、太政入道の言説を〝是なり〟としたものであり、兼好ももちろんこれに同調して、「いとをかし」と言ったのにきまっている。

しかし別当入道の態度は、文末に「むつかし」という語できめつけた「惜しむよしして乞はれんと思」ってしたのでもなく、「勝負の負けわざにことつけ」たわけでもない、むしろ別当入道のやり口は、その場に居合わせた〝ある人〟には、「いみじくつきづきしく、興ありて人ども思へりける」と受けとられてもいる。その場の空気にマッチしていたというのだから、調和の美を重視する兼好にとっては、それほど排斥すべき態度でもなかったろうと思われる。「ついでをかしきやうにとりなしたるもまことによけれども」という口吻《ふん》には、別当入道のやり口を一おうは認めているように感じられるのだが、どうだろう。

余録

現在においても各種の芸道において〝流派〟を称するものはいわゆる〝家元制度〟をたて、伝統を盾にとって独自の様式を樹立している。この段の〝さうなき庖丁者〟というのも、料理に関する〝家元〟と考えておいてよかろう。料理とは食品とすべき材料に手を加

えて食膳に供するようにすることだから、気持ちよく食べられるように、味、色、形をととのえることができれば足りるはずだが、食事は儀礼と深い関係をもつので、その調理法から飲食の法にいたるまで繁雑な礼法をともなうようになった。

　古式の料理法に〝三鳥五魚〟といわれるのがあり、鳥では鶴、雉《きじ》、雁《がん》、魚では特に鯉の料理が重んじられた。新春のＴＶニュースなどでその一端を目にすることもあるが、なかなか格調高いもので、一見の価値あるものである。当時の人々がこういうチャンスに、別当入道の鮮かな手捌《てさば》きを見たいと思ったのも、自然のなりゆきというものである。

　この時の別当入道のやり方についての功罪は【解説】に書いたが、今日私たちの日常に係わりあいの深いテーブル・マナーなどに関しては、他人に迷惑を及ぼすような粗野なふるまいのない限り、目くじらを立てることもなかろう。

68 ものなれぬ人

第二百三十四段

人の物を問ひたるに、知らずしもあらじ、ありのままにいはんはをこがましとにや、心まどはすやうに返り事したる、よからぬことなり。知りたることも、なほさだかにと思ひてや問ふらん。また、まことに知らぬ人もなどかなからん。うららかにいひきかせたらんは、おとなしくきこえなまし。

人はいまだ聞き及ばぬことを、我が知りたるままに、「さてもその人のことの浅ましさ」などばかりいひやりたれば、「いかなることのあるにか」と、おし返

通釈

人がものを尋ねてきた場合に、（相手も）知らないわけでもあるまい、（それに、まっ正直に）ありのままに答えてやったら、〝あいつ馬鹿じゃなかろうか〟と思われはしまいかと（用心して）、心を迷わせるように（あいまいな）返事をしたりするのは、感心できないことである。知っていることでも、もっとはっきりと（確かめたいと）思って尋ねてくるのかもしれない。また、まるっきり知らない人もないわけではない。（いずれにしろ）疑点を残さないように言い聞かせてやるというのが、いかにも思慮分別に富んだ返答だという印象を、相手に与えるだろう。

人はまだ聞き知っていないことを、自分が早耳にはさんだのをいいことにして、「それにし

し問ひにやるこそ心づきなけれ。世に古《ふ》りぬることをも、おのづから聞きもらすあたりもあれば、覚束《おぼつか》なからぬやうに告げやりたらん、悪《あ》しかるべきことかは。

かやうのことはものなれぬ人のあることとなり。

ても、あの人に関する一件はあきれたもんですね」などということだけを書き送ってやると、「いったい、どんなことがあったのですか」と、折り返し真相を尋ねる手紙を書き送ったりするのは、ほんとに不愉快なものである。世間に言い古されてしまったことでも、どうかすると聞きもらすような人もあるのだから、疑問の点が残らないように、告げ知らせてやるというのが、なかなかどうして、悪かろうはずはない。

このような（奥歯に物がはさまったようなもの言いをする）ことは、世なれぬ人がよくやることである。

語句

▼**知らずしもあらじ**　「し」も「も」も強意の助詞。「じ」は打ち消し推量の助動詞。

▼**をこがましとにや**　「がまし」は形容詞を作る接尾語で、……ノヨウスダ、の意。〝かごとがまし〟〝ねじけがまし〟〝はぢがまし〟〝わざとがまし〟などとなる。「をこがまし」は（他人カラ）馬鹿ノヨウニ見ラレル意。「に」は断定の助動詞。「や」は疑問の係助詞。「とにや」は「と思ふにやあらん」の省略形と考える。

▼**返り事したる**　「たる」は完了の助動詞連体形の準体用法で、「よからぬことなり」に対する主語となる。

▼**思ひてや問ふらん**　「や」と「らん」で疑問の係

り結び。「らん」は原因推量の助動詞で結びだから連体形。

▼**などかなからん**　「などか」は反語の副詞。「ん」は推量の助動詞連体形。

▼**きこえなまし**　「な」は完了の助動詞の強意用法。「まし」は推量の助動詞。

▼**心づきなけれ**　気にくわない、不愉快だ。

▼**古りぬること**　「古る」〈ラ・上二〉は年を経る、古くなる、の意。古くなってしまったこと。

▼**悪しかるべきことかは**　「かは」は反語の係助詞の終止用法。

解説

こういう段を読むと、兼好という人がほんとうに社交性に富んだ物わかりのいい人で、こんな人とつきあっておれば、一生嫌気を感じさせられることはあるまいという気がする。人間はどうしても自分本位の考え方をするもので、自分の感じる通りに人も感じ、自分の考える通りに人も考えているはずだと思い込みやすい。こんな一人よがりはないのだが、これが一人よがりだとは、なかなか気づかないものらしい。

この段に述べられた「人の物を問ひたるに、知らずしもあらじ、ありのままにいはんはをこがましとにや、心まどはすやうに返り事したる」人と、「人はいまだ聞き及ばぬことを、我が知りたるままに、〝さてもその人のことの浅ましさ〟などばかりいひやり」たる人と、この二種の人間がそれに当たる。

これに対して、「知りたることも、なほさだかにと思ひてや問ふらん。また、まことに知らぬ人もなどかなからん」と考えたり、あるいは「世に古りぬることをも、おのづから聞きもらす」こともあるはずと考えたりできる人は、心の広く豊かな、常に他人の立場に身を置いてものを考えることのできる人である。こういう大らかな人間に自分もなってみたい、そういう思いを、「ものなれぬ人」に自然にいだかせるような筆致で書かれている。

69 聖海上人の感涙

第二百三十六段

丹波《たんば》に出雲《いづも》といふ所あり。大社《おほやしろ》をうつしてめでたくつくれり。しだのなにがしとかや知る所なれば、秋のころ、聖海《しやうかい》上人《しやうにん》、その外も、人あまた誘ひて、「いざたまへ、出雲をがみに。搔餅《かいもちひ》めさせ

通釈　丹波に出雲という所がある。（そこには）出雲大社を勧請して、立派に造営されてある。しだのなにがしとかいう者の知行所だったから、秋のころ、聖海上人をはじめとして、その外にも人を大ぜい誘って、「さあさあ、いらっしゃい、出雲神社の御参詣

ん」とて具しもていきたるに、おのおの拝みてゆゆしく信おこしたり。御前《おまへ》なる獅子《しし》・狛犬《こまいぬ》、背《そむ》きて後ろさまに立ちたりければ、上人いみじく感じて、「あなめでたや。この獅子のたちやう、いとめづらし。ふかき故《ゆゑ》あらん」と涙ぐみて、「いかに殿原《ばら》、殊勝《しゆしよう》のことは御覧じとがめずや。無下《むげ》なり」といへば、おのおのあやしみて、「まことに他にことなりけり。都のつとにかたらん」などいふに、上人なほゆかしがりて、おとなしく物しりぬべき顔したる神官を呼びて、「この御社《みやしろ》の獅子の立てられやう、定めてならひあることにはべらん。ちと承はらばや」といはれければ、「そのことに候ふ。

に。（田舎名物の）〝かいもちい〟なりともご馳走しましょうほどに」と言って、ひきつれて行ったところ、みなみな（お社を）拝んで、深く信仰する気持ちをいだいた。（ところで）神前に安置された獅子・狛犬が、（どういうものか）背中合わせになって後ろ向きに据えられていたので、上人は深く感じ入って、「ああ、なんとすばらしい！　この獅子の据え方はまことに珍しい。深いいわれがあろう」と涙ぐんで、「なんと、皆さん方よ。こんなすばらしいことにお目がとまりませんか。あんまりですよ」と言うので、みんなも不思議に思って、「ほんとに、外のとはちがっていますね。都への土産話にしましょう」などと言うので、上人はなおもいわれを知りたがって、年配でもあり物のわかっていそうな顔をした神官を呼びとめて、「この御社で、獅子をお据えになるやり方には、定めて深いいわれがあることでございましょう。ちと承りたいものでございます」と言われたところ、さがなきわらはべどもの仕《つかまつ》りける、奇怪《きくわい》に候ふことなり」とて、さしよりてすゑなほして去にければ、上人の感涙いたづらになりにけり。

（相手は）「その事でございますよ。いたずら小僧どもがいたしたことで、けしからんことでございますよ」と言って、そばへ寄って据えなおして行ってしまったので、上人の（せっかくの）感涙もむだになってしまった。

語句

▼**大社をうつして**　「大社」は出雲大社。「うつす」は勧請する、即ち、神仏の分霊を奉祀する意。

▼**知る所**　「知る」は統治する、領有する意。知行所。

▼**聖海上人**　伝不詳。

▼**いざたまへ**　人を誘うことば。さあいらっしゃい。

▼**掻餅**　〝ぼた餅〟とも〝そばがき〟ともいわれるがいずれとも定めがたい。第二百十六段を見ると、最明寺の入道をもてなす酒席のごちそうに「かいもちひ」が出されている。

▼**獅子・狛犬**　神社の前などに一対として向かい合わせに置き、装飾または魔除けとした像。口を開いたのが獅子、口を閉じたのが狛犬。

▼**いかに殿原**　「いかに」は呼びかけの感動詞。「殿原」は複数の男性に対する尊敬語。

▼**都のつと**　「つと」はみやげもの、の意。ここは都へもって帰るみやげ話。

▼**そのことに候ふ**　応答の初めに置くことば。第百九段に既出。（一八一ページ）

▼**さがなきわらはべども**　「さがなし」はたちがわるい、いたずらだ、の意。

解説

スッキリした滑稽譚。兼好のコント風の短編には、仁和寺の僧の話とか、猫またの話などといくつかあるが、どれも気が利いていておもしろい。中でも一人よがりの失敗

は、害が他人に及んでいくことがなく、明るい笑いでケリがつく。「いかに殿原、殊勝のことは御覧じとがめずや。無下なり」という聖海上人の言葉には、自分のすぐれたところを誇示しようとする意識が、かなり表面におし出されている。

　そこで、とりわけ〝ゆゆしく信おこした〟る人々としては、自然に「まことに他にことなりけり。都のつとにかたらん」という境地に誘いこまれる。ここですべてのお膳立てはととのったのであり、上人の最大の見せ場へと舞台は進んでゆく。そうして「この御社の獅子の立てられやう、定めてならひあることにはべらん。ちと承はらばや」という質問を受けた神官が、上人の計算によれば、よにもありがたい〝ならひ〟を説き聞かせてくれるはずであった。ところが、上人の計算はものの見事に外れ、よにもみじめな結果に終わった。あまりにもみごとなオチは、教誡の介在を許さぬほどに底抜けに明るい。

70 仏問答

第二百四十三段

八つになりし年、父に問ひていはく、「仏はいかなるものにか候ふらん」といふ。父がいはく、「仏には人のなりたるなり」と。また問ふ、「人は何として仏にはなり候ふやらん」と。父また、「仏の教へによりてなるなり」と答ふ。また問ふ、「教へ候ひける仏をば、なにがをしへ候ひける」と。また答ふ、「それもまた、さきの仏のをしへによりて成りたまふなり」と。また問ふ、「その教へはじめ候ひける第一の仏は、いかなる仏にか候ひける」といふ時、父、「空よりや

通釈 八つになった年、父に尋ねて言うには、「仏はどんなものでしょうか」という。父が言うには「仏には人がなったのだ」と。また問うには「人はどうして仏になるのでしょうか」と。父がまた「仏の教えによってなるのだ」と答える。また問うには「教えた仏を何が教えたのですか」と。また答えるには「それもまた、その前の仏の教えによってなれたのだ」と。また問うには「その教えはじめた最初の仏は、どんな仏だったのですか」という時、父は「空から降ったのだろうか、土からわいたのだろうか」と言って笑った。「問いつめられて答えられなくなってしまいましたよ」と、（父は）人々に語っておもしろがった。

ふりけん、土よりやわきけん」といひて笑ふ。

「問ひつめられて、え答へずなりはべりつ」と、諸人にかたりて興じき。

語句

▼**いはく**　いわゆる〝く語法〟で「言ふ」の未然形に接尾語「く」のついたものとも、連体形に接尾語「あく」がついて音韻変化したものともいわれる。言うことには、の意で、漢文訓読調。

解説

「つれづれなるままに……」で始まった『徒然草』も、いよいよ最終の段となったが、何だかあっけない感じの幕切れのような気もする。もっと大向こうを唸《うな》らせるような、高尚優雅な大文章であってほしかったような気もするが、あるいは軽くさッと収めたところが、気どらない兼好らしくてよかったのかもしれない。

この段は子供のセンサク癖がテーマで、なぜなの、どうしてなのと、どこまでも問いつめていこうとする子供の心理が、古今東西を通じて共通なものだけに興味をひく。その対象が〝仏〟であったことが、仏道者兼好の萌芽を示しているようで、できすぎの感なきにしもあらずだが、そこまで勘ぐらなくてもよかろう。

また、この段には敬語の用い方に不備な点があり、兼好の発言には敬語の誤用もある。しかし、

これは子供のことばをそのまま写した素朴な表現とみておきたい。文末の「諸人にかたりて興じき」の主語を兼好とする説もあるようだが、父を言い負かしたことを得々と吹聴する八歳の兼好はあまりにもこまッちゃくれていて、思うだに虫酸《むしず》がはしる。これは幼い息子にやりこめられた父親が、目を細めて人に語る親馬鹿の好々爺《こうこうや》を想像することによって、気持ちよく全編を読了し得ることとなるのである。

余録

詠徒然草（抄）

青蛙

日ぐらしをせむすべ知らにもの思《も》へば心痴《し》れはてて狂ほしきかも（序段）

口あいてはらわた見する愚かさを知らでや猛る似而非《えせ》の法師は（第一段）

ことさめのまがききびしき柑子の木この一本《ひともと》のなからましかば（第十一段）

をかしきもはかなきこともしめやかに言ひなぐさまむ友のあらなく（第十二段）

しかすがに和歌はおもしろ山がつのしわざも言へばやさしくなりぬ（第十四段）

冬の夜の寒さを凌《しの》ぐ一束《ひとつか》の藁《わら》にしあれば朝はをさめき（第十八段）

賤が家にあやめふく日や背戸に来て心細げに叩く水鶏《くひな》か（第十九段）

かくばかりあせ果てむとはおぼしきや欠くることなき望月の世に（第二十五段）

いつまでも生きむ命と思はねど亡きあとばかりかなしきはなし（第三十段）
身は朽ちよ名は埋もれよひそやかに一生《ひとよ》を生きばなごむ心か（第三十八段）
やすらかにゆひてまゐらす宇治人の水車めでたくめぐりやまずも（第五十一段）
興に入り頭にかづく足鼎《がなへ》舞へばおもしろ腹もよぢれて（第五十三段）

解説　橋本先生の「あこがれ」にあこがれる！

齋藤　孝

橋本武先生は、「ゆとり教育」という言葉のなかった時代から、「ほんもののゆとり教育」を実践していた人物だ。灘校を大学進学率でトップクラスに導いたのは橋本先生の授業だとも言われるが、しかしそれは決して受験だけを目的としたものではない。本当の教養を身につければ、結果として受験にも強くなる。そうした本格的な勉強法が橋本先生のスタイルなのだ。

そのためには急がず、ゆっくりと、寄り道をしながら学んでいく。『銀の匙』を三年間かけてじっくり読むという有名な授業実践に、このことが表れている。たとえば、本に出てきたひとつのことから派生するものをつぎつぎと調べたり、地下茎のようにつながった問題を遊びながら考えたりすることで、一冊の本を中心としてどんどん世界が広がっていく。そうした「地下茎勉強法」なのだ。

私が大学で教師志望の学生たちに授業のやり方を教えるさい、大きく分けてふたつの方法を指導している。ひとつは受験のための傾向と対策なども考えながら、効率よく全範囲を終わらせていくというやり方。そしてもうひとつは、受験やテスト対策よりも、もっと本質的なものを深く掘り下げて学ぶという方法だ。もちろんどちらにもそれぞれのよさがある。

橋本先生の場合は、徹底して教養を深めることによって、社会を生き抜いていくための基礎力を養う、本格的な勉強法を実践していた。目の前の受験のためよりも、そこからずっと続いていく長い人生のために、汲めども尽きぬ泉になるような勉強をさせてあげたい。そう考えて橋本先生が選んだのが『銀の匙』であり、『徒然草』だったのではないだろうか。

橋本先生が中学二年の授業で『徒然草』を扱ったときのエピソードがある。ただの活字では面白くないので、昔の人が読んだような字体で読ませてあげたいと考えた先生は、自らガリ版刷りをつくるという、想像を絶する作業をしたのだそうだ（『〈銀の匙〉の国語授業』岩波ジュニア新書、二〇一二年、七五―七八頁）。先生がそこまで教材にほれ込んで、夜を徹して準備する。そんな情熱が授業で活き活きと伝わり、古典に本格的に触れてみようという子どもたちの意欲をますます引き出したことだろう。

「古典」というのは、たんなる古い時代の作品のことではない。物事がそれを中心としてつながっていくキーステーションのようなものだと考えるとよいだろう。現代は細切れの情報にあふれており、それらが互いにどうつながっているのか、最終的にどこに行き着くのか見えづらい時代だが、そうした現代に必要なのはそれらの断片を束ねるものであり、それこそが古典なのだ。そして、橋本先生にとって『銀の匙』が現代文の古典だとすれば、『徒然草』は古文の古典なのである。

たとえば『解説 徒然草』では、大事を行なうときの心構えについて語った第五十九段をとりあげて、こう言う。世の中のすべての人が仏道行者となってはいけない、だが、他方で皆が「カラスノカッテデショ」とうそぶき、したい放題をするようになっては日本の消滅を引き起こすだろう、と(一二七―一二八頁)。現代の日本に対して大きな憂いを抱いておられたことが、橋本先生のこの解説によく表れている。

私たち日本人はいまどこの地点におり、どこに行こうとしているのか。これを測る「北極星」のような位置づけとして、橋本先生は『徒然草』を読んでいたのではないか。私にはそう思える。

『徒然草』はふたつの点で北極星の役割を果たしてくれるだろう。たとえば第六十段には「いもがしら」という食べ物が大好きな僧都の話が出てくる。私もこの段が好きだが、橋本先生は他人の目を気にせず自由に振舞うこの僧都の大胆さは、暴走族や「竹の子族」とはちがう、なぜならこの僧都はすでに人間ができた「真実高徳の人」だったからだ、と語る(一三四―一三五頁)。

この話からわかるように、悟りを目指すことは、『徒然草』の大切なテーマだ。現代、生きる目的をたずねられて、「徳の高い人間になることです」あるいは「悟ることです」と応える人は少ないだろう。現代の私たちは生き方の中心軸を見失いがちで、精神の柱を培うような教育も充分になされていない。こうした現代の人間の深みの欠如について、橋本先生は憂慮されている。長い人生を支える精神の柱として、『徒然草』を見ていたのだろう。

もうひとつには、世の中を生きていくコツという意味でも、『徒然草』に北極星としての役割を求めておられたのではないだろうか。芸能を身につけるさいの心得について述べた第百五十段の解説では、クラブ活動でも「上手の中にいてこそ、下手は下手なりの積み重ねによって、芽の出るためしも生じてくる」と言っている（二二三頁）。上手・下手を問題にするのは、日本の古典としては異質なものだし、他の法師が書いた文章には無常観を語るものが多いのだが、兼好は無常観も抱きつつも、この世における上達というものを真正面から捉えている。

もののあわれや世のはかなさを綴った感覚的なものが日本の古典に多いなか、『徒然草』の中心になっているのは「洞察力」だ。達人は過たず、その目はすべてを見通すものだ、という考えが各段にあふれている。職業の種類を超えて、達人の「洞察力」に感銘を受ける兼好は、生きるコツに真摯に取り組んでいる。

そうした兼好の視点には現代に使えるものが多い、と私も思う。国語教師を目指している大学生には、『徒然草』を全段読んでもらい、自分の過去のエピソードとつなげて話をしてもらう。そうすると、『徒然草』には自分の体験とつながるものが数多くあるのがわかる。

時代を超えて、人生を生きるコツを教えてくれるのが『徒然草』の優れたところだ。弓矢や碁、乗馬や木登りなど、現世における物事の上達のコツと、仏道の悟りという、一見相反するふたつのものを同時に『徒然草』は説く。つまり、現世で仕事をする人の姿に、兼好は仏道の悟りに似たものを見いだしていたのだろう。そして橋本先生は『徒然草』に見られるこのふたつの世界の重なり合いに、魅力を感じておられたのではないか、と私は思う。

その読みはつねに、現代というもの、そしてそこに生きる自分というものとの関係で古典を読む、という姿勢に貫かれている。以前、私は『古典力』（岩波新書、二〇一二年）という本を書いたが、そこでも述べたように「古典力」というのは、単純に古文を理解する能力ではない。生きていくうえで古典をよりどころとすることができるかどうか、古典とのそういう付き合い方ができるかどうか、それが古典力の有無を表している。何か迷いが生じたとき、『徒然草』の中に「思い立ったが吉日」（第百五十五段）といった話があったことを思い出すことができるだろうか。何かを習得しようとしているとき「二番目の矢は持たないほうがいい」（第九十二段）といった話を参考にすることができるか。あるいは、物事がうまく行きそうで浮き足立ってしまったとき、木登りの名人の話に出てくる「あやまちは、やすき所になりて」（第百九段）という言葉を思い出してもいい。もしくは、人にものを聞くのを怠って混乱が生じたとき、石清水八幡宮の本物を見ずに帰ってきた人物の話の「先達はあらまほしきこと」（第五十二段）といった文章が頭に甦ってくるようになる。自分の人生の状況や話の文脈に合わせて、引用が思いつく。そうした「引用力」があれば、その人には「古典力」がある、と言えるのだ。

橋本先生の授業は、こうした「古典力」を本当の意味で培うものだと言えるだろう。そのように古典を生かすことができるようになるには、橋本先生が『徒然草』や『銀の匙』の授業で行なったように、ゆっくり読んで体にしみこませて、自家薬籠中のものにすることが必要だ。

たとえば第百九十四段の解説では、あるデマが流された場合の十人十色の反応をとりあげ、橋本先生はそれに「物臭型《ものぐさ》」、「軽率型」、「お先棒型」などという名前を与えている（二六二―二六三頁）。このようにして授業で解説されたら、生徒たちは自分はどれにあたるだろう、と考えながら楽しめただろうし、古文を自分の内に持っていたら自在に取り出せるのだ、ということが伝わっただろう。「古典を生きる」とはこういうことなのだ、というのが生徒には実感としてわかったのではないだろうか。

あるいは第十八段で登場する、何ひとつ財産を持たず欲のない乞食のような生活をしている人については、「こんな人間が理想の人物になるはずもないのに、何かしら人の心をひきつけるものをもっている」(五三頁)と語る。そして、「余録」ではこの段をテーマにして、橋本先生は歌を詠んでいる(五五頁)。『徒然草』を読んで、歌を詠むというのは非常に高尚な遊びだ。きっと兼好が生きていた時代の感性の世界に自分を遊ばせて、味わっておられたのだろう。それをしのばせる解説だ。

『解説 徒然草』は、一見ふつうの参考書のようにも見えるが、こうした橋本先生の個性がいっぱいにつまった参考書だ。小さい頃にどのように『徒然草』と出会い、それをきっかけにどんなことを考えたのか。そういったことがこれほど自由に解説に述べられた参考書は少ないだろう。だが同時にとても使いやすく、語彙や文法も学びやすく便利な本でもある。古文に慣れていない人は、下段に書かれた通釈(現代語訳)を先に読んでから原文を読むと、楽しく味わうことができるだろう。また、有名な断章はすべて収め、これだけ読めば『徒然草』の基本的な部分はすべて読んだと思っても差し支えない充実のセレクトだ。読めば教養の世界を広げてくれる、楽しく優れた参考書だと言えるだろう。

私は、教育の原理とは、「あこがれにあこがれる関係性」だと考えている。教師の強いあこがれが、生徒たちの中にあこがれの感情を生み出す。

橋本先生の『徒然草』への熱いあこがれに影響されて、生徒たちも『徒然草』の深い洞察へのあこがれを持つようになる。教えるのではなく、あこがれの矢となり飛んで見せること。これが教育の基本だ。

「徒然草というのは、こんなに面白く、深いものだ。私は何十年読み続けても、あきないどころか、いよいよ夢中になっている」という教師の熱い思いが、生徒に伝わり、あこがれが伝播する。

この本を読むことは、『徒然草』への橋本先生のあこがれにあこがれることであり、古典へのあこがれを持ち続けて長い人生を生きる幸福観を学ぶことである。

うすっぺらな情報消費ではない、深い幸福の形がこの本にはある。

本書は一九八一年九月、日栄社より刊行された。

藤原定家全歌集（上） 藤原定家／久保田淳校訂・訳

「新古今和歌集」の撰者としても有名な藤原定家自作の和歌約四千二百首を収録。上巻には私家集『拾遺愚草』を収め、全歌に現代語訳と注を付す。

藤原定家全歌集（下） 藤原定家／久保田淳校訂・訳

『拾遺愚草員外』『同員外之外』および『初句索引』等の資料を収録。最新の研究を踏まえ、現在知られている定家の和歌を網羅した決定版。

定本 葉隠［全訳注］（上）（全3巻） 山本常朝／田代陣基 佐藤正英校訂訳注

武士の心得として、一切の「私」を「公」に奉る覚悟を語り、日本人の倫理思想に巨大な影響を与えた名著。上巻は大いなる根幹『教訓』を収録。決定版新訳。

定本 葉隠［全訳注］（中） 山本常朝／田代陣基 吉田真樹監訳注

常朝の強烈な教えに心を衝き動かされた陣基は、武士のあるべき姿の実像を求める。中巻では、治世と乱世という時代認識に基づく新たな行動規範を模索。

定本 葉隠［全訳注］（下） 山本常朝／田代陣基 吉田真樹監訳注

躍動する鍋島武士たちを活写した聞書八・九と、信玄・家康などの戦国武将を縦横無尽に論評した聞書十、補遺篇の聞書十一下巻には収録。全三巻完結。

現代語訳 応仁記 志村有弘訳

応仁の乱——美しい京の町が廃墟と化すほどのこの大乱はなぜ起こりいかに展開したのか。室町時代に書かれた軍記物語を平易な現代語訳で。

古事記注釈 第二巻 西郷信綱

須佐之男命の「天つ罪」に天照大神は天の石屋戸に籠るが祭と計略の「により再生する。本巻には「須佐之男命と天照大神」から「大蛇退治」までを収録。

古事記注釈 第四巻 西郷信綱

高天の原より天孫たる王が降り来り、天照大神は伊勢に鎮まる。王と山の神・海の神との聖婚から神武天皇が誕生し、かくて神代は終りを告げる。

古事記注釈 第六巻 西郷信綱

英雄ヤマトタケルの国内平定、実は父に追放された猛き息子の、死への遍歴の物語であった。神功皇后の新羅征討譚、応神の代を以て中巻が終わる。

古事記注釈 第七巻　西郷信綱

大后の嫉妬に振り回される「聖帝」仁徳。軽太子の道ならぬ恋は悲劇的結末を呼ぶ。そして王位継承をめぐる確執は連鎖反応の如く事件を生んでゆく。

万葉の秀歌　中西進

万葉研究の第一人者が、珠玉の名歌を精選。宮廷の貴族から防人まで、あらゆる地域・階層の万葉人の心に寄り添いながら、味わい深く解説する。

日本神話の世界　中西進

記紀や風土記から出色の逸話をとりあげ、かつて息づいていた世界の捉え方、それを語る言葉を縦横に考察。神話を通して日本人の心の源にわけいる。

解説 徒然草　橋本武

『銀の匙』の授業で知られる伝説の国語教師が、「徒然草」より珠玉の断章を精選して解説。その授業実践が凝縮された大定番の古文入門書。（齋藤孝）

解説 百人一首　橋本武

灘校を東大合格者数一に導いた橋本武メソッドの源流と実践がすべてわかる！　名文を味わいつつ、語彙や歴史も学べる名参考書文庫化の第二弾！

江戸料理読本　松下幸子

江戸時代に刊行された二百余冊の料理書の内容と特徴、レシピを紹介。素材を生かし小技をきかせた江戸料理の世界をこの一冊で味わい尽くす。（福田浩）

萬葉集に歴史を読む　森浩一

古の人びとの愛や憎しみ、執念や悲哀。萬葉集には、数々の人間ドラマと歴史の激動が刻まれている。考古学者が大胆に読む、躍動感あふれる萬葉の世界。

ヴェニスの商人の資本論　岩井克人

〈資本主義〉のシステムやその根底にある〈貨幣〉の逆説とは何か。その怪物めいた謎をめぐって、明晰な論理と軽妙な洒脱さで展開する諸考察。

現代思想の教科書　石田英敬

今日我々を取りまく〈知〉は、4つの「ポスト状況」から発生した。言語、メディア、国家等、最重要論点のすべてを一から読む！　決定版入門書。

ちくま学芸文庫

解説《かいせつ》 徒然草《つれづれぐさ》

二〇一四年九月十日 第一刷発行
二〇一八年十一月十日 第四刷発行

著者 橋本武（はしもと・たけし）
イラスト 永井文明（ながい・ふみあき）
発行者 喜入冬子
発行所 株式会社 筑摩書房
東京都台東区蔵前二―五―三 〒一一一―八七五五
電話番号 〇三―五六八七―二六〇一（代表）
装幀者 安野光雅
印刷所 株式会社加藤文明社
製本所 株式会社積信堂

ISBN978-4-480-09636-4 C0195